把这本书献给孤独，但不缺遗憾的你。

CHASING POLLOCK

by Terry: H

消失的波洛克

文 叡——著

华东师范大学出版社

1

一辆白色的阿斯顿·马丁在 I‑495 高速路上飞速地奔驰，V12 的引擎在低速档且深踩油门的催促下，低沉地嘶吼着，映着微醺的月光，有如一头被驯服的雪豹，身段优雅却力道十足地把每辆擦身而过的车子远远地抛在后面。I‑495 又称长岛快速道路（LIE），是从纽约曼哈顿向东通往长岛的主要干道，沿这条道一直到底，约两个小时的车程，便可到达名闻遐迩的东汉普顿小镇（East Hampton）。这个小镇，在 20 世纪 50 年代吸引了不少艺术家前去定居，美国行动画派（Action Painting）的翘楚波洛克（Jackson Pollock）便是在此成就了不少代表作，挂在大都会博物馆现代艺术展厅的那件《秋天的韵律》（*Autumn Rhythm*），还有纽约现代美术馆的永久馆藏 *One: Number 31*，都是波洛克于 1950 年在此完成的巅峰之作。这处人口不到两万人的小镇，因紧邻北大西洋，是暖流必经之地，渔获丰富，盛产生蚝，又有延绵的海岸线和沙滩，从 80 年代起，逐渐成为纽约人夏日的避暑胜地，更吸引了不少富商巨贾前来置产。豪宅沿海岸线毗邻而建,游艇是标准配备,后院的直升机停机坪则是选配,方便大老板们来往他们位于曼哈顿的办公室。

　　车子从70号出口下了高速路,转入漆黑的一般道路,两旁的柏树高耸紧密,几乎遮掉了残月,硬是把隐身背后的豪宅隔了开来。驾驶者熟练地将驾驶模式从手排切换成自排,刻意压低了引擎的声浪,迅速敏捷地滑行在黑暗中。过了一个岔路,驾驶者启用了车上的导航系统,肯定不想在这转来绕去的路上出半点差错。几分钟后,车子停在一处大铁门前,车灯下,蛇蝎女郎梅杜莎(Medusa)狰狞的眼神死死地盯住前方的访客,尤其那镶了红宝石的眼睛,在黑夜里更是邪气逼人,来访者似乎很难躲过她的诅咒。

　　"罗伯·霍顿教授到了!"驾驶座的车窗缓缓降下,一个斩钉截铁的声音从驾驶座传了出来,一字不多地抛向门边的对讲机。对讲机上的照明灯突然狠狠地打在驾驶者的脸上,强光中露出一张清秀狭窄的脸庞,好像曝光过度的底片,显得苍白,即使嘴唇上的口红仍然抢眼,但已干得挤出裂痕,看得出这是一趟漫长的旅途。

　　对讲机的那端不发一响,只见铁门缓缓地向内打开。车子绕过了喷水池,精准地停在房子左侧的停车位里,这是给最后一位来宾的停车位,其他四个停车位已分别停了两辆宾利、一辆劳斯莱斯和一辆玛莎拉蒂。

　　驾驶座的车门先打了开来,女子利落地并拢双腿,45度转身,双脚同时往外一蹬,整个人迅速地弹了出来,这是穿短裙开跑车的女人都得训练的动作,否则上下低底盘的跑车时,只有露点出丑的分。白色的长马靴紧实地套在女子的膝盖处,而吊在臀下的白色皮短裙隐约露出了丰腴的双臀,使得两条纤细的长腿显得更为修长。她箭步绕过车子来到驾驶座的另一边,打开车门,蹲下身子往里解开了乘客的安全带,用力摇了摇车上的人。"教授!我们到了。"

罗伯半睁着眼,借着女子的搀扶慢慢地跨出车外,左手原本握着的瓶装水,一起身从手里滑了下来砸在地上,瓶盖瞬间弹了开来,半瓶水已所剩无几。罗伯想弯下腰,顿时一阵晕眩,眼前一黑,他赶紧扶住车门稳住身子,心想着这一路可真睡得死沉啊。这时女子已把瓶装水捡起,随手丢入了草地旁的垃圾桶,一面示意罗伯行进的方向。"教授!不好意思,这边请。"

罗伯慢慢稳住了原本踉跄的步伐,尾随女子进到了室内。大厅里空无一人,但映入眼帘的景象却让罗伯睁大了双眼,一扫一路来的疲惫。2006 年以一亿四千万美元成交的那件波洛克的 *Number 5* 就静静地挂在正前方洁白的墙上,这个成交价让这件作品成了当时全球最贵的一件绘画作品,直到 2011 年塞尚(Paul Cézanne)的《玩牌者》(*The Card Players*)以两亿五千多万美元成交,才刷新了此一纪录。波洛克的这张 *Number 5* 完成于 1948 年,是波洛克搬到东汉普顿三年后的第一件大尺幅作品,被视为波洛克树立"行动画派"的代表作。波洛克的滴画舍弃传统的画笔和颜料,改用刷子和油漆来作画,他让沾满油漆的刷子近距离悬在画布上,随着身体的移动使油漆很自主地滴沥在画布上。他认为,这种通过滴沥颜料且画笔不与画面直接接触的创作方法,更能强调画面的平坦性,也就是说让色彩独立于形式之外,以凸显形式在创作过程中的重要性,如此不仅颠覆了形式在创作结果中的地位,更抛弃了传统绘画中空间透视的原理。

这件作品是通过私下交易,没上拍,成交消息一出,引发各大媒体四处追查买家和卖家的身份。唯一跃上台面的当事人就是从中穿针引线的苏富比拍卖公司私人洽购部的主管陶比斯·迈尔。陶比斯签了保密协议,口风很紧,媒体挖不出半点线索,后来却有小道消息透露,卖家就是梦工厂合伙人之一的大卫·盖芬,因为这幅画就挂在他办公室好几年了,而买家是墨西哥的银行家和大收藏家大卫·马谛涅兹,据说他在纽约上东城面向中央公园的顶层公寓里就挂有十几幅现当代大师的作品,市值十几亿美金,毕加索、培根、罗斯科、赫斯特都在他的收藏名单里。但双方当事人都郑重否认此事,因为没人想招惹美国国税局的关注。

"教授!大家都在等着您。"女子适时提醒了一下,罗伯回过神,两人又继续往前走去。没走几步,罗伯被脚下突如其来的淙淙流水声吸引住了,他驻足俯视,好奇自己竟然行走在玻璃地板上,地板下不断涌出的流水穿过大厅,转向另一个房间,行走其上，虽没赤脚，也能感受到一股寒意。令他不解的是，为何玻璃地板的上方隐约可见水波荡漾，但绝非下方流水的倒影，他本能地抬头往上望，一个玻璃底的透明游泳池不偏不倚地悬在自己的正上方，透着月光，头上好似一片海，脚下又是淙淙流水，宛如超现实主义大师玛格丽特（Rene Magritte）作品中错置的时空场景，不合逻辑却具颠覆性，具象却又超现实。他再把目光移至墙上的那张 Number 5，在水的光影中，画中层层堆叠的线条竟蠕动了起来，不停地穿梭编织，从点串成线再构成面。"这就是行动画派的精髓啊！"他在心里赞叹，不得不佩服主人的巧思。他又快速扫描了一遍这鬼斧神工的设计，好像自己就处在一个水世界里，旱鸭子的他，倒抽了两口气，突然有一股即将溺毙的窒息感，当下迅速逃离现场，快步赶上几步之遥的女子。

会来到这里，全为菲利浦的一通电话。罗伯是20世纪欧美艺术史的权威，哈佛大学艺术史系的教授，因身兼纽约现代美术馆（MoMA）绘画与雕塑部的资深顾问，两天前从麻省的剑桥市南下纽约开会，讨论年度预算和下一年度绘画雕塑部门的馆藏名单。由于美术馆的购藏经费有限，购藏主要依赖捐赠和条件式赠予（promised gift），不然就得想办法通过董事会的人脉去募款，这就是为什么 MoMA 的董事尽是些政要、名人、银行老董、私企执行长这种有头有脸的人，因为他们本身就是最大的捐赠者，再者通过这层人脉要钱也容易些，更何况在美国向非营利机构作捐赠或捐款,可享有减税待遇。如舍不得把毕生收藏一次给掉,也可谈条件,在收藏家生前只作长期出借,赚些借展费和名声,死后才作捐赠,还可减免遗产税。只要你愿意给,反正方法可量身定制。

罗伯一步出会议室,馆长菲利浦箭步迎了上来,从后搭了搭罗伯的肩。"罗伯!有空听我讲几句话吗?"菲利浦从以前就习惯直呼罗伯的小名,他们是二十几年的老同事了,从任教纽约大学开始,到华盛顿国家美术馆的研究员、国家文化基金会的审查委员,甚至两位都曾是美国联邦调查局(FBI)艺术品相关案件的资深顾问。唯一不同的经历是,菲利浦曾出任瑞银(UBS)艺术银行的总监,就是这层资历帮菲利浦取得了现在馆长的位置,因为他懂得跟谁要钱,更懂得怎么要钱,这不外是一个美术馆馆长的首要任务。他更擅长跟权贵打交道,甚至把自己也搞得像权贵一样,名牌衣服,宾利跑车,上米其林餐馆,泡私人俱乐部,偶而还上朋友的游艇出海,一副名门贵族的样子。而罗伯就没这本事,有时连自己账户里还有多少钱都记不得,更别提要他鞠躬哈腰跟别人要钱,但他在业界,可是无人不知无人不晓的20世纪艺术史权威。

罗伯侧着头,没好气地顶回去:"你这么殷勤找我,绝对没啥好事。"

"你什么时候回剑桥?"菲利浦略过了习惯性的抬杠,劈头便问。

"今晚就回去。"罗伯觉得事有蹊跷，难得见菲利浦这么直接。

"如这周末没事，要你出个公差，到一个藏家家里看几件作品，他有意捐赠。"

"谁的作品？"罗伯一时兴起。

菲利浦见状，马上追加力道："六张不曾曝光过的波洛克！"

罗伯听得脸红心跳，这是他最爱的研究工作，从未知着手，然后抽丝剥茧，直到柳暗花明。而抽象表现时期的艺术家又是多年来他带研究生作讨论的主题。

"六件都作于1948年。"菲利浦趁势又补了一句，但见罗伯不语，话锋一转，"晚上七点车子到旅馆接你。"

罗伯没说话，但迅速举起左手做了一个OK的手势。

菲利浦离开前丢下一句："我会在那等你，到时候见！"

罗伯尾随在女子的身后，穿过了多道回廊，又上下了好几层阶梯，短短几分钟的时间，好像坠入了时空隧道，穿梭在20世纪艺术史的长河里，从毕加索蓝色时期的作品、野兽派和立体派的主干和支流、布拉克的拼贴、莫迪利亚尼、达达到超现实的达利、基里科、恩斯特、玛格丽特、蒙德里安、贾科梅蒂的雕塑，到战后抽象表现主义的德·库宁和罗斯科，20世纪前半个世纪现代主义艺术每个风格期的作品，无一缺席。"这主人到底是何方神圣？"他嘴里嘟哝着，但一时无法从他上百个认识的收藏家里搜寻到任何线索，毕竟干过多年的策展人，总知道向谁借展品,凭着这些年累积的人脉,对于作品的出处和收藏脉络,少有难倒他的例子。但一路走过这么大票经典作品,少说二三十件,却从没见过其中任何一件。不轻易服输的他,唯一能肯定的是,这批作品绝无出版或任何展出记录,否则逃不过他的法眼和业内无人能匹敌的记忆力。

女子用力推开了一扇门,月光洒在两人的脸上,罗伯不由自主地抬头往上望,这残月迎着飘近的几片乌云,仅剩的微光似乎将被遮蔽。他跟着女子的步伐上了几层台阶,映在眼前的就是那个玻璃游泳池,刚刚望见的是底部,现在终于见到它的庐山真面目了。他们沿着池边走,这是一个五十米长的标准泳池,罗伯好奇地往池里探,整个池子好像没了底,一旦纵身入水,就会沉入万丈深渊。想了想,不禁打起哆嗦来。

游泳池的另一边是一栋两层楼高的建筑,中间低矮,两侧各升高一层,呈一个凹字型。中间面宽约五十米,几乎与泳池同宽,以五片大落地玻璃构成门面,透着灯光,看得出是间展厅。厅里正面的墙上挂着几件同风格同尺寸的抽象绘画,因距离太远加上老花,罗伯一时辨识不出是谁的作品。玻璃大厅的两侧各挑高一层,底层是水泥面,没窗户,紧挨着玻璃展厅,上面架着长方形格窗,一明一暗,一虚一实,用材极简,有点像是改良过的包豪斯建筑风格。

随着距离越来越近,罗伯清楚地望见挂在墙上的那六张波洛克的滴画作品,每张约50厘米×50厘米,从表现形式和画作的大小,一眼便可辨识出是其早期的滴画作品。波洛克于1945年跟美国画家李·克莱斯纳(Lee Krasner)结了婚,他向当时的经纪人佩姬·古根汉(Peggy Guggenheim)借了买房的头期款,小两口便搬到纽约长岛的东汉普顿。他在这之前的作品,仍深受超现实主义的影响,再慢慢转化为抽象表现主义。直到移居东汉普顿,受到老婆的启发,开始着手尝试滴画。然而1945—1948年波洛克早期的滴画作品问世的不多,且都以小尺幅的习作为主,直到1948年在艺评家好友格林伯格(Clement Greenberg)的建议下才开始尝试大尺幅的作品。这时波洛克为了更了解自己身体的律动和掌握油漆滴洒的力道,必须不时借助酒精让肌肉更为放松,以图制造一种自发性的构图,能让点线面瞬间营造出空间感。而这种尝试随着酒精的催化愈显效力,在1950年达到了滴画创作的巅峰,但也因此让波洛克养成了酗酒的习惯。尤其在1950年之后,滴画难有突破,酗酒的问题愈发严重,整个创作又慢慢回到早期抽象表现的手法,偶而混搭滴画的技法,但瓶颈却久久不见突破。忧郁加上严重酗酒,最终波洛克于1956年因酒驾车祸身亡,其留下的经典作品为数不多。"六件都作于1948年。"菲利浦的话言犹在耳,但罗伯似乎另有定见。

这时女子与罗伯来到了玻璃建筑物前,女子熟稔地推开了最右侧的玻璃门,玻璃门上连个把手都没有,五大片玻璃连成一气,初来乍到者一定不得其门而入。一跨进门,阵阵谈笑声夹着浓浓的雪茄味从右侧楼上飘了下来。楼上采用挑高楼中楼的设计,隔窗从外面延伸到里头。门一推开的瞬间,楼上有个男子从长方形的格窗里探了探头,马上扯开了嗓门,一个熟悉的声音在空气中回荡着:"罗伯!你终于到了!"菲利浦一面嚷着,一面走下楼梯迎向罗伯,左手指间还夹着未抽完的雪茄,罗伯一闻就知道是高斯巴(Cohiba)①顶级雪茄,零售一根要价近100美元。他以前也爱雪茄,但觉得抽雪茄太过硬朗,叼根烟斗似乎更吻合学者的形象。这个刻板印象,早在他十几岁开始阅读乔伊斯(James Joyce)、艾略特(T. S. Eliot)和萨特(Jean-Paul Sartre)的作品时就已根深蒂固,尤其这几个文学家叼烟斗的帅劲,让他着迷的程度远胜过对他们作品的喜爱,所以他现在改抽烟斗。而且烟丝便宜些,更方便携带,不像雪茄还得保存在一定温度和湿度的雪茄盒里,雪茄剪和强力打火机也都少不了,出差远行行头一大堆。而袋装烟丝,一包80—100克,足够老烟枪消耗一个月,偶而抽抽,顶个两三个月不成问题。罗伯更绝,每有出差,干脆用装三明治的拉链袋抓些够用的烟丝塞在行李箱里,反正他没烟瘾,只有放空或沉思时才咬咬烟斗。

菲利浦一路推着罗伯上楼,这时其他三人不约而同从沙发上站了起来,走到楼梯口准备迎接罗伯。"快点快点!"菲利浦在后头催促着。罗伯抬头一看,美籍墨西哥裔银行家兼大收藏

---

① 古巴产的一种知名雪茄。

家大卫·马谛涅兹和摩根大通(J.P. Morgan Chase)北美区的资深副总裁卡尔·萧就站在楼梯口,两人的身后还有个被遮住的身影,一时看不清楚。"大卫和卡尔就不需我介绍了吧!"菲利浦拨开大卫和卡尔,拉着罗伯穿过两人。

"嗨!又见面啦!"罗伯匆忙问候了大卫和卡尔一声,停在一位身材瘦小略为矮短的男子面前。"罗伯!这位是 AXA 新任的执行长约瑟夫·史瓦兹。"菲利浦热心地介绍约瑟夫给罗伯,却忘了回头介绍罗伯给约瑟夫。罗伯狠狠瞪了菲利浦一眼,迅速伸出右手握住约瑟夫的手,"不好意思!我叫罗伯,幸会!"一旁的菲利浦突然噗嗤笑了出来,"有谁不认识我们大名鼎鼎的罗伯·霍顿教授啊!"一面示意大家坐下,俨然像是这里的主人。

卡尔在摩根大通主导上市公司的并购案,兼主持集团对非营利机构的赞助案中,多次买下难得从私人收藏家手里放出的重要艺术品,再转赠 MoMA,影响 MoMA 馆藏甚巨,他和大卫都是 MoMA 的董事,大家本来就熟。罗伯倒是对眼前这位素未谋面的 AXA 新任执行长有几分好奇。罗伯曾多次协助过这家全美最大的艺术品保险公司调查伪画诈保案,与前任执行长杰生是多年的好友。杰生后来因轰动一时的波士顿伊莎贝拉嘉纳美术馆(Isabelle Steward Gardner Museum)窃案而去职。眼前的这位约瑟夫,身材瘦小矮短,顶个地中海秃,戴着金边无框眼镜,很难让人把他跟姓史瓦兹(Schwarz)的犹太人联系在一起。

罗伯不经意地打量着约瑟夫，约瑟夫似乎意识到罗伯的目光，刻意地望向罗伯，两人四目交接，罗伯尴尬得转开眼神，约瑟夫却镇定地伸手掏出外套口袋里的名片，递给罗伯，顺势化解了罗伯的尴尬。罗伯知道眼前这位约瑟夫，虽没有姓史瓦兹的人该有的身材，却有着姓史瓦兹的人该有的机灵与狡黠。史瓦兹是德国犹太人的大姓，二战期间因反对纳粹，家族多人被捕处死，大战结束后，大举迁徙美国，涉足医界、商界、政界、金融圈、娱乐圈和珠宝钻石市场，人脉广且多人高居圈内要职，美国历史最悠久的玩具公司 FAO Schwarz 和喧哗一时的血钻石幕后都有史瓦兹的身影。

"不是还有一个人吗？"为化解自己的尴尬，罗伯冷不防地丢出了问题，除了约瑟夫外，其他三人不约而同且惊讶地抬头看着罗伯。

罗伯刚下车时，虽精神不济，却也瞥见了菲利浦的那辆淡蓝色宾利双门跑车，就停在那四辆车之中。除菲利浦的车外，还有一辆黑色宾利四门房车、一辆白色的劳斯莱斯和一辆暗红色的玛莎拉蒂两门跑车，即使在微弱的灯光下也很难被忽略。罗伯并不爱车也不懂车，自己也不会开车，但曾经在路过哈佛广场的书报摊时，被一本汽车杂志的封面标题吸引住——"你这辈子无法拥有却不能不知道的世界名车"，他的自尊心马上被激化，严肃地拿起杂志翻了起来，所有杂志里的车子他几乎都不认识，但当他把杂志再放回架子时，内心不禁窃喜，自信地对自己说:"从现在起,你不能再说你不懂车子啦!"这次是他第一次检视自己所学,就考了满分。他见过大卫的那辆劳斯莱斯,司机送他来开董事会时就暂停在 MoMA 的外面,车头那个带着翅膀的天使标志,令人过目难忘。在德国导演文·温德斯的公路电影《欲望之翼》中,有很长的片段一直特写劳斯莱斯车头上的这个天使标志,暗喻在旅程中实现未完成的梦和意象,而这部电影他看了不下十遍。另一辆黑色四门宾利,AXA 的杰生尚未去职时,这是公司配给他的座驾,约瑟夫接了杰生的位置后,车子也应顺理成章换了主人。最后一辆玛莎拉蒂跑车,绝非卡尔的品味,依他推论,这车的主人年纪应不出五十岁,因为这种跑车要价 16 万美元,与宾利或劳斯莱斯的价格相比相对便宜,但也非一般人买得起,一辆福特或丰田也不过一万多美元,所以此车的主人该是中年有成,有点钱又稍具品味的专业人士。就此推论,卡尔应该就是房子的主人,因为宾客的停车位不见卡尔的车,按理应停放在自己的车库里。但菲利浦为什么不一开始就讲明收藏家就是卡尔?而谣传大卫以天价买下的那张波洛克的 *Number 5*,为什么出现在卡尔的住处?回廊和大厅里那些不曾问世的现代艺术大师的作品又该作何解释?罗伯一时遁入了沉思,但马上又被突来的声音带回现场。

就在此时,洗手间的门恰巧向外打开,一个高瘦的身躯走了出来,罗伯一眼就认出是苏富比的陶比斯。

"老师!怎么到现在才来啊!我把原本留给你的那根

Cohiba 都干掉了！"陶比斯一见罗伯，劈头就唠叨，完全没学生对老师的尊重。

陶比斯曾是罗伯在哈佛大学的博士班学生，生性聪颖，反应快，但好投机。在罗伯的讨论课里，他很少抢先发言，都先静静地听着其他同学的高论，然后再就同学的言论提出他的看法，一样可以跟同学辩得面红耳赤。但罗伯绝非省油的灯，一眼就识破陶比斯八成是没看过他规定的阅读书单，只是逞口舌之快，用他的小聪明，叠床架屋罢了！但罗伯还是喜欢这家伙，虽说陶比斯好投机，但他有种见微知著的本事，往往举一能反十。其实当老师的很难不偏心，遇到这种聪明不用功的学生，有时还是会睁一只眼闭一只眼的，但事情就坏在陶比斯自以为是的小聪明上。

他赶在期末报告截止上交当日上交了三十页的报告，就三十页、双倍行距、Arial 10 号字，一切照罗伯的要求，不多也不少，题目很耸动，《是谁剥光了杜尚的新娘—大玻璃的悬念》。罗伯从不规定报告的题目，他要求博士班的学生具备自己找问题自己解决问题的能力，他更享受从学生五花八门的研究里获得新知与新观点。陶比斯这学期的期中报告罗伯曾给了个 A+，还大加赞扬他的逻辑观和抽丝剥茧的能力，所以班上八个学生里他最期待陶比斯的报告，尤其好奇被学者嚼烂的杜尚还能研究出什么新花样。

这天罗伯没课，他如往常一样待在家里，点起烟斗，开始阅读学生的报告,第一份就是陶比斯的。他花了十分钟先快速浏览过第一份报告,然后用铅笔在尾页做了些标注,他很满意地合上了这份报告,再用差不多的时间浏览第二份报告,一样在尾页做了标注,就这样很快翻完了八份报告。他不得不惊叹,陶比斯这小子的逻辑和论述能力已远远凌驾同侪!一般文科的学生通常较缺乏科学的辩证能力,但陶比斯打破了这个魔咒,他大学主修心理学,辅修艺术史,被哈佛录取前已取得一个艺术史硕士学位,但他一点都没有文科人的八股样。陶比斯的三十页报告里,光引述的注解就有十一页之多,超过了整份报告的三分之一,但短短十九页的论述不但引经据典,更是掷地有声!更何况一个他不看好的题目,竟能点出以前史家忽略的观点。杜尚不是罗伯的研究长项,但这位前卫艺术家在一战期间将一个普通的小便池签上 R. Mutt 的假名,却以雕塑品之名发表了这件《喷泉》(*Fountain*),震撼了全球艺坛,不仅颠覆了传统的创作思维,更影响了 20 世纪后半个世纪观念艺术的滥觞。陶比斯的报告又燃起罗伯重新研究杜尚的兴趣,尤其报告题目所讨论的这件杜尚花了八年才完成的装置作品《大玻璃—新娘甚至被她的汉子们剥得精光》(*The Large Glass-The Bride Stripped Bared by Her Bachelors, Even*),一件两面裂开的大玻璃夹着一些丈二金刚摸不着头脑的符号。当时能理解这件作品的人不多,现在也没多少学者在持续谈论这件作品,但陶比斯报告中的一段话却言简意赅地把杜尚的创作理念讲得透彻:

"杜尚的作品在解构与重组的过程中制造了不同的联想机制,说明了不同物件的机会性,其重组后所形成的意象,已超出语言或符号的限制,进而将艺术表现推向一种虚无、荒谬的境地,而这种超越语言符号的艺术张力,不但印证了达达主义所倡议的不具语言符号意涵的东西,更被游走于幻境与写实间的超现实主义者奉为圭臬。"句句敲到罗伯的心坎里,心想着这种学生十几年来,真是百里挑一啊!

罗伯再次细读陶比斯的报告,他突然闪过个念头,这家伙不爱念书,报告里却洋洋洒洒地引用了十几本书,也许陶比斯只是不爱念他指定的书。想着想着,他顺势看过陶比斯引用的书目,心头一惊,这些书大部分他都没看过,甚至没听过,其中几本符号学的著作,可是他的研究领域,他居然也没印象看过这些书,但这些书的作者可都是这领域赫赫有名的专家。他不禁自惭形秽,觉得自己最近也许太懒散,竟让学生超前了。他马上打开电脑,上亚马逊搜寻这几本书,竟然都没得卖,他又登陆了学校的图书馆,也都查不到这几本书。他开始觉得事有蹊跷,于是将陶比斯引用的每本书都查过一遍,只有三本书查得到。罗伯二话不说,披上夹克,起身前往学校的图书馆。

罗伯一见陶比斯从洗手间钻了出来,似乎难掩他的尴尬,嘴巴微张却挤不出一个字来。七年来罗伯从没忘过这家伙,更没预期会在这个场合与陶比斯不期而遇。爱之深责之切,七年前罗伯最看好的一个门徒,背叛了自己也背叛了他,他捏造了不存在的书目,就连那三本查得到的书,所引用的论述也是瞎掰的,这是罗伯二十几年教职生涯中遇过最棘手的事件,陶比斯是他教过最聪明的学生,也是最愚蠢的一位。他曾试图让陶比斯有解释的机会,但陶比斯只冷冷地回答:"既然被你识破,我无话可说,但想顺便提醒你,我期中报告的 A+ 也是你给的。"罗伯一时目瞪口呆,就像现在一样,久久说不出话来。最后陶比斯离开了他的博士班,也离开了学校,却进了苏富比。

"老师!我以前让你失望,现在可没再让你失望了吧!"陶比斯挨着罗伯坐下,掏出了一张名片毕恭毕敬地交到罗伯的手里。看着名片,那件刚刚惊鸿一瞥的 *Number 5* 又再度浮现脑海,罗伯心想着今晚的聚会一定是个布局,只是谁借菲利浦布了这个局?又为何要布这个局?难道就为那六张不曾问世的波洛克?

"罗伯!我倒好奇你怎知道陶比斯今晚会来这里?你什么时候也干起侦探来了?"菲利浦好奇地逼问罗伯。罗伯一时还无法抽离过往的种种,看了菲利浦一眼,倒也没搭腔。

这时陶比斯开口了:"老师一定观察到了什么蛛丝马迹,所以才斩钉截铁地问是不是还有一个人。我在洗手间里一听到,马上钻了出来,心想着可不能再忽悠他了,不然又会落在他手里!"罗伯听得出陶比斯的话中话,可见七年来陶比斯对他当时的处置仍耿耿于怀。

"我数了数停在外头的车子,就觉得应该还有一人!"罗伯顺势化解了尴尬,又接着说,"但真没想过会在这里遇见我这辈子最不想见又最想见的人!"他把眼光投向了身旁的陶比斯,又补了一句:"你真是我这辈子挥之不去的梦魇啊!"话一出口,大伙都笑了起来。罗伯这时明白,对这群人而言,他就是个局外人,大伙正盘算着什么,他迫切等着有人能赶快切入正题。

"罗伯,你是个聪明人,一路走到这里也看了不少屋子里的名画,心里铁定也存有许多疑问。不瞒你说,这些作品都是大卫三十几年来的收藏,有些二战前的作品可能是当年纳粹的掠夺品,所以从未曝光。大卫收这些作品所费不赀,怕一旦曝光,家属进行追讨,就得无条件归还,这无需我多加解释,你也清楚得很。"罗伯知道这开场白绝不是今晚的重点,他仍耐心地等着菲利浦切入正题。"其实今晚找你来,是希望你能对厅里的那六件波洛克提出一些看法。"罗伯听得出来菲利浦的语气是一种试探不是一种要求。

"容我请教这屋子的主人是大卫吗?"罗伯没顺着菲利浦的话,冷不防地丢出这个问题,搞得其他几人面面相觑,最后大卫和卡尔互看了一眼,卡尔回答得很直接:"是我的房子,哪里不对吗?"众人眼神中似乎透着一种不安,但都明白罗伯绝非省油的灯,只是罗伯的问题有点超乎他们的掌握。

"我只是好奇大卫三十几年来呕心沥血的收藏怎会都在你家?"罗伯锐利的眼神看着卡尔,步步逼近。罗伯就是这个性,凡事打破砂锅问到底,不服输,爱挑战,说穿了就是学者的那股傲气,不太懂也不爱交际,只要他认为是对的,总是据理力争。但问题就在于他"认为"的基础,纯粹是个人一种顽固的认知,一旦把这种认知的程式写在脑里,就像扫不掉的病毒,愈扫就愈棘手,破坏力就更大,最后解决问题的方法就是全然摧毁,重新来过。

这时坐在菲利浦身边的大卫插了嘴:"这个我来解释,其他人说不了,也不好意思说!"罗伯不喜欢这种一搭一唱,开始有点耐不住性子。"其实从买了 *Number* 5 以后,我的财务开始出现危机。就像当年买了梵高《向日葵》的日本安田火灾海上保险公司,都创下了该艺术家当时的最高成交纪录,但这两件作品好像是种魔咒。安田火灾海上保险买了《向日葵》却被质疑是仿作,公司一度面临运营危机,最后也只能把《向日葵》供奉在他们顶楼的美术馆里;而我买了 *Number* 5 之后,噩运连连,大部分的基金投资被套牢,尤其雷曼兄弟破产时硬亏了近三分之二的资产,两年前一些贷款银行又抽我银根,只好开始变卖一些不动产,这间房子和你刚刚看到的那些作品,就是在那时请卡尔帮忙向摩根大通抵押贷款,但⋯⋯"罗伯等不及大卫把话说完,硬插了进来,说:"但这些作品有可能是当年纳粹的掠夺品,或根本就是掠夺品,完全不能曝光,且难以脱手,为什么摩根大通还愿意拿这些画抵押贷款给你?你是不是想告诉我这是不能说的秘密!"罗伯一口气把话说到尽,其他五人一时鸦雀无声。

"罗伯,既然找你来,就没什么秘密!"菲利浦试着打圆场,"今天找你来,主要是针对展厅里那六件波洛克的作品,想要你给个意见,你就先别在其他的作品上打转了。"

罗伯一听更沉不住气,"既然不是秘密,干吗怕我问?再说,既然找我来了解那六张波洛克的画,那这事又跟在座的各位有啥关系?"他说着把目光投向坐在身旁的陶比斯。

"这个我来说给老师您听。"陶比斯一派气定神闲,"其实是我建议找老师来帮忙,因为我上过老师您的波洛克研究课,深知没人比老师更懂波洛克的作品,加上MoMA考虑馆藏这六件作品,老师您又是MoMA的典藏顾问,所以……"罗伯作势想打断陶比斯,陶比斯暗示让他把话说完。"……所以他们找我来研究这六件作品上拍的可能。这不就回答您的问题了嘛!"陶比斯一口气说明了来意,罗伯只好把到嘴边的话咽了回去,让陶比斯继续说下去。"卡尔想循惯例买下这六件作品捐给MoMA,但作品捐赠前需要典藏委员的同意,您是典藏委员会的头,当然要您先认可才行。加上,大通要求捐赠要有公开议价的程序,上拍便是最好的方式。如您认可了这六件作品,当然希望您能在拍卖图录上写些东西,加强证据和说服力,毕竟这六件从未出现在市面上,肯定会引起一些争议。"

罗伯见陶比斯语歇,迫不及待地接了话,"这些东西哪来的?"陶比斯一个眼神望向大卫,罗伯看在眼里,一来一往摆明了就是套招,终于憋不住气,"别再当我是三岁小孩啦!今晚到底要我来干啥?有话直说,不然我现在就走人!"

这时带领罗伯前来的那位女子端上了咖啡。"大家先用点咖啡!"女子招呼着,转身递给罗伯咖啡时,刻意向罗伯使了个眼色。女子已换上了一身白色的运动夹克和运动长裤,罗伯第一眼没能认出,也没心思理会女子的眼色,心里还为刚才祭出的杀手锏悸动着,急着等大家的回应,女子这一搅和,刚刚的气势全没了。"教授,要糖和奶精吗?"熟悉的声音再度勾起罗伯的记忆,他开始想着女子那个突如其来的眼色,"糖就好!"他抬头望着女子不经心地应着,女子熟稔地往罗伯杯里加糖。他试着再次搜寻女子刚刚的眼色,迅雷不及掩耳地又偷瞥了她一下,女子眼神并没异样。"难道眼花了吗?"他心里嘀咕着,顺着女子俯视的目光低头端详着手上的咖啡杯,洁白的糖粒慢慢地没入黑色的咖啡里,就像他内心无名的坚持逐渐被怒气吞噬,他顺手拿起汤匙搅拌了一下,一张小纸条微微地露出了咖啡表面,他心头一惊,镇定地用汤匙硬是把纸条压回咖啡里,他再抬头,女子已转身下楼。

罗伯这个人遇强则强,遇弱则弱,但最大的弱点不是固执,而是过度自信让他少了防备心,一旦发生预期外的事,往往自乱阵脚,为了掩饰自己内心的慌乱,他的固执有时候会变得有点荒谬。他不停地搅拌着手里的咖啡,眼睛死盯着杯里载浮载沉的白色纸条,纷乱的思绪深深锁住他的眉头,内心的纠结更加速他手里汤匙的搅动。也许他心里已闪过数十个念头,如何在众目睽睽下能不动声色地顺利阅读那女子留给他的纸条,但此时他就像个做错事的小孩,胆战心惊,尽量故作镇定,本想察言观色,又不敢贸然抬头,他只好试着放慢所有的动作,以免引起旁人的注意。就在他慢慢深呼吸之际,不知从哪冷不防地冒出了一句话。

"是不是有东西掉你杯里了?"坐在另一侧的约瑟夫远远地关心着罗伯。

这一问,罗伯瞬间被问傻了,早前只在心里反复模拟阅读纸条的方式,从没料到有人会注意到他杯里的东西。所以这一问,竟把他吓到六神无主,乱了方寸。罗伯虽然是业界的翘楚,能言善道,但他已习惯做每件事前先做好相应的准备,预期外发生的事,他本能上往往先选择躲避或不回应,但这次却被问得无处可躲。他顿时觉得手在发抖,杯子一直往下沉,他头也不抬,话也不应,只觉得体内的肾上腺素瞬间激增,两耳发热且轰轰作响。此时,菲利浦和大卫把喝完的咖啡杯摆回了桌上,卡尔接着也把喝剩一半的咖啡摆在另一个小茶几上,而给约瑟夫的咖啡他就一直没端起来过,现在好像每个赌客都一一亮了牌,逼着庄家也得跟着亮牌。就在陶比斯快要把咖啡杯也摆回桌上前,只见罗伯举起了杯子直往嘴里送,一咕噜把咖啡一口气喝下,纸条在嘴里兜了一圈,罗伯用舌头一顶,想顺势将纸条卡在牙齿后缘,但纸条却转到了舌根,咖啡差点跑入鼻腔,他怕呛了出来,只好把咖啡和纸条都一起吞了下去。

"你说我吗？我杯里没东西啊！"坐在罗伯身旁的陶比斯疑惑地回应约瑟夫，还故意亮了一下他刚喝完的空杯。约瑟夫挥了挥手，示意没事。此时众人的目光不约而同地投向坐在一起的罗伯和陶比斯，罗伯试着收拾内心的惊慌，企图从混乱中找到秩序。他再次板着脸抬起头来回视在座的其他人，狠狠抛出一句："我们现在还继续谈吗？"再次把用咖啡前的氛围重新拉了回来，让自己又占了上风。此话一出，罗伯不禁心里暗自窃笑，当个称职的演员其实不难，只要适时转个念，想着剧中角色的性格，厚起脸皮就是演戏。为了练胆量，罗伯大学时参与戏剧社，演过几个阿瑟·米勒（Arthur Miller）、田纳西·威廉斯（Tennessee Williams）的本子，竟然还被导演看上演主角。厚着脸皮硬上，主角内心的冲击、挣扎、惆怅，甚至濒临崩溃的心情转折，竟都能被他在一路忐忑下演绎得淋漓尽致。过往舞台表演的底子有时真让他不得不佩服自己，虽然平常临危必乱，但逆势而为的能力又再次让他轻骑过关。

"我看大家今晚长途跋涉来到这里，都累了！不如先休息，我们明天再继续讨论。罗伯，你看如何？"卡尔故意把球丢回给罗伯。罗伯心想着，这里面大有文章，在没弄清楚葫芦里卖什么药之前，不如以退为进，转攻为守，待弄清事情的原委后，再见机行事。

"好吧！但别忘了明天得给我个说法。"罗伯即使心里已有定见，也不忘追加最后这一句，总得把戏顺着演完。

"罗伯,要不你今晚就在展厅另一边的客房歇着,也帮忙盯着楼下那六张波洛克的画作!"卡尔的风趣稍稍缓和了气氛,但听在罗伯的耳里,却总觉得卡尔语带玄机。

卡尔拿起电话按了分机,隐约听到楼下电话在不远处响起了回音,好一阵子,确定没人应,卡尔转身告诉罗伯:"珍妮好像不在屋里,你可以再等一下,待会让珍妮带你过去。如真累了撑不住,要不就请你自行走到对面,就楼上唯一的那间套房,我会请珍妮把行李送到你房里。"卡尔一面讲一面示意罗伯房间的方向,语气中带着几分虚假的歉意。

"珍妮是送我来的那位女孩吗?"罗伯想再次确认。

"是啊!她一路上都没跟你提她是谁?这丫头也太没礼貌了!"卡尔故作惊讶地望着罗伯。

"我上车后不久就睡着了,还没机会问呢!"

"她房间就在这屋里,分机上黄色按键,有什么需要,找她就是!"

罗伯耳朵是听着,但眼睛却盯着电话机上红色、黄色和绿色的按键,心想:其他两颗按键是干啥用的?卡尔看出他的好奇,却不想给他任何追问的机会。

"我想你一定累坏了,早点休息吧!"众人不约而同起身跟罗伯道别。

"祝你今晚好梦啊!"菲利浦拍拍罗伯的肩膀,不经意地补上一句,谐谑地笑着。

2

罗伯被单独安排住在展厅另一头的二楼,其他人则住在主建筑物的客房里。

罗伯正要爬上对面楼梯时,看见楼梯正底下有个三角夹间,门半掩着,他踏上阶梯时刻意往门里瞧了一眼,门缝中不时透出闪烁的光影,他本以为是里头开着的电视,但没听到任何电视声。他再上了一个台阶,好奇地多停留了几秒,又不经意地往门缝里望了一眼,这回的角度让他看明白了,墙上满是监视器的屏幕,桌上堆满了拷贝带。他又上了一个台阶,这次他头也不回地死盯着里头瞧,就在此时,门被轻轻地从里头带上,罗伯被这突如其来的举动吓到,尴尬得只好快步直往二楼奔去。

"这屋里没风,门不会自动关上,一定是自己的偷窥被发现了,里头的人便把门带上。但这轻轻一带,是刻意不惊动其他人,不管是客气还是提点,对自己的警告意味明显。"罗伯两阶一步地上了二楼,一面思索着。

他一站定,突然转身,惊慌地往四处张望,死命地寻找什么东西。"这地方一定布满了监视器,我的一举一动一定都被监视着。"这股本能的反应,竟让他背脊凉了半截。他数着墙角的监视器,小小的空间里竟有13处电眼。"平常这里几乎没外人,设这么多监视器,几乎涵盖每个角落,到底在监视什么?"他百思不得其解,视线仍不放过每个角落。就在他望向对面时,他突然看见卡尔隔着玻璃也正望向自己。两人交接的视线短暂停留了几秒,卡尔面无表情地叼着雪茄,雪茄就像粘在他嘴里,不见吸吐,烟雾却从他嘴角慢慢渗了出来,半罩着他的脸,烟雾缭绕中,卡尔的眼神愈显锐利且直直逼近。罗伯心一慌移开了视线,马上转身进了房间,心砰砰地跳着,竟一时喘不过气来。

"我想我们给自己找上麻烦了!"卡尔又深深吸了一口雪茄,两眼仍目不转睛地望着罗伯的房间。

"你这话怎么说?"大卫听到卡尔这么说,倒是有几分好奇。

"罗伯确实不是省油的灯!也许我们都太低估他了。"卡尔突然转向菲利浦,接着说,"就连跟他有十多年交情的你,都不见得了解他!"

"我不明白你的意思!"菲利浦丈二金刚摸不着头脑。

卡尔若有所思,但不打算向菲利浦进一步解释。他慢慢坐回约瑟夫的旁边,又深深地吸了一口雪茄。他不疾不徐地转向约瑟夫,但这次他右手的食指把雪茄扣得更紧。

"约瑟夫,你怎么看这事?"他刻意地往烟灰缸里弹了下雪茄,但没有灰掉落。

"其实我倒不担心罗伯,他毕竟只是个学者,单纯到只追着我们要答案,从这点看,我们初步的计划算是成功了。今晚他的疑问是我们制造出来的,只要我们暗中引导他找到答案,而且这答案不能我们给,要让他用自己的方法找到,他才能相信它的真实性。如果我们的剧本写得好,他演得也起劲,应该不难达到我们的目的。"他看没人有反应,便接着说,"大卫和卡尔你们私下的关系,没人能置喙,罗伯知道后更能释疑,所以拿纳粹掠夺品来融资这事,重点不在你帮他融资,对罗伯而言,是纳粹掠夺品的法律问题,加上这些作品他从没见过,铁定会费心思在这上面。时间一长,疑点就多,这点我们得速战速决。"约瑟夫的角色随着他的分析更让人觉得他就是此事的操盘者。

"菲利浦你站在美术馆的立场,必须表现得更中立,不要让他怀疑你也是共犯,所以有时你得站在他的立场帮他出气。而陶比斯你现在是个执行者,已经让他知道这六件波洛克得通过你的安排上拍,才有可能进到美术馆,他作为馆藏的把关者,知道资金面不是问题,一定会把重心放在作品的研究上。你是他学生,知道他的研究方法,更重要的是你懂得无中生有的方法,你研究上骗过他,他害你退了学,他现在对你仍有愧疚,甚至相信你已没理由再骗他,所以他对你会先选择信任,而且在我们这群人中也只有你能赢得他的信任,只要你掌握得宜,不难让他走上我们布好的局。"

"你怎么那么笃定,曾经被我骗过、对我失望透顶的人,还能再次相信我?"陶比斯心里就是不踏实。

"攻心为上!我不能笃定他对你毫无戒心,所以我安排了另一个局外人来说服罗伯,我敢说,罗伯现在正急着找这个人厘清他心中的疑点。"约瑟夫不改他一贯冷静且胸有成竹的本色。

"我怎么不知还有个局外人?"菲利浦急着插话,心想愈多人知道风险就愈大,要是出了纰漏,他这个馆长的位子不但不保,可能还得吃上官司。

"其实不是别人,就是刚刚端咖啡上来的那位姑娘——珍妮!"此话一出,其他人面面相觑,就连作为主人的卡尔都没了头绪,大伙都等着约瑟夫说原委。

"为了让罗伯照着我们的剧本走,我交代珍妮去接罗伯时在车上递给他一瓶掺了GHB的瓶装水,这种GHB俗称神仙水,属二级毒品的伽玛羟基丁酸,是一种中枢神经抑制剂。它呈现无色无味液态,饮用进入人体后,会产生类似酒醉、昏睡、失忆或幻觉等症状,CIA①审讯"基地"恐怖组织的成员时也常用GHB配合深度催眠来引导招供,偶而也会被保险公司用在一些棘手的理赔案件上。一旦饮用少量的GHB,饮用者潜意识会认

① 美国中央情报局(Central Intelligence Agency)的简称。

为自己已昏睡,但记忆神经却仍然运作,如趁机植入新的记忆,很容易达到洗脑作用。"约瑟夫似乎为他的布局显得有点得意。

"我要珍妮在车上趁罗伯自认昏睡之际,告知罗伯此行的任务在于深入研究一批从未问世的艺术品,下车后又引领他亲眼目睹那些作品,让他先产生一连串的疑问,好让他顺理成章进到我们事先拟好的剧本里。刚刚我们在跟罗伯交谈时,我知道珍妮会透过监视器看着我们,便趁机对着镜头暗示她帮我们送上喝的。当她递给我咖啡时,我知道下一杯会递给罗伯,就把撕下的糖包纸条故意丢入罗伯的杯里,我猜珍妮会以为我别有用心,不会吭声,但她在端咖啡给罗伯时八成会不安地看罗伯一眼,这是人的本能反应。而从罗伯看到纸条后紧张的反应,我猜他已中了计,以为珍妮想暗示他什么。"

"你怎么知道他一定会相信珍妮?"菲利浦还是一知半解。

"因为在车上,我就已说服他相信珍妮了,都拜那瓶水之赐啊!"到现在其他人才明白约瑟夫也绝不是省油的灯!但这些非事先规划的安排,倒让主人卡尔对约瑟夫产生了戒心,都是犹太人,他知道约瑟夫这种性格能载舟也能覆舟。其实要约瑟夫参与此事,是要他在保险上帮忙,哪知这家伙为了能顺利推动他之后要负责的部分,就连先前的布局都如此费心运筹帷幄。卡尔听完约瑟夫的布局,缓缓地从沙发上站了起来,转身又望向对面的房间,心里想着,接下来也只能借力使力,才能达成任务。

罗伯开了灯,发现房间不大,就一张双人床、一个小书桌和一张单人沙发,没有电视,也没有冰箱,靠外头的那面墙中间被细窄的长方形玻璃左右横切,看起来像是窗,但装饰性大于实用性,整面玻璃一气呵成无法外推,加上表面反光,更无法从里向外眺望。整个房间除了房门外,没有第二处对外通路,是一处不折不扣的密闭空间。罗伯开始感到不安,他的空间幽闭症让他猛吸了几口气,急促的呼吸声伴随着加速的心跳,他开始感到窒息,他拖着脚步移向房门,就在伸手扭开房门把手之际,他顺手把灯关了。黑暗中,他吐了几口气,马上又睁大双眼环视了房间一周,他仔细检查每个隐蔽的角落,倒没发现任何光点,至少确认房里没任何监视器,他的呼吸才渐趋平顺。他再次开了灯,没把房门全带上,故意留条缝,虽达不到透气的功效,至少有放松神经的作用。本想冲进浴室洗把脸,但他想到手提行李还没送过来。他走到书桌旁,拿起桌上的电话,看着电话上红、黄、绿的按键,停顿了几秒,又把话筒放了回去。罗伯一时心生好奇,卡尔竟放任一个女子守护着他几十亿的资产,这女子绝非简单的人物,不是长期跟在卡尔身边的亲信,就是至亲。那她为什么还要偷偷塞纸条给他?如作为对他的一种提醒,大可在车上或下车引领他来展厅的路上就告诉他,何必挑个他正理直气壮的时刻介入?他一时百思不得其解。难道在他跟其他人激辩的当下,她一直在监控室监视着他,所以她的介入是想替其他人缓颊?再说,连坐在他身边的陶比斯都没发现他杯里的东西,被卡尔半挡住视线的约瑟夫竟看得到他杯里的纸条,难道在珍妮先给约瑟夫端上咖啡时就被他发现?罗伯拼凑着刚刚的场景,试图还原一个自己能接受的逻辑。

或许是他会错意,自己合理化了一个不经意的动作,把纸条和女子的眼神视为一种线索,在心里虚拟了一个情节。他深知自己常犯这种毛病,他爱福尔摩斯,更喜欢亚森·罗宾的侠义,大学毕业后,也曾申请加入 CIA 或 FBI,但最后还是选择了继续攻读博士学位。视觉艺术符号学虽是他的专长,但他自认更擅长观察人类行为,而这种自信却被自己的爱徒陶比斯严重摧毁,从此他对于人的行为模式,开始转入细部的观察,一言一行,甚至一个眼神或不经意的动作,都会被他扩大解释,试图从蛛丝马迹中找到逻辑,但有时却只是一种自圆其说的逻辑。

房外的敲门声突然把罗伯拉回了现实。他起身迎向前,顺道问了句:"谁啊?"门外的人都还来不及作声,他已把半掩的房门拉开。珍妮拿着他的旅行包站在门外,"教授,把行李给您送来了!"罗伯接过行李,却一句话都问不出口,连谢谢也忘了讲。"待会展厅通户外的门会从里头锁上,展厅的灯因保险理由会一直开着,如您想到外头透透气,随时让我知道。"珍妮字字清晰地说着,罗伯两眼直盯着珍妮说话的表情,思绪根本不在珍妮的提醒,他只想从珍妮的表情中找到刚刚端咖啡给他时的暗示,但他失望了。他向珍妮点点头,随口一句"好的",随即带上房门,把珍妮隔在了门外。他一面走进浴室,一面伸手打开行李袋里的盥洗包,突然一张纸条从包里掉了出来,他急忙打开对折的纸条,"今晚11点半楼下见"。罗伯把纸条塞进了口袋,急忙赶了出来,开了房门,珍妮已不见踪影,他望向对面的会议室,灯也暗了,他探头往楼梯底下望,监控室的门紧闭着,他看了一下手表,已经11点10分了。

珍妮一步出展厅,飞快地绕过游泳池,下了台阶进到主建筑物的内部,她熟稔地穿过几个回廊,最后驻足在一扇门前,她先看了一眼手上的表,11点13分,马上举起右手轻轻敲了敲房门,同时深深地吸了口气,"叩—叩叩—叩叩—",房门一开,她侧身马上闪了进去。

"我把纸条塞给他了,接下来怎么进行?"珍妮有点上气不接下气地说着。

"我刚刚盯着平板,看到他冲出来找你,确定他看到纸条了!"约瑟夫把手上的平板递给了珍妮,罗伯冲出房门的影像,通过监视器的画面重复播放着。

"刚给他的咖啡里加了多少GHB?"约瑟夫再次向珍妮确认。

"照您指示的0.3毫克。"珍妮回答得十分干脆。

约瑟夫看了看手表,"那12点前,他应该会睡着,你得抓紧时间!待会就依计划行事,这资料你拿着。"珍妮点了点头,伸手接过约瑟夫手里的资料夹,转身欲要离开,却被约瑟夫叫住,"这事没让卡尔或其他人知道吧!"

珍妮向约瑟夫摇了摇头,再次转身开了房门离去。

3

　　珍妮是卡尔的外甥女,这点倒是被罗伯言中了,她的妈妈是卡尔的姐姐,但整家人远居美国西岸的旧金山,跟长年在纽约工作和生活的卡尔互动少。珍妮只从她妈妈嘴里得知这位舅舅的点点滴滴。她依稀记得卡尔结了三次婚,都没小孩,他的第一任老婆听说是爸爸的妹妹,依莲阿姨,他们离婚时自己尚未出生,后来不久依莲阿姨就因癌症过世了。第二任老婆在一起不到半年就分手,而最后一任老婆离婚时狠狠敲了他一大笔赡养费,卡尔不愿如数支付,双方闹上了法院,最后竟被他老婆挟怨报复,实名告发卡尔用艺术品漏税洗钱。后来卡尔的律师团反告卡尔的老婆诬告、伪造文书、侵占等罪名,反让她深陷囹圄一年多。最后法院查无漏税洗钱事实,方才结案,这才让卡尔松了口气,但也让人见识到卡尔的无情。卡尔怕此事引起一些后续效应,开始把自己台面下的不明资产慢慢分批登记到海外的公司,且对于企业捐赠艺术品用以减税的运作更为小心,布局更为缜密,只让公司的亲信执行,或利用共犯团体中的同伙护航。珍妮从伯克利加大毕业后，在纽约联合国做了两年的联络员，直到那时才有机会接触上这位素未谋面的舅舅。卡尔认为珍妮机灵、反应快，又是自己的外甥女，加上大学主修财经和艺术史，便跟自己姐姐争取，让珍妮到自己的麾下工作。

珍妮刚开始先在大通的对外关系部门工作，这个部门就负责大通对非营利机构的赞助案。这个工作让珍妮认识了不少国际大收藏家，但随着经手的案子多了，她愈发了解个中蹊跷，但她没多问，就做好交办的事。直到她在一个保险会议上认识了约瑟夫，约瑟夫那时刚接任AXA的执行长，整场会议上约瑟夫两眼炯炯有神死盯着她。约瑟夫的眼神让她坐立难安，这跟联合国那些官员轻浮的眼神不一样。在联合国里的那些老色狼，不管哪个国籍、什么肤色的男人，没人会对珍妮这款标致的身材有意见，加上她又最爱穿白色窄裙，说什么也不愿把自己最爱的行头换成端庄的套装，青春就是无敌，与之擦身而过的男同事，无一不见猎心喜，她一度荣膺联合国总部内最高回头率的头衔，而她也就爱享受女人对她的妒忌与男人对她的垂涎。但头一次遇到约瑟夫这种不友善的目光，似乎紧咬着她的一举一动，她的青春不再无敌，她的短裙不再得到关注，她的呼吸不再自信，一时逼得她手足无措，只能下意识地猛转手中的笔，这是她第一次学着躲避男人的目光。约瑟夫的目光并不轻佻，而是透露着一种威胁的信息，他即使不开口讲话，也有本事用眼神告知对方他的想法。虽然在联合国工作的雇员都须接受短期的反情报训练,但周旋于各国官员间的珍妮似乎尚未练就抵挡火眼金睛的本事,帅哥的眼神她能以一当十,但约瑟夫这种让她十秒内看不穿猜不透的眼神,使她心生畏惧,偶而遇到就只能闪躲,但各种形式的闪躲却往往成了心防的破绽,一旦被逮住,不攻自破。

"小姑娘,待会可否借一步说话,到我办公室单独聊聊?"约瑟夫坚定的语气压得珍妮透不过气来,她头也不抬地只能唯诺示意,搞得自己像是做错事的小孩,连自己也想不透为什么会有这等反应。

珍妮进了约瑟夫的办公室,一坐下,约瑟夫便丢了一叠档案资料到珍妮的面前,珍妮惊见档案名竟为"卡尔·萧的诈保案"。她迟疑地拿起档案翻阅着,约瑟夫不发一语,当她把档案放回桌上时,整个人傻在椅子上足足几十秒的时间。

"所有我们正在调查的案子,你都是唯一的经手人。据我们所知,你又是卡尔的外甥女,你还有什么要补充的吗?"约瑟夫冷冷地把问题抛出,却见珍妮面无表情地看着他。

珍妮缓缓地站起,顺势把档案夹推回给约瑟夫,"你找错人了!"她掉头要走,却被约瑟夫叫住,"等一下!我们需要你的协助。"这句话中的"我们"马上挑起珍妮的好奇心。她转过身来正要进一步询问约瑟夫的话中意,赫然看见约瑟夫左手里亮着FBI的探员证。"我说我们需要你的协助!"约瑟夫再次斩钉截铁地重复着刚才那句话。

2009年,卡尔收购了大卫这栋位于东汉普顿的房子和抵押给大通的这批画,便要珍妮负责打点这里的一切,珍妮离开了纽约大通的办公室,搬到了东汉普顿。

珍妮再次看了手表,11点24分,她快步穿过最后一个回廊,正准备踏上通往房外的阶梯,惊觉身后的一扇门突然开了,她才回头马上就被房里的一只手拉了进去,重心一个不稳,整个人跌入黑暗里,紧紧地被里头的一双手环抱住。她闻到Boucheron的古龙水味,马上没好气地骂道:"陶比斯!你闹够了没?"

陶比斯松开了手,开了灯,只见他一脸无赖地看着珍妮。"这么晚了,走这么急,去哪儿?"

"你就不能正经点吗?"珍妮没好气地说。

"还在生我的气?"陶比斯试探着。

"我明明叫你别蹚这趟浑水,你怎么老不听!"珍妮虽沉不住气,却刻意压低了音量。

"我们真的需要这笔钱!再说……"珍妮没等陶比斯说完,硬是插了话进来,"不用再说了!我不需要这笔钱,你也不需要,千万别用我当借口来满足你自己的需求!你要是真心想跟我在一起,就答应我别再搅和了。你是个聪明人,找个好理由,就说你干不了这事,让自己全身而退。"

陶比斯心想着,一旦踏入卡尔的共犯圈,就像误触蜘蛛网的苍蝇,即使蜘蛛无法立即将它毙命,量苍蝇也不敢振翅挣脱,愈是用力，愈是把自己给缠死在网上。

"卡尔是你舅舅，难道你不了解他的为人？你要我离开，那你倒告诉我你自己还在这儿干啥？别以为虎毒不食子，一旦出了事，你可是知道所有内幕的关键人物，绝对脱不了身！到时卡尔为了自保，还有你活命的机会吗？我自己做事有分寸，我不入虎山，哪能就近保护你啊！"珍妮被说得一时接不上话，愣了两秒，瞥见手里的资料夹，突然想起得赶回展厅，她看了一下手表，不禁脱口而出："不好了！坏事了！"转身开门跑了出去，把陶比斯抛在房里一头雾水。陶比斯拉住门，轻声在珍妮背后喊着："珍！珍！"只见珍妮两步并作一步上了阶梯，疾行开门出了房子。

罗伯见还有五分钟才11点半，便放慢速度趁机整理一下思绪，想着待会见到珍妮后用什么方式厘清他心中一连串的疑问，尤其楼下布满了监视器，如何才能有技巧地打探出答案又不露破绽。他推演着各种可能性，也模拟了珍妮的各种反应，他觉得有点头晕，本能地走向桌前想用纸笔一一记下自己的想法，突然眼前一片昏黑，接着一阵晕眩袭来，整个人便瘫坐在床上，他极力撑住自己的眼皮，但终究不敌GHB的药性，昏睡了过去。

珍妮一步入展厅，再次看了看手表，11点34分，她快速地搜索了一遍展厅的每个角落，却不见罗伯的踪影，紧张的视线最后停在罗伯的房门外。她瞧见门缝透着光，跟稍早一样门没关死,心想罗伯也许还在房里。之前半开着门等她送来行李,现在也半开着门,是否也正在等着她呢?但纸条上明明清楚地写着"今晚11点半楼下见"。她还记得陶比斯曾提起罗伯上课时从不迟到也不曾早到,只要他手上的电子表一响,即使已到嘴边的半句话也得喊停,让学生准时下课。这么重时间的人,不可能爽约,更何况约瑟夫费尽心思要她故布疑阵,以罗伯凡事抽丝剥茧的个性,他绝对不会错过见她的机会。推敲至此,珍妮内心透着几分不安。她不经意地抬头注视着角落一处的监视器,她知道约瑟夫此时正透过监视器看着她,她突然间有种期待,希望此时约瑟夫能透过监视器下达指示,但这种期待无疑是缘木求鱼。

  珍妮决定上楼探探门缝里的动静。她才准备上楼,突然听到一阵阵的玻璃敲打声,她循着声音的方向望去,惊讶地看见陶比斯整个人贴在玻璃门上,激动地往里面示意她开门。她不想让约瑟夫知道她跟陶比斯的关系,更不愿陶比斯涉入约瑟夫的布局里,一来她怕陶比斯坏了事,二来她正想办法要陶比斯远离这个是非圈。她虽说不上深爱陶比斯,但她知道唯有她才能拯救陶比斯,免得他愈陷愈深。她喜欢陶比斯的聪明、机智与风趣,却担心他欠缺智慧与勇气,他常常以挑战别人的聪明来证实自己的聪明,但聪明并不代表有智慧,他过度信赖自己的聪明,往往让他的雄心成了企图,让他的抱负成了包袱。珍妮在大通对外关系部门时,曾奉卡尔的指示到苏富比找陶比斯讨论私下买卖艺术品的案子。她一走进陶比斯的办公室,两眼就目不转睛地盯着陶比斯身后的书架,完全忽略了陶比斯殷勤的招呼声。书架上尽是些《毕卡索的视网膜效应——立体派的滥觞》《莫迪里亚尼的秘密情人》《安迪沃荷的同性恋世界》诸如此类的偏门怪书,倒不见什么正规的艺术史大部头书。

"你平常都看这种书吗?"珍妮劈头便问。

"你这样问,想必也是有智之人?"陶比斯故作试探。

"大通敢派我来找你,我应该不会是省油的灯吧!"珍妮故作姿态。

"你平常都这么伶牙俐齿吗?"陶比斯干脆也直来直往,但仍一派温文儒雅,谈吐慢条斯理。

"遇强则强,遇弱则弱啰!"

"你意思是会看这种书的人都很强啰!"陶比斯趁势拉抬自己。

"你你人爱耍嘴皮子,骂人又不带脏字,挺伪善的!你父母哪一方是英国人?"珍妮不甘示弱。

陶比斯被问得莫名其妙,"不好意思!你刚刚的问题是……"

珍妮噗哧一声笑了出来,"原来你也有宕机的时候?"珍妮实在忍不住还要酸他一把。她最讨厌这种自以为是的男人,明明就是个拍卖公司,非得要在自己的办公室摆出一堆跟拍卖无关只用以炫耀个人癖好的书。珍妮大学时也主修艺术史,明眼人一看,这上头没一本教科书,也没一本理论专著,也没艺术家的图录和画册，再说拍卖公司都有自己的图书馆，大可不必在自己的办公室耍帅。美国人重隐私，不会轻易把自己的背景、性取向、癖好摊在阳光下，尤其是书架上的书多少能透露拥有者的生活态度和对特定议题、事物的好恶。这么大剌剌地揭自己隐私，又装得如此风度翩翩、道貌岸然，肯定有英国人的伪善，珍妮就用这句话来挖苦陶比斯。

陶比斯本想加强攻势扳回一城，但定神细视，这小妞身材婀娜多姿，尤其那件长不及膝的白色短裙，更衬出她的火辣，一下子把珍妮颈部以上的火力全忘了。

"茶？还是咖啡？"陶比斯知道对付这种女人就得祭出关怀的问候和温暖的眼神。

"不用，给我一杯 Evian 的温开水就行！"也许珍妮还是刻意刁难。

这时却见陶比斯从桌子底下拿出一瓶 Evian 瓶装水，珍妮见状本想开口继续刁难，陶比斯用手势制止了她，不疾不徐地接着说："要不我把水倒到咖啡机里帮你煮一下，再加点冷水调温？只要你愿意静静地等我三分钟，马上奉上你的 Evian 温开水！"还没等珍妮反应，他接着又说："还有，我父亲是美国人，母亲也是美国人，但我却在英国出生！"陶比斯正经八百地回答着珍妮的问题。

"你说真的假的？"珍妮愈发觉得这个人有趣了。

"要是真的话，我请你吃饭；要是假的话，我也请你吃饭！

如何?"

珍妮看了看表,已近中午时分,"饭总得要吃,又有人陪吃饭,何乐不为!"

珍妮故作镇定往楼上走去,完全忽略了玻璃门外的陶比斯。她站在半掩的房门外往里头探了探,里面毫无动静,也无任何声响。罗伯不可能离开这栋建筑,她记得刚刚离开时从外面把门反锁了,而且那是唯一一扇通往外面的门。该不会药效提早发作,已经昏睡了吧?珍妮揣测着各种可能,心想糟了,要是罗伯已经昏睡了,就没机会在明天继续讨论这个案子前先行进行洗脑工作。她决定回去找约瑟夫商量,但想到陶比斯还在门外,得找个让他信服的说法,好支开他继续进行可能的弥补工作。

珍妮迅速下了楼,不经意地又朝其中的一个监视器望了一眼,期待约瑟夫能明白她现在的处境。约瑟夫吸收了珍妮后,还安排她去接受执勤探员的特训,从盯梢、放眼线、科学办案、鉴识到擒拿、肉搏和武器的使用,利用十二个周末完成训练。他还亲自教珍妮如何窃取资料、同步分析、布局、解码、传递等技巧,更重要的是建立他跟珍妮的沟通密码,这套密码就是所谓的行为符号学,正是美国情报人员必备的敌我辨识技能。所谓的行为符号学,说穿了就是一种科学性的筛选研究,譬如一个受到观光客骚扰的村庄,便可利用这套符号系统来分辨自己的村民或外来客,进而保障村民的权益。但这种符号不能是一种可直接辨识的标志,例如贴在车上的贴纸,因为它可以被直接辨识且容易被外来者伪制。它必须是一种不可复制的行为模式,唯有自家人才能解码,就像我们一般人见红灯停绿灯行,但这村里的人反向约定红灯行绿灯停,如此便可清楚筛选出那些遵守红灯停绿灯行的人一定非我族类。情报员在受训的过程中,如果将某种制约行为转化成自己的第二天性,在举手投足中,不经意地释出这套行为模式,尤其在难辨敌我的情境下,能帮助探员在第一时间辨识出面对的是敌是友。这好像棒球比赛时,教练用手势和肢体语言下达指令给队员一样,只有自己的队友才能清楚解码教练传达来的信息。所以,珍妮已养成了与约瑟夫之间仅限于双方理解的沟通模式,即使是一个眼神也可转换成被理解的信息,如这种沟通模式变成了人的第二天性,那就形成了俗话所说的"默契",圈外的人自是无法破解。但这种默契必须避免衍生出生逻辑,否则就会有被破解的可能,所以必须随时保持符号的变动、更替、增删,且得同时传递给自己圈子里的人,不但让他们在第一时间能具备解码的能力,又得立即把新符码的使用转换成第二天性,确保不露破绽、不着痕迹,又能彼此辨识和继续沟通,这绝非一般的本事,但却是一个探员必备的基本技能。

　　珍妮下了楼,见陶比斯已经离开。她开了玻璃门,再次快速绕过游泳池,向约瑟夫的房间奔去。她进了主建筑物下了阶梯,正准备转入回廊,直觉后头有一只手抓住了自己的右肩膀,她二话不说,本能地伸手抓住这人的手腕,就地来个过肩摔。陶比斯呻吟了一声,整个人重重地摔在地上。珍妮一看是陶比斯,不待他开口讲话,一个箭步伸出左手捂住了陶比斯的嘴巴,"嘘!"珍妮暗示陶比斯不要出声,一面向前张望回廊的动静。陶比斯还没搞清楚状况,突然迅雷不及掩耳地被珍妮连拖带扯地拉进身后的房间里。陶比斯被珍妮这突如其来的举动惊吓到跌坐在地上,两眼巴巴地望着珍妮,一句话也说不出口。

珍妮没时间解释,只见她迅速脱下右脚的跑步鞋,开了门闪了出去,出去前刻意压低声音抛下几句话给陶比斯,或者说是命令:"别动!别出声!"两人的眼神连交汇的机会都没有。珍妮回到走道,踉跄地穿回鞋子,果不其然,这时约瑟夫现身在走道的另一头,正快步走向珍妮。

"发生了什么事?"约瑟夫语气镇定但行色有点焦急地逼问。

"刚下楼梯,走得太急,不小心跌了一跤!"珍妮一面说着一面把鞋穿了回去。

"我看你匆忙离开了展厅,八成是急着来找我,但看你进了这房子却迟迟等不到你敲门,这段走道又刚好没监视器,怕出事才出来看看。怎么样?出了什么事?罗伯怎么没现身?我看你……"珍妮暗示约瑟夫隔墙有耳,回房里说,硬是快步把约瑟夫带离了现场。

陶比斯隐约听到珍妮和约瑟夫的对话,先是一头雾水,但几个关键字却听得明白,"跌了一跤……没监视器……罗伯没现身……"他直觉事有蹊跷,"到底珍妮急着找约瑟夫做什么?她刚刚急着把我拖进房来,是怕被约瑟夫看见,还是怕我看见约瑟夫?她又怎么知道约瑟夫会出现在走道上,事先把脚上的鞋子脱掉,装成跌跤来合理化自己的拖延?"陶比斯在黑暗中暗自揣度着,呆坐着也没出声。

他认识珍妮说久还真不久,短短不到一年,说两人热恋,没有过,但一开始交往,就有种多年知交的熟稔。他们不常腻在一起,偶而相聚,也不谈情说爱,就爱斗嘴,谈古论今,说三道四,天文、地理、时尚、人物,都能说上个几小时,连在床上也不放过讨论某个艺术家的风花雪月和闺房八卦,但两人就是尽量避免一起出现在公共场合,不一起看展,不一起逛街,顶多挑个好馆子一起吃饭,不是怕被撞见,而是约定好给彼此更自由的空间。陶比斯中年事业有成、风度翩翩,在业界更是小有名气,却很少传出绯闻,主要是业界谣传他只爱男人,让女人闻之怯步,所以年过四十仍孑然一身。他倒也乐得清闲,平日就爱看一些奇文怪书,跟人交谈老是举一反十,认识他的人都表示佩服,不认识他的都说他臭屁,虽有些哥们朋友,但也都受不了他那张爱辩的嘴,死的能说成活的,活的还能说得成仙。他反应奇快且自认幽默,但有时幽默却用在不长眼的地方,老惹人嫌,能陪他吃顿饭聊上几句的人,自是不多。所以第一次见到珍妮,棋逢敌手,被珍妮问到哑口无言,心里虽不是滋味,倒也偷着乐。他爱冷艳有想法的女人,不欣赏男人眼中那些身材火辣但智慧奇缺的女神,那些女人总让他觉得有如嚼蜡,食之无味,一顿饭下来,不是他借故半路闪人,就是女的中途愤而离席。珍妮不爱帅哥,她喜欢男人幽默但不粗俗,好辩但明理,所以当她遇上陶比斯,虽谈不上相见恨晚,但陶比斯在别人眼里的缺点,一下子都成了优点。两人交往到现在,有默契绝口不提未来,也不过问彼此的私事,就连之前每周末的探员特训,珍妮也只字未提。但珍妮这一记过肩摔,却摔出了陶比斯的隐忧,倒不是男人的自尊心受伤害,而是他开始觉得跟珍妮的关系似乎有点距离。

到底珍妮想掩饰我跟她的关系,还是她不想让我知道约瑟夫跟她的关系?他对珍妮的信心从没动摇过,也不觉得自己被隐瞒,即使有天珍妮移情别恋,也深信一定有她的理由。她如果不是在保护我,就不会硬把我给拖回房间。而约瑟夫的出现,却让她神经紧绷,急着布阵圆谎,她铁定有难言之隐。不让我知道,也许怕我担心,或怕把我拖下水。再说,她也不必事事向我报告,我们两个是独立的个体,这早已是两人心照不宣的交往态度,所以我不知道的事,并不代表她刻意隐瞒。陶比斯试着安抚自己,强化信心,好拉近他和珍妮之间的距离。

他一开始跟珍妮交往,就知道她不是个容易相处的人,更难捉摸她的想法,她行事乖张却有逻辑,喜好不定却理由充分,顽强却不固执,很难被取悦却可以为幸运签饼①的预言喜极而泣,不崇拜偶像却老爱进教堂,她不祷告,就静静地坐着感受那分宁静与庄严。她直白,但从没说过自己的感受,跟她相处,只能靠直觉。有时陶比斯极度怀疑自己对珍妮的感情就真的那么拿得起放得下?他总是得找些理由来强化自己的信心,来证明他对珍妮的感情,但他的理智却往往无法勾描他在珍妮心中的位置。然而,刚刚那一记过肩摔,也许摔出了彼此的距离,但刚刚硬被拖入房里,也拖出了珍妮对他的掩护之心。也许此时该是一个男人展现智慧且有所承担的时候了!一股热血顿时涌上了心头。

约瑟夫和珍妮一进房门,没等约瑟夫开口,珍妮劈头便说:"罗伯已经昏睡了!计划 A 失败,请告诉我计划 B!"约瑟夫见珍妮单刀直入,反而觉得珍妮有所回避。是想避重就轻?还是怕他追问?约瑟夫停了半晌,不发一语,突然看着珍妮,"是不是有什么我不知道的?"

"我一回到展厅,四处不见罗伯,就上了楼,也没任何动静,想必他已经昏睡了,确定原计划失败,我就急着回来找你!"珍妮倒答得镇定。

"展厅发生的事,我看得清清楚楚!反倒是有些地方,我看不到……"约瑟夫意有所指却没把话挑明。

---

① 幸运签语饼是国外中餐馆的特产,这种饼干很脆,拦腰掰开,空心处藏着一张小纸条,写着类似箴言或者模棱两可预言的话语。

"你怀疑我把事搞砸了?"珍妮转而理直气壮,想以声势夺人。

"我必须知道真相,才能有所应变!"约瑟夫仍步步逼近。

"我去时确实耽搁了几分钟!"珍妮还是不愿坦白,她也想试探约瑟夫到底知道多少。

"为什么耽搁?"约瑟夫紧咬着不放。

"途中遇到了陶比斯,花了一些时间打发他。"珍妮知道说出陶比斯的名字已经是底线了。

"陶比斯知道多少?"

"什么都没让他知道!他看我行色匆匆,那么晚又一个人,想趁机搭讪,我花了几分钟时间跟他周旋,但到了展厅,却没看到罗伯。"珍妮故意避重就轻。

"你跟陶比斯熟吗?"约瑟夫这一问,把珍妮问得不知所措。

"之前业务上有几次往来,说不上很熟。"她还是答得小心翼翼。

"你们不是情侣?"约瑟夫问得一针见血,珍妮顿时感到心跳耳热,一阵错愕。他没等珍妮回答,直接把桌上的平板递给珍妮。"那你倒告诉我,陶比斯在展厅玻璃门外叫喊时,你却故作镇定,头也不回地上了楼,你还刻意望了监视器两次,想引开我的视线,你摆明在掩护他,如果你们不熟,你的反应根本不合逻辑!再说,你看监视器的时候,头是往上抬了,但眼神却是飘向外面。如果来者不善,你不会漠视,除非你另有考量。稍早你端上咖啡递给陶比斯时,故意避开跟他四目交接,但却跟其他人互动热络,尤其陶比斯不时用余光看着你,只有两种情况男人会这样看着一个女人,一是窈窕淑女,君子好逑的眼神,二是热恋中的男女,欲盖弥彰的眼神,他的就是第二种。你受过行为符号的训练,但学艺不精,破绽百出,你确实对我有所隐瞒!"珍妮两眼直盯着平板,脑筋一片空白。

"其实……"她绞尽脑汁想挤出个理由,但脉搏跳得厉害。她力图镇定,她知道只要供出实情,陶比斯绝对脱不了身,约瑟夫一定会用她要挟陶比斯,拖他下水。话说回来,要是陶比斯也知道她跟约瑟夫的计划,更不会放手不管,以他自认聪明的个性,要不是坏了布局,就是自作主张。珍妮深知绝不能让这种最坏的情形发生,她情急生智,不如将计就计,才要开口解释,房门突然被推了开来。珍妮不敢相信站在自己面前的竟是陶比斯,原本的胸有成竹,一下子变得手足无措。

"谁来告诉我,这怎么回事?"陶比斯还是沉不住气,珍妮一离开,他在房里待了半晌,不久便跟了出来,在约瑟夫门外倚了一会,自是隐约听到珍妮和约瑟夫在房内的对话,他这突如其来一问,却把房里的空气给问得更僵了。

珍妮一把抓住陶比斯的手,向他使了个眼色,陶比斯没悟性,迅速将手抽回,整个人向后退了两步。"你最好离我远一点,别再想对我动粗!我也只不过想找你聊聊天,到了展厅,见了我也不开门,是怕我吃了你不成?刚刚你又从我房前走过,我正好开门要到车里拿点东西,想上前跟你解释,才一搭上你的肩,却被你摔得鼻青脸肿。打了人就跑,这是哪门子的待客之道啊!"陶比斯突然止住,故意打量了约瑟夫几眼,又回过头来看着珍妮,语气变得较缓和且略带酸味,"即使我不是你的菜,也大可不必动手动脚的。不管怎样,你还是欠我一个道歉!"

珍妮见状,将计就计,"那你不敲门就闯到别人的房里来,是不是也欠我们一个道歉啊?"珍妮以牙还牙。

"我愿为我的莽撞道歉!"陶比斯深深地一鞠躬。

"那我也为我刚刚的鲁莽和失礼向你道歉,晚安,陶比斯先生。"珍妮顺手开了门,示意陶比斯离去。

陶比斯以一贯的优雅之姿向两位告退,"晚安,两位。"

陶比斯一走,约瑟夫心想着,这是一出不能再烂的戏了,两人演得起劲却欲盖弥彰,即使是套好招,也破绽百出。他刚刚在走道遇见珍妮时,不见陶比斯,陶比斯却自爆珍妮对他动手,然后抛下他不管,那陶比斯又怎么知道珍妮在我的房间?约瑟夫想陶比斯的智商绝对不低,竟被爱情冲昏了头,不禁暗自窃喜,现在陶比斯自投罗网,只要掐住珍妮的脖子,陶比斯绝对唯命是从,而只要给陶比斯一点颜色,珍妮也会为之紧张。

陶比斯一走,珍妮也深知坏事了。陶比斯不善于听人指令,要他待着别动,没充分的理由,或者说没有让他信服的理由,他很难听令行事,即使工作上他得配合执行指令,他往往也有自己的想法,也许有些时候确实能达事半功倍之效,但有时也会因过分自信或自作聪明把事给搞砸了,就像现在这个情况。珍妮当然知道陶比斯的个性,所以对他突如其来的举动并不感讶异,只是不愿他涉入太深,乱了方寸,毁了自己的前程,所以极力让他置身事外,但刚刚在走道上发生的种种,确实很难让陶比斯沉住气,只是没料到陶比斯会这么快采取行动。因一切发生得突然,没机会解释,珍妮也不习惯解释,所以就不可能事前安排好配合演出的桥段,陶比斯突然闯入,再好的演员,再快的临场反应,都难在老谋深算的约瑟夫面前把这出戏演好。但陶比斯的反应却让珍妮更加肯定她心目中的这个男人,即使被蒙在鼓里,第一反应还是以珍妮的安危为优先考量。珍妮其实知道陶比斯很自私,想得到的都不会轻易放弃,一旦锁定目标,眼前就只看得到猎物,无视自身的危险,无视他人的竞争,更别提会舍身救人,但珍妮却破了他的罩门。珍妮无意影响陶比斯,更不愿相互牵绊,所以约定不涉入彼此的私人空间,但这种享有充分自由的爱,竟没让陶比斯更加自私,反而让他学到如何放下自己成就别人,但这个别人就只能是他心中唯一的挚爱,因为有所爱,让他放下了怀疑、捐弃了成见。珍妮自是感受到了陶比斯对她的呵护之心,虽说他挺身而出的时机不对,但陶比斯的自作聪明,仍让她喜忧参半。

　　她知道这点小把戏骗不了约瑟夫,既然陶比斯难以脱身,不如将计就计,让陶比斯顺理成章上船,即使是贼船,只要想办法让他当上贼王,就有机会扭转乾坤。她一时也无法多想,后续的发展得从长计议,她见约瑟夫许久不吭声,只好主动出击化解沉默。"你就直接告诉我计划 B 吧!"珍妮本想一语带过,避开约瑟夫的追问,突然瞥见手里平板的监视器画面,罗伯出现在展厅里,正翻阅着她刚刚带去的那叠约瑟夫交给她的资料。她把平板递给了约瑟夫,约瑟夫端详了一会,便说:"你现在就过去,我相信你知道该怎么做!"珍妮二话不说,掉头转身离去,原本快步疾行,走到接近陶比斯的房门,又却步了起来,心想这家伙该不会又自作聪明蹦出来碍事吧!她不敢多想,快步经过陶比斯的房门,一个箭步踏上了阶梯,本来一股劲往前冲,却突然刹住了脚步,一个可怕的念头快速从脑海闪过,她掉头回到陶比斯的房门前,举起右手轻轻在房门上敲了三下,没人应门,她脸色变得铁青,心里一沉,知道大事不妙了!她忐忑上了阶梯,冲出户外直奔展厅。

4

罗伯一醒来,看了手表,已近深夜12点,他急着从床上跳起来,懊恼自己竟睡着了,更懊恼错过解开心中谜团的唯一机会。他开了房门往楼下望,展厅的灯还亮着,但不见半个人影,心想珍妮应该早已睡了。他不死心,回到房里,拿起电话不假思索地按下座机上的黄色按键,顿时电话铃声在展厅的另一边响起,约莫十几秒,没人应。他挂上电话,慢慢地走下楼梯来到展厅,不经心地看着墙上那六张波洛克的滴画,"六件都作于1948年!"菲利浦的话言犹在耳,但他此时却极力想搞清楚为什么自己在关键时刻竟然昏睡了过去。

珍妮冲出户外,又上了几个台阶,她隔着游泳池远远望向展厅,却依稀看到一个身影开了她房门走了进去。她心想,罗伯进她房间干什么?即使在展厅没看到她,应该也会先按电话找她,再者也会先敲门,没人应,也不至于鲁莽到就直接闯入。罗伯看起来不像是个随便之人,他在业界风评甚佳,稍早跟其他人的互动也是义正词严,一派学究的风范,言谈举止也颇有分寸,如此有教养之人,是什么动机让他甘冒骚扰之名在深夜闯入一个女子的房间?难道他发现了什么,急着找她对质?或者在她离开约瑟夫房间走到这儿的中间发生了什么事,迫使他做出了这样的举动?脑子里一时理不清各种可能性,她加快脚步,来到展厅的门前,她急着弯下腰去开锁,钥匙刚插入钥匙孔还没转动,门却松晃了一下,她不敢相信自己刚刚匆忙离开时竟忘了锁门!她小心翼翼地推开了门,刻意先望向罗伯的房间,他的房门跟稍早一样,还是半掩着透着光。她又把视线移向自己的房间,房门紧闭着。她猫着腰无声滑到自己的房门前,侧着耳朵探听着房里的动静,就在此时,她背后展厅的门突然被推开,她猛回头一看,不敢相信出现在她眼前的竟是罗伯,"那我房里的是……"她懵了!

珍妮见罗伯同一身装扮,全身的行头都没换过,但被雨水打湿的头发显得有些凌乱,脚上的鞋子也沾上了泥土,混着一些杂草,想必一个人在雨中走了一阵子,他不发一语,就湿淋淋地杵在原地。

"教授!这么晚您去哪了?怎么没事先通知我!"罗伯的出现,似乎让珍妮有点错愕。

罗伯不发一语,还是杵在原地,脸上的表情不温不愠。"教授!要不您先回房换件干衣服,免得着凉了?"珍妮再次试着化解尴尬。

这时罗伯才不疾不徐地亮出右手里的塑料空水瓶,他抬头刻意地望了一眼监视器,同时把空水瓶朝自己的右大腿重重敲了两下,噗噗的声音顿时划破了沉寂的空气,然后带着一丝轻蔑掉头径往自己的房间走去。珍妮一时没反应过来,望着罗伯的背影和他手上的空瓶,她突然瞥见瓶上的微笑标志,心头一惊,那不是上车时给罗伯的那罐瓶装水吗?

她为了在瓶装水里掺入GHB,费尽心思,几次模拟针孔的位置,最后选择从瓶盖下手,但缺点是不易穿透且容易留下针孔。为了掩饰瓶盖上的针孔,珍妮特地从网上选了一个微笑图样印在瓶盖上,倒不是怕混淆所以刻意标示,她深知欲盖弥彰的标示使用,绝对是行为符号学的大忌。为求不露破绽且能让凡事观察入微的罗伯不起疑心,她甚至在印上微笑图样前,先用硅胶由外填平针孔,再把图样盖在针孔上。为求谨慎,她还特意多做了一瓶,打开后先喝掉了几口,然后把剩余的瓶装水摆在靠驾驶座的杯架上,另一个靠乘客的杯架就摆上给罗伯的这瓶,一来让罗伯卸下心防,二来方便区分,再说罗伯一开始也没预期,甚至没理由怀疑会遭人设计。但这一切的安排,从罗伯刚刚的眼神和反应上,珍妮知道把戏应该已被罗伯拆穿了,但不解罗伯为何不当面直接讲明,还故弄玄虚一番。此时的珍妮千头万绪,有点不知所措,突然想起她房里的陶比斯,她转身欲向房门走去,一抬头,墙上的一只监视器正对着她,她这才明白,罗伯刚刚的举动无疑是在跟幕后的指使者叫阵:"我可不是省油的灯啊!"因为他知道这个藏镜人正监看着他的一举一动。

但令珍妮百思不得其解的是,她到底哪个环节露了馅,让罗伯抓到了把柄?她再次望向监视器,希望约瑟夫看清楚了刚刚那幕。

窗外的雨愈下愈大,豆大的雨点重涔涔地落在映着灯光的游泳池里,粗细不一却错落有致,加上沙沙的风雨声,使得珍妮的心情更是百般纠结。她用力推开房门,再也受不了陶比斯的自以为是,也许只是想找人发泄来掩饰她受伤的自尊,自投罗网的陶比斯刚好成了替罪羔羊。

罗伯回到了房里,把湿衣服给换了,一屁股坐在床上,喜孜孜的像被赏了糖吃的小孩,敞着嘴角乐到合不拢,他一面用毛巾擦拭着自己的头发,一面想着接下来如何见招拆招,就像福尔摩斯办案一样,一入手往往扑朔迷离,找到蛛丝马迹再抽丝剥茧,只要反复推敲,掌握逻辑且能见微知著,没破不了的案。罗伯原本对珍妮毫无戒心,但这小女子却三番两次想引起他的注意,一下咖啡杯里的纸条,一下又是行李包里的字条,且总选在众目睽睽和监视器的监控下,频频暗示却欲言又止,所有的巧合实在难以令人信服。但事情就坏在珍妮于短时间内故伎重施,被罗伯找到了相同的行为模式。罗伯六小时内昏睡了两次,在没时差也无身体不适的情况下,从没发生过这样的事,他自恃身体很好且记忆力惊人,即使生病或多天熬夜也不至于无预警地昏睡,醒后脑子里又老是残留1948这个数字,对事情的时序也开始产生间歇性的错乱感,这些症状很快都指向被下了药,而两次昏睡前都恰巧从珍妮的手中接过饮料,之后便不省人事!其实罗伯心里早知道,珍妮只是一颗棋子,听命行事而已,卡尔大费周章把他请来又动员了这么多人,无非要借重他对波洛克的专才,结合其他人的关系和力量,顺利地把那六张波洛克的画作送进 MoMA。企业捐赠是件好事,但何须这么大费周章把一票人都找来?再说,卡尔和大卫都是 MoMA 的董事,大家都是旧识,想把自己的收藏捐给美术馆,大可循正常通道提出申请,MoMA 的馆藏几乎有一半都来自董事的捐赠,根本不需要策动菲利浦来搞神秘,甚至把陶比斯都给扯了进来。即使不通过公开程序上拍的作品,想捐给美术馆,一样可以通过具公信力的第三方机构作鉴定、鉴价,使捐赠者享有同样的减税条件。卡尔的摩根大通银行想购买这六件波洛克的作品捐给 MoMA,坚持通过拍卖运作这六件作品的唯一理由,不外是拍卖的成交价可能因场内外的竞标而使落槌价远高于第三方机构的鉴价,甚至直接安排人在拍卖会上抬价。画是卡尔或大卫的,摩根大通买画的钱掌握在卡尔的手里,拍得愈高卖家就赚愈多,不管拍多高反正摩根大通都会买下捐给 MoMA,摩根大通也会因捐赠达到企业减税的目的,卖方赚买进和卖出的差价,拍卖公司赚佣金,摩根大通赚名声和减税优惠,MoMA 赚到了六张波洛克的画,各方都是赢家,皆大欢喜!这种操作手法早已是企业间心照不宣的减税伎俩,但重点在于企业想捐,美术馆不见得就会收,得看作品是否符合馆藏的方向和条件,所以把主导MoMA馆藏的把关者罗伯延请过来,自是需要他的协助,根本没理由一上车就迷昏他,唯一能解释的是,他们不是想迷昏他,而是想对他进行洗脑工作,让罗伯依着他们写好的剧本逐一画押。罗伯协助过FBI侦察国际伪画组织,深知探员逼供或吸收反间时常用的手段,对下药后的反应再清楚不过了,但他得找到证据佐证他的推测。刚刚的咖啡喝了,字条也吞了,也许留在珍妮车上的那瓶水还在,他决定找机会探个究竟。

罗伯在醒来后下楼找不到珍妮之际,又仔细来回浏览那六件挂在墙上的波洛克滴画作品,顺便随手翻着珍妮留在桌上的波洛克档案:六件作品都没有波洛克的亲笔签名,画名都署着"无题",六件全都作于1948年,不曾展出过,也无出版纪录,但罗伯却在收藏历史栏上看到了让他睁大双眼的藏家阿方索(Alfonso A. Ossorio)的名字。这个名字多年来一直困扰着许多波洛克的专家学者,因为阿方索是第一个鼓励波洛克夫妇使用滴画创作的艺术家,是波洛克夫妇的至交,也是他们居住东汉普顿时的邻居,更是波洛克作品的大藏家。但问题就出在阿方索也从事滴画创作,且常与波洛克相互切磋,甚至偶能创作出比波洛克更好的滴画作品,但名气却远不及波洛克。波洛克于1956年过世后,阿方索成了波洛克遗孀李·克莱斯纳以外拥有波洛克四五十年代作品最多的藏家。1978年,波洛克—克莱斯纳基金会(Pollock-Krasner Foundation)聘请了尤金·萧(Eugen Victor Thaw)和法兰西斯·欧康纳(Francis V. O'Connor)两位专家合编了四册波洛克的作品图录,但阿方索所收藏的多件波洛克作品却没被收录进去,引发了学界的关注和讨论,质疑阿方索所藏波洛克作品的真伪。大部分研究波洛克的学者都视阿方索为波洛克的替身,市场更将阿方索的收藏视为烫手山芋,敬而远之。难怪卡尔把他和陶比斯都找了来,如能对他先行洗脑,让他支持这些作品的真实性,再配合陶比斯在拍场上的运作,便可写就一个完美的剧本。难怪菲利浦第一次提及这六件作品时,就故意释出这六件作品皆完成于1948年的信息,下了珍妮的车后,他的脑子里就一直绕着1948这个数字,就连刚刚大伙谈到这些作品时,脑子里还是离不开1948,档案上也记载着这六张画皆是1948年的作品!这六张画连波洛克的签名都没有,也没有过任何出版,怎能如此笃定一定是作于1948年?即使表现手法与同样作于1948年的 Number 5 类似,也很难断定就是同年份的作品。唯一合理的怀疑就是1948只是个符号,是一个从外部硬被植入的记忆,那么为什么在缺乏有力的证据下,连菲利浦也相信这些作品作于1948年?"他也被洗脑了?或者他也是这个共犯团体的一员?"先暂时抛下作品的年代问题,当罗伯看到阿方索所藏的这六件波洛克作品出现在自己的眼前,内心突然涌上了一股莫名的激动,这传说中的悬案让福尔摩斯的血液瞬间流贯了罗伯全身,即使未来要面对更多的陷阱,也阻挡不了他一揭真相的冲动。此念头一闪,他刻意装得一派轻松随意,技巧性避开与监视器的直接接触,怕露了他的心思。他又翻了翻档案的其他几页，有作品的状况报告书，还有一些阿方索和波洛克夫妇往来的信件和照片，这些泛黄的文件布满了褐斑，罗伯惊觉这些都是一手文件，他又迅速往下翻了几页，仍不见其他可用于佐证作品创作年代的直接证据。他心想，像这样的第一手资料，照理说不应随便乱搁，"难道是另一个设局？"他之前参与过的伪画调查案，通常有个模式，就是伪画一定跟着一堆假资料——假鉴定证书、假书信、假照片，用来取信于人，因为仿制资料总比仿一张画容易多了，加上书画鉴定是门专业，并非人人有此能力，所以业界选择相信资料的人往往多于相信作品的。另一个假设是这些档案匆忙间被遗忘在此，珍妮看管这个展厅，人又不在，一定有急事让她匆忙离开，"该不会连大门也忘了上锁？"罗伯突然灵光一现。他缓步移向大门，推了推门，这间展厅唯一联外的玻璃门竟轻易被他推了开来。他不作二想，闪身钻了出去，沿着游泳池绕到展厅的左翼，越过主建筑物的后院，来到稍早他下车的地方。

　　此时，天空飘起了细雨，残月早已不知去向，黑暗中白色的阿斯顿·马丁仍是抢眼，他很快先绕到驾驶座的门边，往里头探了探，中间靠驾驶座的杯架上仍摆着一瓶喝剩一半的瓶装水，但靠乘客的杯架上却空无一物，"我很少把水喝光，跟着珍妮进到里头时也没印象把那瓶水拎了出来啊！"他强挤着浮丝般的记忆。雨点重重地打在他头上，他再往车里打量，光线已暗到看不清车里的东西，他不死心，又绕到另一边，正当一筹莫展之际,他灵机一动,转身向旁边草地上的垃圾桶探去。雨愈下愈大,光线愈来愈暗,但瓶盖上那个黄色微笑图样却清楚可辨。他弯下腰伸手掏出了瓶子,迅速扭开瓶盖,拆下了瓶盖底的塞片,用右手食指往瓶盖内侧摸了一圈,瓶盖底有个小洞微微外凸,他嘴角不禁泛起了一抹微笑,确定自己被下了药。雨哗啦啦的倾盆而下,头顶的几片乌云仍流连徘徊,他头也不回地奔回原路,乌云却一路尾随。

陶比斯离开约瑟夫的房间后,一度暗自窃喜刚刚的演出完美落幕,且一路喜孜孜地陶醉在珍妮和他的默契中。他与珍妮交往的这段时间,两个独立的个体有交集也有各自独立的空间,从不过问彼此的私生活,但彼此又成了各自私生活的一部分,虽不至于难分难舍,平常不见面时也不浪费时间在电话上,但生活中的一举一动却心系对方。当陶比斯想着珍妮时,会放上两人最爱的音乐,脑海里浮现的是两人水乳交融的时刻;翻阅书架上的某本书,也让他陶醉在两人为书里的某个观点斗嘴的情景;就连为自己斟上一杯红酒,闻着酒味,都能呼吸到珍妮的气息。天啊!他一度以为自己病了,竟为一个女人如此痴狂,生活中的每个细节都充满了她的味道,现在连脑子里都满是她的影子,还得隐忍思念,装得一副独立、有担当、能被依靠的样子,倒不是为了赢得珍妮的芳心,而是在测试自己的底线,到底自己爱一个人能撑多久不给出承诺。有时他急了,想表白告诉她自己有多爱她,但又怕破坏了这份维持不易的感情张力,他知道珍妮不喜欢别人替她作任何决定,尤其是像感情这种全凭感觉和冲动的事。但经历过此事,陶比斯却意识到他跟珍妮竟能如此心灵契合,他深知他是真心爱着这个女孩,尤其在一起"共患难"之后,更让彼此的感情得到了淬炼,依存与共。走着想着,不知不觉过了自己的房间,他突然回头进了房间,从行李包里拿出了事先准备好的戒指,"天赐良机!也许该是要有所表示的时候了!"他心里揣度着,一面把戒指盒塞进上衣的口袋里,直往展厅奔去。

陶比斯上了台阶准备推开通往泳池的门,突然瞥见罗伯匆忙离开展厅,快步转往后院,他一见展厅的玻璃门开着,认为机不可失,便迅速绕过泳池,开了门进入展厅,也许求婚的事让他兴奋过了头,他完全没理会展厅里的监视器,大摇大摆地溜进珍妮的房间。他嘴里紧张地一直反复练习着待会儿的求婚话语,又不时把右手伸进口袋摸着塞在里头的戒指盒,内心七上八下却洋溢着一股奢望的幸福感。都四十几岁了,他从没想过结婚这档事,但他相信再过几分钟,他的人生将变得很不一样。

没过几分钟,果不其然,他听到了门外珍妮的声音:"教授!这么晚您去哪了?怎么没事先通知我!"他意识到罗伯也回到了展厅,但没听到罗伯的回应声,隔了几秒,珍妮的声音又响起:"教授!要不您先回房换件干衣服,免得着凉了?"接着一阵脚步声缓缓地消失在对面。陶比斯正想靠近门仔细倾听,门突然被推了开来,珍妮拉着脸、气急败坏地冲了进来,陶比斯被门板迎面撞上后退了几步,但连个声都不敢吭。珍妮连陶比斯的正面都没瞧一眼,也没露出任何惊讶的表情,好像早就算到陶比斯会在房里。她抓起书桌前的椅子一屁股反着身子坐下,再悻悻然地抬起头来瞪着陶比斯。"你到底闹够了没?"珍妮没好气地从嘴里吐出了这几个字,陶比斯一时转换不了心情,就杵在原地两眼巴巴地望着珍妮,不发一语,整个房间沉寂了几秒。珍妮突然气急败坏地压低嗓音半吼着:"你干吗不讲话!你讲话啊!"陶比斯蹲了下来,试着安抚珍妮的情绪,但他却一时肠枯思竭找不到半句话,他又不自主地把手伸进上衣的口袋里,突然惊觉戒指盒不见了,他的目光急着四处搜索,动作又不敢过大,他用眼角的余光左顾右盼,就见那红色的戒指盒静静地躺在珍妮的椅子下,他不敢伸手去拿,怕惊动珍妮,更马上打消了此时求婚的念头,毕竟他还没那么不长眼。他试着想再次安抚珍妮的情绪,顺便岔开她的注意力,才要开口,却被珍妮抢了先机。"我们分手吧!"珍妮一开口就把陶比斯震慑得哑口无言。陶比斯对突如其来的这句话根本无法反应,心情一下子从天堂跌落到地狱,但他知道珍妮的决定一定有她的道理,他慢慢起身,还是很温暖地丢下一句:"你累了!先休息吧!"然后静静地离开珍妮的房间,带上房门。直到陶比斯的脚步声消失在展厅里,珍妮的泪水在眼眶里转了一圈,她试着噙住,在没滴下来前,被她用手拭了去。

　　珍妮没心情继续思考她跟陶比斯未来的发展,心想还是得把约瑟夫交办的事给完成,不然自己脱不了身,也会害了陶比斯。她突然一愣,不解为什么又担心起陶比斯,她大可一个人过日子啊!她绝不会为了怕寂寞就帮自己找个寄托,更别谈托付终身这事,但现在她的每一步每个决定好像都跟陶比斯脱不了干系!提分手倒也没想太多,只觉得这样做对彼此都好,其实是对陶比斯好,虽落俗套,但有时这招却蛮管用的。陶比斯一心想着多赚点钱,但他其实不缺钱,只是现在有了不一样的生活目标,时机一成熟,总得跟珍妮表态共筑未来,所以潜意识里对钱就有更多的需求。珍妮就怕陶比斯用他们的未来当借口,去蹚这趟浑水,或者说为了保护她不惜赌上自己的前途,提分手也许能让他暂时冷静下来。她知道感情的事要是说断就断那么容易,不是自欺欺人,就是别有居心!她提分手,即使显得自己愚蠢,但只希望陶比斯能知道她的苦心,她自己倒无所谓,人不做亏心事,就怕鬼来缠!如果自己的舅舅是那个鬼,倒好办些,就怕像约瑟夫这种假公济私的家伙不愿放过她,也不愿放过陶比斯,被这种鬼缠上,半夜里做梦都会喘不过气。但她现在已没心思去想挽救感情的事,怎么挽救已丧失的先机才是当务之急。珍妮马上从椅子上弹起,顺手把椅子往桌里靠。那个戒指盒如春光乍现,好像注定要被它的主人发现,她弯下腰把它捡起,摆在手心里看了一眼,没想打开它,只紧紧地将它握在手里再摆回桌上,她没作它想,但嘴角不禁泛起一抹微笑夹着一丝无奈。"你这个傻瓜!"她揪心暗骂着,随即开了房门,闪了出去。

罗伯躺在床上,并不巴望珍妮前来解释。既然下药的伎俩已被他拆穿,珍妮事后的任何解释都会显得欲盖弥彰。罗伯更加确认自己是个局外人,并不属于这个共犯团体的一员,既然不愿成为别人掌中的戏偶,又很难以一当十,唯一的因应之道就是趁早抽身,但心里却纠结着难得有机会揭开阿方索所藏波洛克作品的面纱,这让他变得犹豫不决且进退两难。现在已是深夜,还不能说走就走,一来没车离开,二来这么偷偷摸摸地走,反倒像自己落荒而逃。他决定等到明天,来个理直气壮,把事情给说清楚讲明白,再见招拆招,好做个了断。他仍躺在床上,脑子里一直忙着推敲因应之道,突然听到楼下的脚步声和关门声,他纵身跃起快步移到门边,从原本预留的门缝望出去,看到一个身影闪出了展厅的玻璃门,他心想:不出所料,珍妮一定急着去面报刚才的事了!罗伯看了一眼手表,快两点了,这么晚了,这些人竟深夜未眠,还忙着算计!他内心难掩焦虑,却清楚知道不能低估这些人的实力。

陶比斯离开了展厅,外面滂沱大雨,他头也不回地走进雨中,耳边已听不见哗哗的雨声,但每滴打在身上的雨珠却有如针刺,他感觉不到痛,任由雨水把他吞噬。珍妮提分手一定有她的理由,他不想问也不敢问,怕破坏了彼此预留的空间和底线。他尊重珍妮的决定,但不甘心连个告白的机会都没有,好像打了个触身球,挥棒落空又被判出局。"我们分手吧!"又在耳边响起,他试着深呼吸却吸不到气,雨水占据了他的口鼻,即使睁着双眼,眼前朦胧几乎看不见未来。他渴望被大雨淹没,又不愿束手就擒,他蹒跚踌躇,却不知自己在缓步移动,扑通!他纵身掉入了池子,身体刚接触到水面的刹那,他最后的反抗彻底瓦解,水瞬间充塞了眼耳口鼻,把思绪一下子全都给泡在水里,不能思考,无力呐喊,也没有挣扎,整个人被彻底放逐到水里,任由身子逐渐地下沉,直到他的口鼻再也吐不出气息来。他突然看到水面上的一道光,身子开始飘了起来,飘过了他与珍妮初遇的办公室,飘过了他们常去的那家法式小馆,飘过了他们常泡的书店,也飘过了很多他没去过的地方……突然间,他感到有人拉着他的手,让他飘得更远,飘得离珍妮愈来愈远,直到眼前一片漆黑。

5

　　虽经历整晚的折腾，罗伯依旧辗侧难眠，反复推敲着楼下的那六件波洛克作品，突然梅特家族的名字在脑海里闪过。2002年，亚历克斯·梅特在他父亲坐落于长岛东汉普顿的仓库里发现了三十二件波洛克的作品，有滴画、水彩、素描、草稿和一些未完成的作品，光滴画就有二十二件，这些作品被棕色的牛皮纸包裹着，上面注记了作品的内容和创作时期（1946—1949）。根据亚历克斯的说法，牛皮纸上的笔迹出于他父亲赫伯特之手。后来这些作品通过加拿大画商兰朵（Landau）公之于世且开始一连串的美术馆巡回展，一时名声大噪，市场紧盯着这批未经问世的作品，加上觊觎者众，波洛克的藏家也开始暗中角力，都想通过关系不惜重金优先购得作品。然而在2007年，一份由美国和加拿大两个美术馆和八个实验室共十八位科学家和波洛克专家共同发表的报告指出，那些作品的创作年代应在波洛克去世后，间接证实了那批作品是伪作。报告一出，震惊了艺坛，更让部分已花大钱取得作品的藏家纷纷上告，但最后庭上裁定,鉴定并非一种科学证据,只是一种经验法则,不足以作为呈堂证供,判梅特家族不需为此案赔偿或回购作品,为原本戏剧性的发展又掀起了另一波高潮。但判决后,梅特家族便不再贩售手中剩余的作品,且逐渐淡出艺坛,从此市场上不见这批作品的踪迹。这跟之前阿方索所藏波洛克作品所引发的争议雷同,阿方索和赫伯特两位都是波洛克生前的好友,一位是艺术家,一位是藏家,但两人所藏的波洛克作品却有大半没被编入波洛克—克莱斯纳基金会所主导的波洛克作品图录中。

罗伯在梅特事件发生时正在哈佛大学任教,而哈佛大学的弗格美术馆(Fogg Art Museum)和附属的史特劳斯材料和修护研究中心(Strauss Center for Conservation and Technical Studies)便参与了此批波洛克作品的研究。但罗伯当时是艺术史系的系主任,系务繁忙无法拨冗主导该案的研究工作,就把此案交给他的学生,时任研究中心主任的理查·纽曼负责。报告出炉后,他也曾几次参与讨论,对整个案件的始末了若指掌。"难道楼下的那六张波洛克会跟梅特的那批作品有关联?"他愈想愈起劲,整个人跳下床来,心想珍妮不在楼下,趁机再去看看那六件作品。他闪了出去,直奔楼下,两脚不自主地踩着阶梯,两眼却直视着墙面上的作品,待他来到作品前,从左看到右,又从右检视回来,他整个人几乎跳了起来,"这该不会就是梅特家族那二十二张滴画里的其中六张作品吧!"他心里嘀咕着。即使这六张的尺寸较梅特发现的作品小，有可能是之后被裁切了，用以掩人耳目，但六张画中亮橘色颜料的使用，还有旋涡带毛边的线条，无独有偶，只有在梅特的藏品中才出现。但事情就坏在这种亮橘色颜料的使用上，因为这种特殊颜料是1971年之后才问世的，也就是说是在波洛克于1956年过世后才有的颜料，所以之前的研究报告便是据此推翻了梅特二十二件滴画作品为真迹的可能。

罗伯陷入了短暂的思考，他清楚记得当时接受委托的哈佛研究中心只针对其中的十件作品提出报告，而十件作品中并不包括这六张，也许其他的受托单位有这六件作品的详细资料，他必须找到这六件的研究报告或原作加以比对才能佐证他的猜测。他突然低头寻找先前搁在桌上的那本资料夹，却遍寻不着。他才将视线转到珍妮房门旁的书柜，双脚却早已不听使唤地往书柜迈去。此时，珍妮的房门突然被推了开来，珍妮快步冲出房门，差点跟罗伯撞个满怀。罗伯还来不及回神，马上跳开了几步，整个人退到了挂画的墙边，望着没预期会在此时出现的珍妮，惊讶得不发一语。珍妮也应声闪过了身子，退到书柜旁。两人面面相觑，珍妮难掩尴尬，罗伯也刻意回避珍妮的目光，就在珍妮想主动向前寒暄之际，一阵刺耳的电话铃声从她的房里传来，她立刻打消了先前的念头，转身又遁入了自己的房间。

会是谁急着在深夜里找她？她知道不可能是约瑟夫，更不会是外头的罗伯,她已半猜到是谁,但从没这么晚还来电,心里顿时燃起一股莫名的不安。她接起电话,话筒那端传来卡尔的声音:"陶比斯在外头的泳池出事了!你……"没等卡尔说完,她抛下听筒转身就往外冲,失魂落魄地往展厅的玻璃门直奔过去,一下子消失在滂沱的大雨中。罗伯见状,一时好奇,也跟了过去,他站在展厅的玻璃门内往外瞧,看见一个身材魁梧的男子正从泳池里把另一个男的拉上岸,因雨势太大视线不佳,视角又被珍妮挡住,直到他看到那男子脚上红色的法拉利球鞋,"我的天啊!是陶比斯!"他看了四周一圈,没找到伞,还是不顾一切地冲了出去。

"出什么事了?"罗伯急切地问,但男子忙着对陶比斯施予心脏按压,珍妮焦急地紧抿双唇静默不语,两眼直盯着陶比斯,没人回应罗伯的追问。

"我去打911叫救护车!"罗伯嘴里说着,一面转身往展厅的方向冲了回去。

此时珍妮的脑子一片空白,她不相信只因她提分手,害得陶比斯想不开自杀。她知道提分手前,陶比斯正准备向她求婚,但这傻瓜即使碰了钉子,也不会轻言放弃,至少在感情上不会。他刚刚在房里没说什么,要她先好好休息,不就是要她先理理情绪吗?以前两人时常斗嘴,也不时擦枪走火吵了起来,珍妮总是得理不饶人,陶比斯一旦占不了上风,干脆不发一语,不然就转身回避,珍妮一见他故作不理,愈是发飙,没完没了,但气出尽了便又忘得一干二净,隔几天两人碰面还是谈笑风生,爱得你死我活。珍妮非常熟悉两人这样的相处模式,所以对自己提分手并不以为意,况且提分手还是为了陶比斯好,他不可能不明白,所以珍妮不认为提分手会让陶比斯寻短,但她知道这可是她第一次跟陶比斯提分手!

她看着管家丹尼尔锲而不舍地重复对陶比斯做心脏按压,顿时觉得有种生离死别的恐惧。陶比斯静静地躺着,雨水无情地打在他的脸上,湿漉漉的头发让整张脸看起来更加苍白,他嘴角微翘,神情放松,一度让珍妮觉得他是睡着了,就像以前她看着陶比斯依偎在她身旁睡着的样子。她忍不住想凑近轻吻他的脸颊,但他的脸庞已被汩汩的雨水分割得支离破碎,她几乎认不出躺在眼前的这个人就是她熟悉的陶比斯。"你这傻瓜!你讲讲话啊!"她内心呼喊着,突然有许多话想对他说,但话到嘴边却消失在雨声里。

罗伯一进到展厅,忙着找电话,在展厅里没找着,他马上冲回房间,拿起听筒,这才意识到话机上只有红、黄、绿三个按键,并没有其他的数字键,原来这部电话根本无法联外。他愣了半响,没多想,马上又从外套的口袋里掏出他的手机,手机也毫无信号,他才明白,原来他是被设计困在这房间里的。

约瑟夫从珍妮离开他的房间后,眼睛就没移开过手上的平板,当然能清楚掌握外头发生的一切。他从陶比斯离开展厅后,就一直从不同的监视器里跟踪他,看着他坠入池里,也从展厅的监视器里看到珍妮冲了出去,接着罗伯也赶了出去。他知道出事了,正犹豫着该不该前去一探究竟,但又怕露了馅,会让别人质疑他怎知道外头出了事。他立马换上了睡衣,准备待会见机行事。

此时身着睡衣的卡尔出现在廊道,晃着手里的雨伞,正往游泳池的方向快步走去,他心想:今晚可不能闹出人命啊!否则一切的布局将功亏一篑。他上了通往外头的台阶,一开门,还来不及撑开手里的伞,穷凶极恶的雨势迎面扑来,毫不留情地把他吹得蓬首垢面。什么鬼天气!真是没事找事!他心里暗骂着。他一步出门外,便停下了脚步,他似乎听到了远处救护车的鸣笛声,在大雨中闷闷地响着,直到鸣笛声变得愈来愈刺耳,最后停在大门的方向一直响个不停。他确定有人打了911,脸色一青,急着掉头往回走。

约瑟夫一听到救护车的鸣笛声,认为机不可失,再熟睡的人也难抗拒这种穿脑刺耳的鸣笛声。他开了房门才踏出一步,卡尔面无表情地正从他眼前经过,没寒暄更没交谈,完全无视约瑟夫的存在。约瑟夫先是一惊,杵在原地,看着卡尔湿透而显得卷曲的头发加上满脸的雨水,知道卡尔已在外面待了一会。约瑟夫不禁怀疑,卡尔似乎比他先知道外头出事了,是谁告诉了他?而管家丹尼尔第一时间就出现在泳池边,把陶比斯给拉上了岸,又是谁通知丹尼尔赶到现场?珍妮进了房间又冲了出来直奔泳池,一定有人用电话告诉她,到底是谁打了那通电话？难道这么晚了，不只他监看着监视器，还有其他人也跟他一样彻夜未眠地监视着一切？如果他的假设成立，那这些人这么做又为了什么？他一面推敲，一面朝通往游泳池的方向走去。

卡尔看似神色镇定，但他深知即使没闹出人命，待会警察也会尾随而至，前来做笔录。警察一来，很多事就得被迫交代清楚，今晚他的布局就有可能被摊在阳光下而前功尽弃。不一会儿，他已来到大厅的入口处，远远地望见警卫弗烈德已开铁门让救护车进来，车一停定，救护员立刻跳下车取出担架直往弗烈德引导的方向赶去。卡尔若有所思，就一直站在原地，两眼直望着远方，果不其然，树丛外依稀透出了警车灯的闪光，一辆警车闪着车顶的警灯静静地驶来。刚救护车进来时铁门没关上，警车就一路开了进来，避开了救护车进出的路线，索性停在离房子大门最近的草坪上，灯光下清楚可见草坪上被压出的两道轮胎痕。两位身材微胖的警员下了车，一副睡眼惺忪、神情不悦地朝卡尔走来。

救护员从丹尼尔的手里接下了对陶比斯的急救，向丹尼尔了解状况后，立即交互进行电击和心脏按压。几轮抢救后，珍妮看着陶比斯的胸部逐渐由苍白转紫，每施做一次电击，颜色就变深一点，她的心也随之纠结。她不忍卒睹，偷偷地把视线移开，但听着每次的电击声，就心碎一次，她终于忍不住压抑已久的泪水，就拿雨当掩饰让泪随雨下，但她的理性已悄悄地准备面对即将失去所爱的哀痛。她技巧地转过身拭去脸上的泪水,理了一下情绪,准备再看陶比斯最后一眼。她慢慢地回过头来,突然看见陶比斯的手指动了一下,她以为自己眼花,此时救护员大喊了一声:"有脉搏了!"珍妮之前的压抑一时宣泄了开来,她开始感到雨水的存在,身体一阵凉让她直打了几个哆嗦。此时有人递上了毛毡,她发现是罗伯,向他点头示了个意,随即跟上救护员和担架上的陶比斯,一起上了救护车离去。

卡尔引领两位警员进到大厅,他习惯性地看了一眼他们胸前的名牌,肯尼·史宾瑟和杰瑞·罗曼,其中的肯尼先开了口,另一位则从腰间挑出了笔记本准备例行的笔录。

"你是屋主?"

"是。"

"刚接到报案,说泳池有人溺水,可以告诉我发生了什么事吗?"肯尼没好气地问着卡尔。

"两位警官喝点茶或咖啡?"卡尔并没正面回答问话。

肯尼和杰瑞互使了一个眼色,一面把帽子摘下拿在手上。

"两位这边请坐!"卡尔一面示意两位警员坐下,一面迎向远远向大厅走来的丹尼尔。

"现在什么情况?"卡尔劈头轻声问,接着两人互咬了一阵耳朵,丹尼尔退了下去,卡尔又回头招呼着两位警员。

卡尔避重就轻,说:"今晚从城里来了几位客人,其中有位客人从后面展厅走到这栋主建筑物时,因雨势过大,没看清楚路,失足掉到游泳池里了!"

"你讲得这么肯定,是亲眼看到这事发生?"做笔录的杰瑞冷不防地回问了卡尔。

"是我的猜测! 这么晚了,大家应该都睡了,但他可能到后展厅找人聊天去了。"

"当事人叫什么名字? 几岁? 什么背景? 跟你什么关系?"杰瑞接着问。

"他叫陶比斯,陶比斯·迈尔,纽约苏富比拍卖公司私人洽购部的主管,约四十出头,是我多年的好友。"卡尔一五一十地说着。

"昨晚喝多了吗?"杰瑞没好气地问,卡尔正要回答,丹尼尔刚好端上了咖啡和点心,打断了谈话。

肯尼马上端起咖啡啜了一口,杯子没放下,右手又马上抓了个甜甜圈往嘴里塞。

"有人嗑药吗?"听到杰瑞的问话,肯尼差点没喷出嘴里的东西,忙着向杰瑞使了个眼色。肯尼可不想惹麻烦,他知道这社区住的都是有头有脸的权贵,谁都惹不起,杰瑞刚调过来不到一个月,不清楚状况,肯尼便向他使了个眼色,要他别没事找事。

"罗曼警官,你问这话就有失尊重了! 做这种假设,是需要证据的!"卡尔没好气,但也不想把气氛弄僵,给自己惹麻烦。

"我问你有还是没有?"杰瑞不假辞色地又问了一遍,问得肯尼不得不打圆场。

"杰瑞！这些等医院的报告出来后再说,没事我们就先走了!"肯尼起身时顺便拉了杰瑞手臂一下,杰瑞却无动于衷,不动如山。

"这么晚,即使下着大雨,能见度也不差。没喝酒也没嗑药,一个四十几岁的人会无缘无故掉到池里?即使不小心失足,依你这池子的深度,也不出六英尺深……"杰瑞抬头向池子底部又望了一眼,接着说,"不足五英尺高的人也应不难自己爬出池子,你说这位……陶比斯大约多高?"他看了看笔记,找了一下当事人的名字。

"警官,如果你对这意外有任何疑点,甚至不认为这是场意外,那我得打给我的律师请他到场。再说,目前没人死亡,你也没法院的搜查令,恕我无法再配合调查。"卡尔讲完马上起身,作势送客。

"走吧!"肯尼急着把杰瑞拉走。

"等等!走前我需要今晚这屋里所有人的名单,还要确认其他每个来访的人都没事。"杰瑞即使调到这分局还不满一个月,但短时间内就摸清了这区富人的行径,一出事,往往不离谋杀、酗酒、毒品和色情。

"这么晚了,所有客人早都休息了,你这要求有点过分了!"卡尔当下拒绝。

"这么吵的救护车鸣笛声,很难让我相信所有人都睡死了!"

拗不过杰瑞的步步紧逼,更不想让事情复杂化坏了大计,卡尔暗示丹尼尔和刚走进大厅的警卫弗烈德分头请大家到大厅来。

肯尼和杰瑞又坐回了椅子上,杰瑞忙着在笔记本上涂涂抹抹,肯尼又端起咖啡喝了两口以便化解尴尬。卡尔拿起手机忙着发了几封信息。

此时弗烈德匆忙地回到大厅,在卡尔耳边嘀咕了几句,只见卡尔板着脸,不发一语。

沉默了几秒,卡尔突然转头望向两位警员,说:"有位客人在房里出事了,帮忙叫辆救护车。"语毕,马上起身随弗烈德赶去。

杰瑞也跟了上去,肯尼边走边用无线电呼叫支援。

众人来到了菲利浦的房间,门敞开着,就见丹尼尔不停地向躺在地上的菲利浦施做着心脏按压,有个哮喘喷雾器静静地躺在菲利浦的脚边。杰瑞驱前把喷雾器捡了起来,在手里压了两下,没药剂喷出来,他知道这下大事不妙了!

6

经过了一整晚的抢救,陶比斯在加护病房慢慢地恢复了意识,因溺水时缺氧时间过长,怕伤了脑部功能,所以还得待在加护病房持续观察一阵子。珍妮彻夜难眠,一直在加护病房外的等候室踱步,她从来没为任何人这么焦急过,但陶比斯的傻劲却让她揪心了整个晚上。她仍不相信陶比斯会傻到寻短见,这不像是她所认识的陶比斯。如是意外,以他的身高,大可轻易从池子里站起身来,怎么都不会有溺水的可能。但眼睁睁看着他躺在雨里,动也不动,她知道真相已不重要了,即使她已做好了失去他的心理准备,但看到他手指抽动的那一刹那,她的坚强瞬间溶化在泪水里。除了约瑟夫以外,没有人知道她跟陶比斯的关系,但经这么一折腾,纸包不住火,该是面对的时候了。她从没想过要把自己的私生活摊在阳光下,但现在唯一能保护陶比斯跟自己的方法,就是把自己跟陶比斯的关系公之于众,如此一来,至少约瑟夫就难以见缝插针,用陶比斯的安危来威胁她。突然一个念头闪过,"陶比斯溺水该不会跟约瑟夫有关系吧?"她正试着重新整理昨晚事发的经过,此时等候室的门被推了开来,进来了一位警员,等候室就珍妮一人,他径直向珍妮走了过来。

"请问你是珍妮·罗曼小姐吗?"杰瑞趋向前问道。

"我是!"

"有关昨晚溺水之事,想请教你几个问题,方便吗?"杰瑞一面讲一面从口袋里拿出笔记本。珍妮点点头,示意杰瑞一起坐下聊。

"你跟当事人陶比斯·迈尔是什么关系?"

珍妮先是愣了一下,再慢慢从嘴里吐出这几个字:"男女朋友!"虽然已打定主意公开自己跟陶比斯的关系,但这突如其来的问题,问得直接却让她答得浑身不自在,也许自己主动公开还是有别于被动的回答。

"在一起多久了?"杰瑞接着问。

"不到一年。"

"可不可以更精确一点?"杰瑞追问。

"八个月。"珍妮不假思索。

杰瑞抬头看了她一眼,见珍妮面色从容,顿了一下又接着问:"昨晚你有亲眼看到陶比斯落水吗?"

"如我亲眼看着他落水,会见死不救吗?"珍妮没好气地说。

"有时情侣吵架,就会有这种可能。你们昨晚吵架了吗?"珍妮本想反驳,但后面这一问,却把她给问僵了。

珍妮迟疑了一下,说:"有!我们昨晚是吵架了,但不是你所想的那样!"

"我怎么想了?你倒说说看。"

珍妮察觉自己失言,急着澄清:"我意思是说,我们并不像一般的情侣吵架。昨晚他来找我想向我求婚,但我并不知道,正好碰上我心情不好,没等他开口,我自己就先提分手,他见状要我先冷静,好好休息,自己先行离开了我房间,不久后就出事了……"珍妮很快地回忆了一下昨晚的情形。

"那你后来怎么知道昨晚他准备向你求婚?"杰瑞听得有点好奇了。

"我在地上捡到了他来不及拿走的戒指盒。"

"那之前为何提分手呢?"杰瑞似乎更加好奇了。

"这是私人问题,我可以拒绝回答吗?"

"这牵涉到你男朋友溺水的动机,并非私人问题。"

珍妮陷入了几秒的沉思,"因为我不想拖累他!"她还是决定先不把约瑟夫给扯进来,她现在只想把事情单纯化,更何况她尚不知陶比斯溺水的真正原因,一切都得等陶比斯醒来才能水落石出。

"这我能明白,一个想结婚,一个不想,不想的理由都是怕拖累对方。"杰瑞讲得一副过来人的样子,珍妮听得有点沉不住气,正想反驳,杰瑞没给她机会,继续追问,"那你又怎么知道陶比斯溺水了?"

"是一通电话,有人打电话告诉我……"

"是谁?是谁打给你?"

珍妮顿了一下思绪,才从嘴里慢慢吐出:"是卡尔!"

"所以是卡尔从监视器里先看到了陶比斯溺水?"杰瑞揣测着。

"这我不清楚,你得问他!"珍妮摊了摊双手。

"你赶到出事地点时,有谁在现场?"

"只有管家丹尼尔,他正把陶比斯从池里拉上来!"珍妮极力回想昨晚事发当下的情形。

"所以有可能是卡尔从监视器里看到了陶比斯溺水,遣丹尼尔前去营救。"杰瑞又喃喃自语,陷入推敲。

珍妮听着杰瑞喃喃自语,心里生出了几个疑问,她来卡尔家这么久,怎么不知除了展厅旁的监控室外,还有其他的录影监控室?即使是弗烈德的警卫室,监视系统的涵盖范围也不及泳池啊?再且,为什么卡尔深夜不睡还紧盯着监视器?难道早知有事要发生?珍妮也不自觉地陷入沉思,突然被杰瑞打断。

"你跟卡尔是什么关系?"杰瑞继续穷追猛打。

"我是他外甥女。"

"我知道你住卡尔家,是帮他做事?还是单纯寄宿?"

"我以前在他公司工作,现在帮他打理他的艺术收藏。"珍妮侃侃而答。

"你跟卡尔亲吗?"

"不亲。到他公司前并没碰过面,以前只听我妈提起过有这么一个舅舅。"

"卡尔找陶比斯去他家的目的是什么?"

"商量送拍他自己的收藏。"珍妮回答得斩钉截铁。

"没其他的要务或任务?"杰瑞的语气变得有点试探。

"昨晚来的宾客都是通过我去邀请的,尤其是陶比斯,我当然清楚他来干吗!"其实珍妮一直希望陶比斯别蹚这趟浑水,尤其当她知道约瑟夫正紧盯着来访每个人的一举一动,她不想陶比斯的任何把柄落入约瑟夫的手里。

"陶比斯跟昨晚屋里的人有任何过节吗?"

"我不明白你的问题,你是说昨晚另有其人害他溺水?"

"不!我是说他溺水前是不是有跟屋里的任何人产生争吵或不愉快?"

这一问让珍妮马上联想到昨晚在约瑟夫房里出的状况。"如果说有不愉快,那也只是个小误会,我在约瑟夫房里谈事,他似乎有点吃醋,突然钻到约瑟夫房里说了几句,不过大家后来都没事了。"珍妮还是选择避重就轻。

"陶比斯跟菲利浦熟吗?"杰瑞似乎没太理会珍妮的说辞。

"跟菲利浦没特别熟,但通过罗伯的关系,彼此都认识。"这次珍妮倒答得轻松。

"罗伯是哈佛大学的教授,他也参与卡尔私人藏品送拍这事?"杰瑞继续追问。

"卡尔有几件收藏想捐赠给 MoMA，罗伯也是 MoMA 的典藏顾问，找他来听听他的意见。"

"所以菲利浦作为 MoMA 的馆长，昨晚来也跟这事有关？"杰瑞翻着之前的笔记。

"是的。"珍妮答得理所当然。

"陶比斯昨晚有跟菲利浦私下见面吗？"

"就我所知，应该没有！"珍妮当然清楚陶比斯昨晚都在忙些什么。

"他昨晚都跟你在一起吗？不然你怎么这么肯定？"

"他并没有整晚跟我在一起，但我可以确定……"珍妮顿了一下，"难道你认为陶比斯的溺水跟菲利浦有关？不不不！警官！你扯远了……"没等珍妮讲完，杰瑞直接打断了她的陈述。

"昨晚在卡尔家一起过夜的四位宾客，有人吸毒或使用禁药吗？"

"警官！我就说你离谱！昨天来访的宾客每个都是高级知识分子，在业界都是人人敬重的翘楚，我只看过卡尔和大卫偶而抽抽雪茄或吸烟草，倒没见过有人吸毒！"珍妮答得有点啼笑皆非。

"大卫是谁？"杰瑞显得有点疑惑。

"大卫是卡尔的老搭档、老朋友，也都是 MoMA 的董事，昨晚的聚会就是大卫要卡尔召集大家来共商意见的，他的劳斯莱斯这么显眼，就停在宾客停车位的第一辆，你不可能忽略它的！"

"这么说大卫昨晚来过,但出事时却又不在场。是想故意制造不在场证明?"杰瑞嘴里嘟哝着,但听在珍妮的耳里,却是一头雾水。

"陶比斯落水这事怎样也扯不上大卫吧!"珍妮开始不耐烦了。

"当然跟陶比斯落水这事无关。"杰瑞答得直接,但接着说,"但也许跟菲利浦的死有关?"

此话一出,吓得珍妮结巴了起来,"你是说菲利浦死了?"

"是的,就在你男友出事的当下!"杰瑞一面讲一面从椅子上站了起来,"等他醒后,麻烦第一时间通知我,我还有许多疑点待厘清!"杰瑞看了看手表,说:"我有事得先走了,谢谢你的协助!"说完转身要走,突然又丢下几句话:"昨晚做笔录时,卡尔根本没提及你和大卫,但急诊室的登记簿上,你的地址栏写了卡尔家的地址,跟病人的关系写的是情侣,我选择相信你,你看起来不像会说谎!"说完,人已消失在等候室的门外,独留珍妮一脸错愕,她整个心思都还停在"菲利浦是怎么死的"。

珍妮不自觉地伸手往左右口袋里掏,发现手机没带出来,她倒想问问约瑟夫:"昨晚到底发生了什么事?"她认为应该没有人比约瑟夫更清楚了。

珍妮见陶比斯仍未苏醒,心里已急着想赶回住处了解状况,更何况昨晚被淋成落汤鸡,虽裹着毛毯,但一副狼狈样,也该趁机回去换套衣服了。她离开前,不忘跟等候室的护士交代了几句,然后闪身搭上排班的出租车飞奔回去。

经过一晚的折腾,大伙都累了。卡尔不解一个晚上竟然发生这么多状况外的事,一个死了,一个差点溺毙,更糟的是全给摊在阳光下,现在警方已展开调查,虽然目前还不至于影响到原先的布局,但也乱了套。现在大伙不可能还有心情坐下来谈波洛克的事,原先好主导的约瑟夫,现在显得有点退缩,眼神里少了昨晚的谋略;而罗伯在菲利浦死后更表现得疑神疑鬼,好像知道了什么内幕,少再与其他人交谈。卡尔坐在客厅,无意识地抽着雪茄,脑子里一圈又一圈地转着,思索着如何稳住当前的局势,不让事情恶化影响到大局,但摆在眼前的烂摊子,正考验着他的智慧。他突然想到珍妮,转头往里喊了一声:"珍妮回来了没?"

"还没,应该还在医院!"丹尼尔从另一个角落的房间里马上探出头来回答。

"打个电话给她,看她什么时候回来。"卡尔难得露出急态。

"我打了几通,都没接,刚才又打了一通,也没接。我猜昨晚她走得匆忙,应该没带上手机。"丹尼尔说完就站在原地,等着卡尔接下来的指示。

卡尔做了个手势,要丹尼尔靠近,"你现在去接她回来,如果那警察还没找上她,就要她什么都先别说!"卡尔向丹尼尔咬了咬耳朵,丹尼尔唯唯诺诺,马上转身离去。

卡尔知道,即使昨晚警察做笔录时他没刻意说出珍妮和大卫,但也许其他人会说,他也知道杰瑞那条子不是省油的灯,迟早会找上他们的。他不担心大卫,倒是珍妮这丫头,虽是自己的外甥女,但她昨晚的表现,确实让他放心不下。卡尔意识到珍妮跟约瑟夫的关系非比寻常,跟陶比斯应是情侣,这两层关系她倒隐藏得好,要不是昨晚丹尼尔在监视器里看出了端倪,他可能一直被蒙在鼓里。卡尔打从见到这女孩开始,就喜欢上她的聪慧、灵敏与固执,但一开始仍有顾忌,毕竟他俩没一起共事过,更何况他主导的都是些敏感的交易,不得假手外人,一旦让珍妮接手,聪明如她一定马上洞悉其中的蹊跷,但珍妮却从没向他反映过不妥,也不见她有任何排斥,每有交付,使命必达,这让卡尔对她的倚重日益加深。但昨晚看到监视器里对约瑟夫唯命是从的珍妮,卡尔感觉好像被人从背后捅了一刀,很不是滋味,有一种被背叛的感觉。卡尔知道兹事体大,毕竟珍妮知道得太多了,万一有任何差池,他铁定万劫不复,待珍妮回来,他得小心处理这事。

珍妮一上车,内心忐忑,觉得昨晚发生的一切都来得太突然了。陶比斯为什么差点溺毙在比他身高还浅的池子里?菲利浦又怎么突然也走了?这些都不在计划中啊!尤其昨晚卡尔的那通电话,让她恍然大悟,原来监看自己一举一动的不只约瑟夫啊!珍妮在卡尔身边工作,深知卡尔的为人,用人不疑,疑人不用,昨晚的那通电话,不啻就是对她的质疑。陶比斯溺水,卡尔选择通知她,一定是知道了她跟陶比斯的关系,当她去了池边，丹尼尔已经把陶比斯拉上岸，所以她并不是第一时间被告知的人。也就是说在约瑟夫的监控下，其实后面还有一个更庞大的监视系统监控着所有这一切，所以她跟约瑟夫的互动也绝对无所遁形，一旦卡尔知道了约瑟夫的身份和意图，那她更是晚节不保。虽说被约瑟夫吸收的这段时间，她并没有出卖过卡尔，只在波洛克这个案子上配合约瑟夫的运作，但是她知道只要卡尔照着原先的计划走，把自己的那六件波洛克作品运作上拍，然后再以摩根大通的名义高价买下，捐给 MoMA 取得企业捐赠的减税优惠，就会涉及图利罪。约瑟夫一旦抓住了卡尔的把柄，便可以就此要挟，从中揩点油水，之后只要卡尔想如法炮制这样的买卖模式，都缺不了约瑟夫的好处，卡尔自然成了约瑟夫的金母鸡。想到此，珍妮不寒而栗，她深知她绝不是这两人的对手，尤其清楚卡尔的为人，更知道约瑟夫的手段，她夹在中间，不难想象自己的下场。她心里正盘算着一些对策，出租车不知不觉已停在大门前，也许有点心虚，她没按铃让弗烈德开门，自己在铁门外下了车，开了旁边的小门进去。

她正要带上侧门，罗伯冷不防地从她身后闪了出来，把原本六神无主的珍妮吓了一跳，这回她倒没下意识伸手反击，可能五味杂陈的心情让她一时无法专注，面对罗伯，更是错愕得哑口无言。

"我先走了，这里不方便说话，电话我，我们必须谈谈！"罗伯慌忙中丢下了这几句话，珍妮还来不及反应，罗伯已一个箭步跳上了刚刚载着珍妮回来的那辆出租车。珍妮再次把侧门带上,望着急驶离去的出租车,不敢多想,也怕正被人监视着,转头故作镇定径往主建筑物的方向走去。眼前的草坪上到处布满了车胎痕,把草坪分割得支离破碎,昨晚深夜里的乱象可想而知。她刻意望向宾客的停车位,一大一小的宾利都还在,陶比斯的那辆暗红色的玛莎拉蒂仍紧挨着菲利浦的两门宾利,现在这两辆跑车的主人都躺在医院里,一个死一个差点溺毙!她突然警觉到白色的马丁不见了,这辆车是卡尔犒赏她的,虽登记在卡尔个人的公司名下,平常大都她在用,偶尔丹尼尔也会开出去遛遛。丹尼尔来此之前是私人俱乐部的健身教练,卡尔也是俱乐部的会员,后来把丹尼尔找来做管家和他自己的私人保镖,不知卡尔在丹尼尔身上下了什么功夫,丹尼尔对卡尔唯命是从,不时还参与献策。珍妮感受得到,卡尔对丹尼尔和对她的态度截然不同,也许是男女有别吧。但她就爱这种竞争,并非争宠,也非斗争,她只想趁机掂掂丹尼尔的斤两。

珍妮一面走着,思绪不自觉地被拉回罗伯临走前的那几句话,但马上被眼前的景象给岔了心思。约瑟夫手里拎着包正从主建筑物的侧门出来朝自己的车子走去,他并没注意到珍妮。珍妮刻意放慢脚步,迟疑了一下,闪过了个念头:该不该喊他呢?喊他,他们的互动一定在卡尔的监视下,难免露出更多破绽;装作没看到他,更显心虚,两者都不妥。就在珍妮挣扎之际,卡尔突然从大厅走了出来,见珍妮立刻迎上,伪善地张开双臂给了她一个安慰的拥抱,同时趁势凑近珍妮的耳朵,"待会少说话!"说毕再把珍妮推开,双手轻轻抓住她的肩膀,"陶比斯还好吧!清醒了没?"这几句关心说得大声又温暖,引起了约瑟夫的注意,把视线投了过来。约瑟夫见到珍妮,心头一沉:这丫头什么时候回来的?怎么没先来跟我打声招呼?他明知卡尔故意引起自己的注意,但还是主动走上前来打招呼。

"什么时候回来的?陶比斯还好吧?"约瑟夫望向珍妮,虽问得关心,但仍不自觉地捎了个眼神给珍妮,也许只是习惯性的暗示,并没想要传递特别的信息。

"我刚走进来,陶比斯还在加护病房没醒来。"珍妮答得简洁,与约瑟夫四目短暂交接后,心虚地把视线移开,她从约瑟夫的眼神里似乎猜到了他的心思。

"怎么要离开也不打个招呼?"卡尔趁机打探约瑟夫的动机。

"本想先把行李放上车,再过来跟你告别,怎么就听到你的声音了!"约瑟夫四两拨千斤,见招拆招。

"昨晚要不是你报警,陶比斯可能凶多吉少。"卡尔突然来个单刀直入,这可把约瑟夫杀得措手不及。

"昨晚要不是你让丹尼尔先赶到池边,陶比斯才凶多吉少呢!"约瑟夫马上以牙还牙。

珍妮听得满头雾水,就只能夹在中间,看着约瑟夫和卡尔一来一往,针锋相对,突然忍不住心里的疑问:"昨晚不是罗伯报的警吗?"

卡尔和约瑟夫面面相觑,没有搭腔。"是我的错,没事先告诉你们我和陶比斯的关系!"珍妮突然自行招认,已知纸包不住火,不想被揭穿后成为众矢之的。

"我是你舅舅,也是你的老板,你理应有义务告诉我!但这事哪需跟约瑟夫汇报?"卡尔这么一问,约瑟夫挨了一记闷棍。珍妮看似失言,但这是她故意抛出的信息,想借机告诉约瑟夫,她对他并非唯命是从,只是选择性地告知一些她想说的事,现在她把和陶比斯的关系公开出来,是要再次提醒约瑟夫,她是卡尔的外甥女,凡事有卡尔仗着,别想对陶比斯轻举妄动,只要她把约瑟夫的真实身份告诉卡尔,应不难想象约瑟夫的下场。她深知这是步险棋,因为卡尔一旦知道了她跟联邦探员联手暗中对付他,不管她是不是他的外甥女,她的下场应该不会比约瑟夫好到哪。

"如果我跟陶比斯的关系早摊在阳光下,就不会有这么多误会了!"珍妮知道自己言不及意,但一时也挤不出什么冠冕堂皇的理由。

"她不需跟我汇报,只要稍微提点,就能让我更精确地布局!你找我来,不就是要我为你干这事吗?"约瑟夫深知卡尔已全盘掌握昨晚所有的动态,他跟珍妮的互动也许早已露了破绽,所以现在他只能以退为进,转攻为守,免得卡尔先发制人,如此一来所有的努力将前功尽弃。

"我先进去换件衣服,梳洗一下。"珍妮趁机开溜,她只想点到为止,不想在自己还没任何对策前,就失了先机。

"那我也先走一步了,咱们择期再议!"约瑟夫说完,没等卡尔回复,早已掉头朝自己停车的方向走了过去。

卡尔静静地望着约瑟夫的背影,看着他钻进自己的宾利,待约瑟夫发动了引擎,卡尔转头望向左后方的一个监视器,使了个眼色,铸铁大门便悄悄地滑了开来,约瑟夫的车迅速地穿过了铁门,加速扬长而去。

7

罗伯在出租车上反复思索,仍无法接受菲利浦的死,尤其识破珍妮的骗局后,让他觉得菲利浦的死绝不单纯。他认识菲利浦二十几年了,对菲利浦的个性、为人和做事的态度再清楚不过了,也知道他长期患有哮喘的毛病,以前常一起出差,也没见他忘过带哮喘药,喷雾器更是不离身,甚至还有备份。虽说菲利浦生性随和,抽烟喝酒样样来,烟酒虽是哮喘患者的大忌,但喷雾器这种保命的工具,他绝不打马虎眼,更不可能忘了帮喷雾器加药,死于自己的疏失。再说,昨晚陶比斯溺水时,珍妮和丹尼尔都在池子边,就约瑟夫、卡尔和大卫在屋里,如是他杀,这几个人的嫌疑最大,但稍早之前当他发现下药的空瓶时,注意到大卫的劳斯莱斯已不在宾客的停车位上,应该早已离开,不知菲利浦的死是在大卫离开前还是之后,但他想不出大卫和卡尔有什么动机需要杀人灭口。再且,如真要对菲利浦动手,也应该不会笨到让菲利浦死在卡尔家里,更何况那几张波洛克的画不也要菲利浦的最后背书才能进到美术馆?现在下手,等同前功尽弃。而弗烈德是卡尔的手下,听命于卡尔,大部分时间都待在警卫室,卡尔没理由要置菲利浦于死地,弗烈德也不会主动动手,这么一来,只剩约瑟夫的嫌疑最大了。他初见约瑟夫,就觉得他不是个省油的灯,凡事观察入微、沉着有谋略,之前也只有约瑟夫紧盯着他咖啡杯里的纸条。"莫非纸条是他搞的鬼?不然在自己小心翼翼的应对下,约瑟夫还能斩钉截铁地指出他咖啡杯里的纸条!加上在水里下药的手法,也是保险公司侦查案件时惯用的伎俩。这么说来,珍妮是配合约瑟夫演出,她并不是卡尔的人,而是听命于约瑟夫?"罗伯慢慢勾勒出一个可能的共犯团队,但他必须先去见一个人,才能从旁厘清一些疑问。"我们现在先转往南汉普顿医院,谢谢!"罗伯凑上前敲了敲司机和乘客间的玻璃,交代了出租车的驾驶方向,同时从口袋里掏出了手机,拨了一通电话:"罗曼警官!我是罗伯·霍顿教授,有事想跟你聊一下……"

珍妮进到了自己房里,又走过昨晚出事的游泳池,虽短短几小时,却好似经历了生死离别一般,内心的煎熬无人能懂,但眼前待解决和要厘清的事,却一件件奔涌来袭,即使她自恃有过人的意志力,坚信凡事只要咬紧牙根,必能柳暗花明,但感情和信任这两件事,却是她的死穴。对珍妮而言,意志力反而是感情的绊脚石,感情一般不耐撑,能修成正果的往往都得学习放下自我、得过且过,但这不是她的爱情观;而信任虽是感情的基石,但信任和不信任一旦变成了问题,就代表两人的感情即将土崩瓦解,这却是她和陶比斯现在面临的困境。珍妮此刻倒无心去想她和陶比斯的感情问题,卡尔和约瑟夫对她的信任却是她当前的课题。她清楚地知道不可能同时赢得卡尔和约瑟夫的信任,毕竟卡尔和约瑟夫不在同一条道上,但让她困扰的是,这两人竟殊途同归,都是为了利。她是卡尔的外甥女,又受雇于卡尔处理不足为外人道的案子,对主子忠心这件事,确实不曾困扰过她;即使约瑟夫吸收她调查卡尔,她也从不觉得是背叛卡尔,因为她知道约瑟夫罗织共谋罪名威胁她配合的最终目的,其实不是为了将卡尔入罪,只是想利用卡尔帮自己牟利。所以,她自认只要拿捏得宜,应不难周旋在这两个老奸巨猾的男人之间,让他们各取所需,相互抗衡,自己夹缝中求生,这倒也难不倒她。

哪知昨晚陶比斯护花心切,甚至醋劲大发,在约瑟夫面前露了馅,现在他俩的关系又给摊在阳光下,不仅陶比斯的小命差点不保,还得找理由向卡尔解释她跟陶比斯背地里的交往,又得瞒着卡尔她跟约瑟夫的关系。其实她跟陶比斯交往倒不是不可告人,只是没事先向卡尔报备,怕卡尔作负面想,尤其她负责卡尔的机密事,怎么也算是卡尔的亲信,卡尔一定会担心,她爱昏头时可能会不经意地把那些不足向外人道的秘密告诉了陶比斯,"天啊!这该不会跟陶比斯昨晚溺水有关吧?"她突然一个念头闪过,因为她从不认为陶比斯是那种会为了被拒绝求婚而自杀的人。现在连菲利浦都突然走了,罗伯因下药的事也对她早有戒心，约瑟夫在事发后也拍拍屁股闪人，她第一次感到如此孤单、无助。但此时她却惊讶于自己对约瑟夫的依赖胜过于陶比斯的肩膀，更渴望在面对卡尔之前能得到约瑟夫的指示，这种矛盾的心态，不时地重复、纠葛，甚至形成一种拉锯。她虽恨约瑟夫对她的牵制，甚至是利用，却又渴望他适时的援手，有时她真搞不清楚是特工训练的后遗症，还是她真的对约瑟夫产生了依赖或者是……爱意？珍妮知道这不可能是爱，但不否认约瑟夫的出现让她对陶比斯的感情有了迟疑。她往往用保护陶比斯当借口来肯定她对陶比斯的爱，但当她单独面对陶比斯时，她又觉得陶比斯可有可无，有时甚至是个负担。就像现在，陶比斯躺在医院里，她的担心好像变得只是一种制约行为，用以说服自己还关心他、还爱他，除此之外，她对陶比斯别无期待。反倒是约瑟夫，她希冀他能尽速将她拉出目前的徬徨、恐惧和不安，但这个想法却让珍妮更加感到惶恐和不安。然而，让她不明白的是，刚刚约瑟夫和卡尔交锋时，她竟为了保护陶比斯和自己，又本能地拉开自己和约瑟夫的距离，甚至想过拉拢卡尔来抵制约瑟夫，她开始感到自己矛盾、反复，甚是可怕的一面。

　　珍妮拉开椅子坐下，看着先前被她搁在桌上的戒指盒，突然哭笑不得，"这不会是我真想嫁的人吧？要是我昨晚真答应陶比斯的求婚，是不是所有的事就不会发生了？"她为自己的天真感到可笑，但想着还躺在加护病房的陶比斯和突然撒手离去的菲利浦,整个心情又沉了下来。她顺手拉开了身后的柜子,取出条浴巾,径自朝浴室走去,但疲惫的身子却没让她的思绪停顿下来。

昨晚卡尔亲自打电话告知陶比斯溺水,无疑已经知道自己跟陶比斯的关系,所以那通电话是对她的初步警告。也许她跟约瑟夫的关系才是他最在意的部分,尤其刚刚他们两人言谈中针锋相对,好像各自握住了对方的辫子,互争高下,难道约瑟夫被揭底了?事前卡尔又一把拉住她,要她少说话配合,这莫非是要她选边站,且向约瑟夫示威这是他的人,难道卡尔已经知道了自己跟约瑟夫的关系?约瑟夫处心积虑想利用陶比斯来牵制她,卡尔又对自己起疑,腹背受敌,前是断崖,后有追兵,生平第一次感到进退维谷、不知所措!她整个人缩在淋浴间的角落,任由莲蓬头喷出的水柱把自己淹没,她还没学会为自己哭泣,也厌倦了偷偷为别人哭泣,即使昨晚是第一次,也应该是最后一次。她猛伸手关掉了热水,顿时身子一阵冰冷,冷水无情地打在她头上,从发梢间涔涔地灌入口鼻,就在她难以承受的最后一刻,她的脸挣脱了水柱,水瞬间从口鼻呛了出来,她现在完全能感受昨晚陶比斯在池子里的心情,是一种绝望!更是一种死亡的况味!

珍妮清楚地知道,这些人当中,就只有罗伯心术最正,但之前她配合约瑟夫向他下药被拆穿,她不敢奢望罗伯还能信任她,即使想靠向他,罗伯恐怕也非卡尔和约瑟夫的对手,难逃跟菲利浦一样的下场。但刚才在大门口撞见他时,他却急着要她打电话给他,也许他已经掌握了一些线索,不然为何他匆忙离去,也没告知卡尔,就顺势搭上载她回来的出租车离开,想必他已经在大铁门旁躲了一阵子,因为这房子里没任何手机信号,即使他想叫车,也拨不出电话。他偷偷溜走,莫非怕卡尔会对他不利?难道他认为菲利浦的死与卡尔有关?

珍妮任由身体被水柱浇淋着,但现在她的思绪比起昨晚更加纠结。她走出淋浴间,裹着浴巾站在镜子前,两眼盯着自己出神,她几乎认不得自己了,她的眼神涣散、自信不在,左眼皮还不时地抽搐着,即使在暖色光的照射下,脸色依然苍白惊人。她知道待会她过不了卡尔这一关,尤其是她和约瑟夫的关系,即使她全盘托出,在卡尔面前坦白从宽也只是自寻死路,她能预知自己的下场;但她心念一转,与其死路一条,倒不如隐匿不说,就跟他赌上这条命,从头否认到底,就不相信这么短的时间内他能掌握多少证据。

珍妮出了浴室,一面用毛巾擦着头发,低头之际,瞥见床头柜上的手机,本不以为意,知道昨晚失魂落魄没带上手机,但手机上闪烁的光点倒引起了她的注意。其实手机在这房子里根本无用武之地,完全收不到信号,唯有靠近大铁门旁的某个角落才能收到信号,所以平常跟陶比斯通话都用 Skype 网络电话,Skype 可隐藏使用者的即时状态,想跟陶比斯讲上几句话时,就显示"方便通话",想一个人静一静,就选择"隐藏"。她拿起手机,滑开屏幕,竟然有四通未接来电,最早两通是屋里的市话,只有丹尼尔和卡尔的房间能拨出市话,另一通未显示来电号码,最近一通竟是五分钟前罗伯打来的。"既然这屋子里没手机信号,怎么还能显示未接来电?"珍妮刻意看了一眼手机的信号显示,竟然有一格信号,但她稍微一移动,信号又不见了。她立刻把手机放回床头柜上原来的位置,转身拿铅笔做了个记号,提醒自己这是个能与外界联系的位置。她心想要是卡尔打电话找她,无疑想确定陶比斯的状况或者对她兴师问罪。至于那通未显示号码来电,十之八九是约瑟夫的,因为平常他的来电都没号码显示,发现打不通,也不会留言,更不会留下文字信息,以免产生任何被拆穿身份的风险。而刚才在大门口与罗伯惊鸿一瞥,算算他应该还在回曼哈顿的路上,想不通为什么罗伯这么急着找她。突然房里电话响起,丹尼尔在电话的另一端说:"卡尔请你到大厅来一趟!"珍妮挂上电话,心跳不自觉地加速了起来。

8

罗伯在医院下了车,从询问台得知陶比斯在加护病房,马上奔了过去。虽担心自己学生的状况,但稍早见珍妮返回卡尔住处,想必陶比斯已脱离险境。他现在之所以急着见陶比斯,无疑想厘清他心中的几点疑问,以便试着拼凑出菲利浦的死因。

罗伯一走进加护病房的家属等候室,就见杰瑞警官已等在那里。

"你见到陶比斯没?"罗伯劈头便问。

"人还没醒呢,这么急着找我有事吗?"杰瑞一派气定神闲,但仍露出几分好奇。

罗伯拿出手帕拭去了额头的汗,一面示意杰瑞坐下来。

"菲利浦的死,有查到什么线索吗?"罗伯这么一问,让原本望向门外的杰瑞拉回了视线,转过身来看着罗伯。

"你不认为菲利浦死于哮喘发作?"

"我当然不这么想!我太了解他了!"罗伯一副不以为然的样子。

杰瑞顺势将手上的一份报告丢给了罗伯。

"这是什么?"杰瑞没回答罗伯的问题,示意他翻开来看看。

罗伯盯着报告,一页翻过一页,最后把报告捏在手里。"你想告诉我什么?难道你真的认为菲利浦就这么简单地死于哮喘发作?"罗伯突然面带愠色,语气显得高亢。

"验尸报告就这么写,那你要我怎么想?"杰瑞双手一摊,一副无奈的样子。

"其实昨晚做笔录时,有些事我没全盘托出……"罗伯欲语还休。

杰瑞两眼直视着罗伯,不发一语,但他锐利的眼神却逼得罗伯不得不把话讲完。

"我是说昨晚在陶比斯溺水和菲利浦死亡之前,就有事情发生了!"罗伯讲得吞吞吐吐。

"什么事?"杰瑞兴致盎然,做手势要罗伯继续说下去。

"昨晚有人在我的水里下药!"罗伯脱口而出,却刻意避开了珍妮的名字,说完伸手从自己的旅行包里掏出一个空塑料瓶,递给了杰瑞。

"瓶子里还剩一点水,拿回去化验,你就明白是什么了!"

杰瑞来回端详着瓶子,又打开嗅了嗅。没等杰瑞开口,罗伯伸手把瓶子抢了回去。"你简直是在破坏证物!"罗伯不敢相信一个调查刑事案件的警官竟如此不专业。

"这不就是一瓶掺了 GHB 的瓶装水吗?"杰瑞把罗伯说得

哑口无言,没等罗伯回应,他接着又说,"是谁想让你昏睡?"

罗伯觉得杰瑞也太神了,露出一脸惊讶的表情。

"是约瑟夫!"他斩钉截铁、不假思索地吐出了约瑟夫的名字。

"你为什么不说就是珍妮?"杰瑞此话一出,把罗伯吓到语塞,一时不知所措。

罗伯花了几秒钟重新稳定了自己的情绪。"看来你知道的不比我少!"讲完把头放得不能再低,似乎想掩盖脸上的尴尬,突然间,他又提高了音调,直视着杰瑞,"我想你应该也不相信菲利浦死于哮喘发作,对吧?"

"我当然相信菲利浦死于哮喘发作,除非这报告有问题。但我不相信他的死是因为哮喘喷雾器没药!"杰瑞讲得信誓旦旦。

"那会是什么可能?"罗伯追问。

"菲利浦的身体毫无外伤,连轻微的抓痕也没有,推测应该没有外力介入。他的死就只有两种可能,一是自杀,二是他吸了最后一口喷雾器里的药而死。"杰瑞分析着。

"菲利浦不可能自杀,既然吸了药为什么又会死?"罗伯对杰瑞的推论一脸不屑。此时,杰瑞不疾不徐地伸手把握在罗伯手里的塑料瓶又取了过来,罗伯还是没搞清楚他的意思。"这种神仙水喝多了会让人严重昏睡,甚至引起暂时性的记忆丧失,还有……"罗伯正想打断,却被杰瑞制止。

"尤其是哮喘患者,即使少量的神仙水,都会立即引发哮喘!"杰瑞进一步说明,"菲利浦的血液检测里,有些微药物反应,是一种镇定剂,哮喘药就带这成分,而神仙水的主要成分也是镇定剂,在低剂量时,可减轻焦虑产生松弛作用,让人产生欣快、昏睡感。但坏就坏在这两种镇定剂一同使用时,会瞬间降低血红素的制造,使用者会因缺氧产生瞳孔放大、体温降低及呼吸抑制的反应,严重者可能引起脉搏过慢、痉挛性肌肉收缩、神智不清或是呼吸道阻塞等症状而死亡。"罗伯听得目瞪口呆。

"你是暗示,菲利浦先是不小心喝了神仙水,引发哮喘,再吸了最后一口喷雾器里的药,导致痉挛、昏迷,最后引起呼吸道阻塞而死亡?"

杰瑞点点头。"所以他的死看起来与死于哮喘发作没两样!"杰瑞再次补充。

"那你怎么知道他喝了神仙水?又怎么知道他刚好吸了最后一口喷雾器里的药而致命?"

"是你告诉我的啊!"杰瑞答得有点谐谑。

"是我?"罗伯丈二金刚摸不着头脑。

"刚刚你说你水里被下了药,又拿出这空瓶,我一看到这瓶子,马上想起在菲利浦的房间里恰巧也有一瓶这样的水,喝光了被丢在垃圾桶里,所以我怀疑他也被下了药,喝了神仙水!"杰瑞推论着。

"那为何你这么肯定菲利浦吸了最后一口喷雾器里的药才

致命？也许喷雾器里根本没药。"罗伯反驳。

"教授，你这不是故意扯自己后腿吗？你昨晚做笔录时一直斩钉截铁地说，菲利浦这个人绝不会忘了帮他自己的保命工具添药，不是吗？难道你昨晚作伪证？"罗伯又被说得哑口无言。

"再且，喷雾器的吸口还残留大量菲利浦的口水，吸口处也有药剂反应，说明了他确实有吸入哮喘药，只是多寡的问题。"

"这么说来，是神仙水害了他！下手的人知道他有哮喘，所以故意拿给他掺了 GHB 的水，让他的死看起来像是哮喘发作！那会是谁下的手呢？卡尔不会笨到在自己家里杀人，更何况卡尔还需要菲利浦的协助，才能顺利地将他那些画捐给 MoMA 啊！"罗伯自己又推论了起来。

"你刚刚不是咬定约瑟夫干的吗？"杰瑞追问。

罗伯没正面回答杰瑞的问题，转而反问杰瑞："那你为什么这么肯定是珍妮干的？"

"因为菲利浦的喷雾器上有枚珍妮的指纹，加上你刚刚咬定约瑟夫时，语气有所保留，我只是顺水推舟，想引你讲出实情。既然你找我出来，不就是想要厘清菲利浦的真正死因，该不会想误导我办案吧？"杰瑞不拐弯抹角。

"我觉得珍妮只是颗别人的棋子，听命行事而已。"罗伯希望杰瑞能正视背后真正的主谋者。

"那你为什么认为约瑟夫是幕后的主使者，而不是卡尔？

约瑟夫跟珍妮有什么特殊关系吗?"杰瑞似乎不明白罗伯的推论。

"我倒不知道约瑟夫跟珍妮有什么特殊关系,但昨晚出事前我们所有人聚在一块商议艺术品捐赠的事,我就觉得约瑟夫不单纯,好像珍妮配合着他在演戏。"罗伯一时也说不上那种感觉。

"怎么不单纯?他昨晚说了什么引起你的注意?"杰瑞有点耐不住性子。

罗伯沉思了半响,"昨晚我倒不记得约瑟夫讲了什么,但只有他看到我咖啡杯里的字条!"罗伯对此事仍耿耿于怀。

杰瑞听得满头雾水,不知如何接话,"谁写字条给你?谁又把字条放到咖啡杯里?字条上写了些什么?"

"没机会看,全给吞下去了!"罗伯自己讲得起劲但略带尴尬。

杰瑞的逻辑推论全被罗伯无厘头的答话打乱了,他再也憋不住气,"到底你那字条有什么关键?跟约瑟夫又有什么关系?"

罗伯根本无心回答杰瑞的问题,"你们查扣监视器的影像没?"罗伯突然着急地问杰瑞。

"当然有,但没什么特别线索,连陶比斯在大雨中坠入泳池的那一刹那都看不清楚,更别谈菲利浦的房间,根本没监视器!"杰瑞不耐烦了。

"有看到更早时我们几个人聚会时的影像吗?或者我先回

房后,其他人聚会的影像?"罗伯锲而不舍。

"也没有。"

"怎么可能? 那间展厅里有十几只监视器,怎么可能连个影像都没有?"

"展厅不是案发现场,所以我们没要求调阅展厅的监视器影像。"

"你怎么这么肯定展厅不是案发现场? 我第二次喝到下了药的咖啡就在那里,菲利浦也许也是在那里被下了药呢?"罗伯有点悻悻然。

杰瑞听了罗伯的推测,马上灵机一动,又翻了翻菲利浦的验尸报告。"菲利浦死亡时间约11点半前后。"杰瑞陷入沉思,突然转向罗伯,"你几点离开他们回房的?"

这一问,罗伯急着在自己夹克的口袋里东翻西找,掏出了一张字条递给了杰瑞。"今晚11点半楼下见。"杰瑞没好气地回瞪着罗伯,"就是这张被你吞了的字条?"

罗伯反瞪他一眼,没好气地说:"这是从我行李包里掉出来的字条。"罗伯接着解释,"昨晚不到11点,我被迫先行离开大伙聚会的展厅,被安排到展厅对面的客房。约11点10分,珍妮送来了我的行李包,我正要掏出包里的盥洗包时掉出了这张字条,我追了出去,已不见珍妮,发现对面展厅的灯也暗了,其他人应该都离开了。"罗伯回忆着,"不久后,我又昏睡了过去。很明显地,先前在展厅时,珍妮在送来的咖啡里下了药,这是她第二次对我下药。我第一次被下药,是上了珍妮的车,在前往卡尔家的路上,我喝了车上的瓶装水,就不醒人事了。"罗伯指着杰瑞手里的空瓶子,娓娓道来。

"一般喝了神仙水,即使剂量少,十分钟后药效也会发作。如果11点10分前,其他人都离开了展厅,表示在这之前菲利浦也许已经被下了药,他回房间后马上引发哮喘,再吸了喷雾器里的哮喘药,于11点半前后死亡;或者,菲利浦回房后,喝掉了那罐被下了药的瓶装水,那么……"杰瑞似乎有所不解,从腰间掏出了他的笔记本,往下翻到了一页,"溺水报案电话是12点16分打进来的,也就是在菲利浦死亡后一小时。我们赶到卡尔家约12点半,12点40分左右,警卫弗烈德才通报菲利浦死亡,我们赶到菲利浦房间时,管家丹尼尔还急着在施做心脏按压,死亡一小时的尸体早已没了体温,对受过消防训练的健身教练而言应不难判断,为什么还继续施做心脏按压?是想故布疑阵?还有,珍妮说陶比斯溺水时,是卡尔第一时间通知她的,当她赶到水池边时,丹尼尔已在场施救,表示卡尔已经知道了陶比斯落水,但监视器的画面根本看不清陶比斯落水,难道陶比斯溺水也不是意外?或者另有一套监视系统,能看得到我们看不到的事情?深夜不眠,还盯着监视器,到底为的是什么?"

这时,加护病房的护士朝他们走了过来。"病人已经醒了,我们会将他送到普通病房,你们可以在那里见他,但别跟病人谈话太久,他还有点虚弱!"

杰瑞和罗伯两人互看了一眼，不约而同地起身，快步往另一扇门冲去。

珍妮走在通往大厅的回廊上，不知不觉又走过了陶比斯的房间，她不经意地抬头看了一眼，昨晚的种种仍历历在目，她无心多想，只因为无法再承受更多生死交关之事，但卡尔现在对她的召唤，不就是要面对的另一个生死议题吗？她不时放慢脚步调整呼吸，仍难掩内心的忐忑。她意识到自己的掌心正冒着汗，只好边走边往裤子上抹，反正她已抱着打死不承认的态度来否认她跟约瑟夫的关系。

珍妮一走进客厅，卡尔已在沙发上坐定，目不转睛地盯着手机，珍妮不动声色就在卡尔的面前站定，约有两步之遥，一站一坐，她屏气凝神就等着卡尔抬头，但卡尔似乎看得入神，根本没意识到面前的身影，就连站在角落的丹尼尔也不敢稍动声色，整个客厅的空气一时为之凝结，听不到一丁点声音，这让原本忐忑不安的珍妮，神经更为紧绷。她突然感到一阵耳鸣，脑血管加速缩张，如浪般的共振顿时袭上心头，忽上忽下、由低而高，两耳嗡嗡作响、震耳欲聋。她想用双手捂住耳朵，极力忍住，猛咽了两口口水，才惊觉是自己的心跳声。她慌了起来，深怕自己的心跳声划破了空气中的寂静。她禁不住又倒吸了一口气，但这一吸，也许猛了些，竟惊动了卡尔，卡尔一抬头，珍妮吓到憋住了气，整个涨红了脸。

"你来啦！坐！"卡尔示意珍妮坐在对面，一面顺手将手机搁在沙发上。

"有什么事情想告诉我吗?"卡尔接着说,两眼直视着珍妮,珍妮从坐下后再也没抬起过头来。

"你不是找我过来吗?"珍妮力图镇定,但还是没勇气把头抬起来。

卡尔看着头低得不能再低的珍妮,冷不防地丢出了一句:"怕我吗?"

"我……没有啊!"珍妮答得吞吞吐吐,头埋得更低了。

"人一心虚,难免冒冷汗,那你手掌上的汗又是怎么回事?"卡尔此话一出,吓得珍妮马上把手握起来,但她长裤的大腿处却清楚可见两个汗涔涔的手印。她尴尬地又张开手掌盖回原来的位置。"刚洗完澡,手还没擦干!"珍妮答得牵强,但反应还算机灵,她生活中早已养成这种看似打马虎眼,却能及时见招拆招的本事。

"我能信任你吗?"卡尔无心与珍妮抬杠,他马上切入正题。

珍妮不假思索地点点头,没作答。

"那你能让我信任吗?"卡尔又绕了个圈反问。

珍妮早意识到这个迟早要面对的问题,即使她已反复预习过几十种应对的方式,但卡尔这一问,全把她给问傻了,她突然脱口而出:"你当然得信任我,不然你早被抓去关了!"话一出口,她才意识到这完全不在自己预习的回答中。

"此话怎么说?"卡尔声音单调乏味,不带任何情绪,只有嘴角微微上扬了一下,似笑非笑。

"在我离开你公司到这儿来之前,曾有联调局的探员约谈我,要我协助调查公司利用艺术品捐赠减税的案子,我在胁迫下答应配合,但前后只提供了三宗通过正常途径运作的捐赠案,后来他再也没来找过麻烦。"珍妮决定来个即兴创作,铺陈一个自编自导的故事来让自己脱身。

"我怎么不记得曾让你经手任何通过正常途径的捐赠案?"卡尔故作失忆,其实是给珍妮出了个难题。

"我之前经手过的案子可真没一件是正当的,但我在执行的过程中,尽量用正当的方法来达到你的要求。所以每件案子,外表看起来可都是堂而皇之的公益捐赠,但背地里卖的药却只有你我知道!"语毕,珍妮发现她手心已不再盗汗,耳鸣不知不觉中也消失了。珍妮知道现在要是无法先声夺人,就只能一路低声下气了。

卡尔干笑了两声,"你言下之意好像全世界只有你最清楚我的底细啰!"但卡尔没等珍妮接上话,接着话锋一转,"发生这种事,为什么没让我知道?"。

"这种小事,我应付得来,不需让你操心!"珍妮还是习惯耍嘴皮,或者说只能靠耍嘴皮来敷衍卡尔的问题和掩饰自己的紧张。

"你知道我这么多底细,又联手 FBI 的探员来调查我,吃里扒外,就不怕我杀你灭口?"卡尔就爱这种单刀直入,直捣虎穴,一出手,招招致命。

"你是我舅舅,虽算不上是至亲,但我投效你麾下,可是我妈亲口答应的。要说动我妈同意可不容易,她会答应的事一定有绝对的理由,她不爱对价关系,更不会把她唯一的宝贝女儿推入火坑。在我投效你之前,她只交代了一句话,'只管听舅舅的话',我当然明白她的意思。进到公司后,你交代的每件事,几乎都在考验我对你的忠诚度,因为你从一开始就没丢给过我一般的案件,但我每每不费吹灰之力就能掌握你的心思。所以你信任我,倒不是因为我是你的外甥女,而是你清楚知道我能让你信任。"珍妮根本不知哪来的勇气,竟上演双手夺白刃的戏码,而她的搏命演出,看似博得了唯一观众的喝采。

"哈——哈——哈!!!"三声大笑划破了紧绷的空气,在客厅里回荡着,只见卡尔缓缓从椅子上站起,将整个身子慢慢挪到珍妮的身旁。他伸出左手重搂住珍妮的肩膀,还不时用左手掌轻拍珍妮的手臂,"你跟你妈简直就是同副德性,死鸭子嘴硬!我们四个兄弟姊妹中,就你妈和我的脾气最硬,想不到青出于蓝更胜于蓝。那你倒说说,昨晚你到底在玩什么把戏?"卡尔紧挨着珍妮,一面说着,一面把握在右手掌里的手机举到珍妮的面前,熟稔地用大拇指滑开了屏幕,迅速点了一下一段影像的播放键,示意珍妮自己慢慢欣赏。珍妮伸手接过了手机,两眼盯着屏幕,看着屏幕里的自己走进了菲利浦的房间,没一分钟她又退了出来,前后进出刚好被走廊的摄影机拍了个正着。她从不知那走廊有支摄影机，但昨晚陶比斯出事后，她早就料到这屋里一定还有套更严密的监视系统，果然不出她所料。影片结束前，她看了一眼录影时间，昨晚快 11 点。珍妮马上意会到卡尔的用意。"昨晚快 11 点时，我上完咖啡就回到车上取出罗伯的行李，经过了客厅，想到菲利浦的大衣还挂在客用的衣帽间里，就顺便把他的大衣给送回了他房间。我把大衣对折摆在床上，不知从哪掉出了个喷雾器，我把它捡起搁在茶几上，之后就退出了他房间。"珍妮一五一十地陈述着，最后她两眼直视着卡尔，"舅舅，你该不会怀疑菲利浦的死与我有关吧？"

珍妮平常就直喊卡尔的名字，这倒是第一次喊他舅舅。卡尔先是心头一惊，但当下没心思揣摩珍妮的用意。

"这么说来，你已经知道菲利浦死了！"卡尔略显惊讶。

"今早在医院就已经有个条子来问话，我从他口中得知了菲利浦的死讯。"珍妮趁势转移话题。

"你是说杰瑞那条子？"卡尔略略提高了语气，显得有点不耐烦。

"是啊！"

"他都问了你些什么？"卡尔继续追问。

"都是些跟陶比斯溺水相关的事，八竿子没提到菲利浦，但当他提到大卫昨晚不在现场时，他突然道出菲利浦的死讯……"珍妮说着，还不时用眼角余光偷偷瞄卡尔的表情。

"那条子怎知道大卫昨晚不在场？难道……"卡尔欲言又止。

"大卫可真与菲利浦的死有关?"珍妮当然没说出是她在言谈中提及大卫的,故意顺着卡尔的话抛出问题来试探卡尔的反应。

"如大卫想杀菲利浦,也不会笨到在我家下手啊!"卡尔驳斥。

"你是说大卫确实有谋杀菲利浦的动机?"珍妮这么一问,让卡尔惊觉失言了。

"大卫对菲利浦确实有些不满,尤其他之前财务紧缩时,曾埋怨菲利浦见死不救,但……"卡尔惊觉自己说多了,马上戛然而止。

"菲利浦老想在这些案子里分杯羹,但死要钱又怕死,有时反而碍事,不像罗伯,就是一介学者,不卑不亢,虽不容易收服,再怎么也比菲利浦单纯。现在菲利浦意外身亡,罗伯作为菲利浦几十年的朋友,应该正忙着寻找菲利浦的真正死因。"珍妮故意贬低菲利浦的为人,想借此套套卡尔的看法。

"你知道菲利浦是怎么死的吗?"卡尔也不是省油的灯,反过来试探珍妮。

"如果菲利浦真死于意外,对一个哮喘病患而言,哮喘发作绝对是最有可能的死因。而且死在你家,这种死法不会连累你。"珍妮转守为攻,想试试卡尔的底线。

"你是否在他的哮喘喷雾器上动了手脚?"卡尔反咬。

"请告诉我你揣测的依据是什么,不然我无法回答你的问题。"珍妮反驳得铿锵有力。

卡尔此时转过身向丹尼尔使了个眼色,丹尼尔马上转身进房里抱出了一叠资料。卡尔把其中的一叠卷宗丢在珍妮的面前,珍妮一见卷宗上的标题——"卡尔·萧的诈保案",一时吓得六神无主,但也只能强作镇定。

"你以为我们在保险公司里就没有自己人吗?"卡尔见珍妮吓怔了,接着说,"你真以为你和约瑟夫两人联手就能扳倒我,或就凭一个AXA的执行长、FBI的探员、你的另一个老板,就这点内神通外鬼的把戏,就能把我绳之以法? 你也太天真了!"珍妮见情势不妙,只好来个硬碰硬。

"就凭这个卷宗怎能把我和约瑟夫的关系绑在一起? 又怎能证明我跟他联手对付你? 而且这也扯不上菲利浦的死啊! 我刚刚已跟你解释过,约瑟夫确实想吸收我来调查你,但我给了三件案子打发了他,你的卧底绝对清楚我给的是哪些案子,你也应该清楚我没背叛你。"珍妮试着再次解释。

"你帮人卖命,又被蒙在鼓里,是装傻,还是另有所图?"卡尔语带轻蔑和不屑。

"我不明白你的意思!"珍妮一时摸不透卡尔的言外之意。

"约瑟夫就是我的卧底!"此话一出,珍妮整个人又怔了,不敢相信这是事实,但她马上回过神,暗自揣度也许这是卡尔对她的测试。

"既然约瑟夫就是你的卧底,为什么他要对付你?如果你明知此人不可靠,为什么又把他找来帮忙处理波洛克的案子?"珍妮试着反将一军。

"但事情就坏在约瑟夫打蛇随棍上,不只吸收了你,更主导起整个案子了。他甚至挖个坑让你跳,借你之手对菲利浦下毒手,好让他死在我家,又布局溺毙陶比斯,先陷我于刑事调查,再以此要挟,迫我这个做主人的配合,说白了就是侵门踏户,到我的地盘来跟我下马威!这是菲利浦的验尸报告,还有刚拿到的警察局笔录,你还想狡辩?"卡尔一一把卷宗丢到珍妮的面前。

"卡尔,有些事我认了!我被约瑟夫吸收是真的,但这期间,我可没出卖过你,如果约瑟夫真是你安插的人,那你应该清楚知道我对你的忠诚。但是,我没对菲利浦下毒手,也不知陶比斯的溺水是约瑟夫布的局,我只针对罗伯一个人下功夫,希望通过洗脑让他能帮上你。此外,我根本不知昨晚到底发生了什么事。"珍妮虽不敢相信约瑟夫竟是卡尔的卧底,但她听得出卡尔不满的是约瑟夫并不是她,她也不知卡尔到底掌握了多少证据,但截至目前,对她不利的证据还不多,只好先认了她跟约瑟夫的关系,以免骑虎难下。

"约瑟夫的布局都已在我们的掌控之中,但现在最麻烦的倒是那个穷追猛打的杰瑞警官和罗伯。几分钟前,我才刚接到医院的消息,现在他们两人都正在医院等着陶比斯醒来。我并没有神通,只是做事一定要动脑子,心思要缜密,虽伤神,却是保命的方法,凡事就怕百密一疏啊!"卡尔的语气变得缓和,珍妮见机不可失,一面循着卡尔的心思,一面借机拼凑昨晚的事,顺便试探卡尔究竟掌握了多少事证。

"这么说来,昨晚陶比斯溺水时,是约瑟夫报的案?如果陶比斯溺水是他布的局,那他报案并不是为了救陶比斯,而是如你所言,是为了引来警察发现菲利浦的死,好让你脱不了干系。那你又怎么知道报案电话是约瑟夫打的?他的手机在屋里应该没信号啊!"珍妮丢出了第一道题。

"那你平常是怎么跟陶比斯通电话的?"

珍妮故意露出惊讶的表情,"你该不会连 Skype 都能监听吧?"

"只要是通过屋内的 IP 地址发送的信息,都难逃我的监控。我刚不是说,百密不能一疏吗?"

珍妮见卡尔这么容易被套话,趁机加码追击。"那你现在要怎么处置我?"珍妮第一次装无辜,她倒想试探卡尔的底线。

"再给你最后一次机会,你到底有没有配合约瑟夫杀了菲利浦?"

"我没有!"这次珍妮答得斩钉截铁,丝毫没有半点迟疑。

"那你就去告诉约瑟夫,这个案子不需要他了,请他暂时消失,要是执迷不悟,还碍手碍脚,就别怪我不给他面子啰!"卡尔两眼炯炯有神,紧盯着珍妮,继续说,"记住!从现在起,我会无时无刻不紧盯着你,稍有差池,到时就别怪我六亲不认!"

"我听明白你的意思了!"珍妮松了一口气,但她知道往后的日子很难再靠信任维系她跟卡尔若即若离的关系了,不管是远亲,还是主雇。

"但我可没听明白你的决定。"卡尔冷不防地又抛出了问句。

珍妮点点头,不再表示意见。

"我相信你是个聪明人。你现在就去医院,赶在陶比斯醒来能开口讲话前,掌握一切状况,别让那条子捷足先登,坏了大事!"

她知道,接下来的棋局,已非自己一个人能掌握了。

"最后,我有个不情之请,我还是想知道菲利浦真正的死因。"临走前,珍妮还是按捺不住。

卡尔把验尸报告翻了开来,要珍妮自己拿着看。

"因哮喘发作,导致痉挛、昏迷,最后引起呼吸道阻塞死亡。"珍妮看完,把报告放回桌上,轻轻应了一声,"我明白了!"

她缓缓起身,"我去准备一下,马上赶往医院!"说毕,径自往自己房间的方向走去。

9

罗伯和杰瑞赶到普通病房时,陶比斯已半坐在床上,两眼空洞地望着前方出神。陶比斯一看到罗伯进门,微微地侧过身来,本想撑高身子,但虚弱的元气却让他力不从心,整个人又瘫了回去。罗伯见状,马上快步迎上前来,作势要陶比斯歇着别动。

这时杰瑞从罗伯的身后闪了出来,陶比斯眼神中透着疑惑,问:"这位是?"

"我是杰瑞警官,承办你的溺水案和菲利浦的死亡案件。"不待罗伯介绍,杰瑞两句话便点明了来意。

"你刚刚说的是菲利浦馆长吗?"陶比斯两眉深锁,憔悴的脸颊更显深陷。

"没错,就是他!昨晚你溺水时,他被发现死在自己的房间里。"杰瑞稍作解释。

听罢,陶比斯久久不语,这下眉头锁得更紧了,突然嘴角微扬嘟哝了一句:"难道被追杀的不只我一个?"

"你是说你被追杀?"罗伯憋不住了。

"谁追杀你?所以昨晚你不是意外溺水?"杰瑞更一口气连问了两个问题。

陶比斯抬起头来看着罗伯和杰瑞,嘴里慢慢吐出了几个字:"是疯眼找上门来了……"正要接着说突然又咽了回去,好像被什么东西哽住,一时接不上气,猛地朝着地上的铝盆吐了起来,顿时整个房间充斥着呕吐的酸腐味。

杰瑞见状,马上按下了床边的紧急按钮。罗伯一时束手无策,只能反复轻拍陶比斯的背,但他愈拍,陶比斯就吐得愈厉害,他吓得马上缩手,不知所措。过了一会,一位上了年纪的护士才缓缓地走了进来。

"麻烦你们两位先到房外等候!"护士命令着罗伯和杰瑞,然后不疾不徐地拿起话筒:"医生请到204号房!"挂上电话后,就顺势检查了一下点滴,然后冷眼看着陶比斯一面吐一面抽搐着。

医生进来后,陶比斯已停止呕吐,但整个人半瘫在床上,两眼涣散无神,还不时打着哆嗦。医生用听诊器迅速检查了一遍陶比斯的胸腔和腹部,在看过陶比斯的舌头和瞳孔后,突然下令:"病人进入昏迷,赶快准备急救!"

罗伯和杰瑞站在门外,看着陶比斯躺在床上被推了出来,一群护士和几个医生鱼贯着跟在后头,罗伯直觉事态不妙,想上前询问,却被挡了下来。

这时罗伯的身旁突然有个声音响起:"该不会又挂了吧!"罗伯一回头,杰瑞向他使了个眼色。

"如果陶比斯也不幸走了,你觉得会是谁下的毒手?"杰瑞冷不防地丢出了个震撼弹。

"他刚刚不是好好的嘛,溺水有可能会引发任何并发症吗?"罗伯一脸不解。

"看起来不像单纯溺水,我猜也许是中了毒。刚不是说有人追杀他吗?"杰瑞心中似乎有所定见。

"不管什么人要追杀他,他溺水被救起后,就直接被送往医院,刚刚不也醒了嘛,你如何认定他也被下了毒?"罗伯更加不解,但想到杰瑞刚才对菲利浦死亡的推论深具逻辑和经验,觉得杰瑞的揣测一定有他的道理。

"这种事我以前遇到过。我猜陶比斯溺水前应先被下了毒,之后毒性发作,不慎掉入了池子,可能水进了肺部,影响肺部气体的交换,血中氧气的含量急速降低,二氧化碳也排不出去,而产生酸中毒,缺氧加上酸中毒会影响心脏功能,容易引发心律不整,如继续恶化,心跳就会停止,导致脑部缺氧。昨晚陶比斯经过急救后,虽恢复心跳,但之前脑部缺氧降低了血液中血红素的含量,同时也抑制了毒素在体内的循环。经过一夜的休养,等到血液恢复正常供氧,毒素便迅速流窜全身,再度引发中毒。确实有人想置他于死地!"杰瑞讲得头头是道,罗伯听得目瞪口呆。

杰瑞接着说:"我以前在法医室工作过,所以知道的多一些。"杰瑞语毕,却难掩沾沾自喜的表情。

"所以陶比斯现在是把毒吐出来啰?"罗伯这一问更显得天真。

"不,毒无法经过呕吐而排出体外,他现在应是毒性发作。"杰瑞似乎已预测到可能的结果。

"什么样的毒会有如此特性?"罗伯好奇地追问。

"稍早我们推论菲利浦的死与'神仙水'有关,你的水也被下过药。菲利浦因为有哮喘,喝了'神仙水'引发哮喘而毙命,而你喝了两次都只是昏睡过去,倒没事。要是陶比斯有隐疾或长期服用的药物与'神仙水'相克,情况就会像这样。"杰瑞再次耐心地解释着。

"怎么又是'神仙水'?'神仙水'的毒性应该没那么强吧?"罗伯有点怀疑。

"就像菲利浦的例子,原本两个平行不相干的东西,混在一起,就会产生致命的化学作用。看来下手的人,熟知你们几个人的身体状况,用一罐'神仙水'就可轻易达到目的,又不易被察觉,这确实是高招!"杰瑞觉得这案子大有玄机。

罗伯突然建议:"我们为什么不去查陶比斯的病历?这样就能进一步厘清真相。"

"除非陶比斯死了,证据显示有他杀的嫌疑,整个案件才会转入刑事调查,才有可能取得病历,不然得等到人体解剖后,才能得知真相。虽然法律有一定的程序,但我们办案的却得灵活些,用点手腕总会有办法,不然菲利浦的验尸报告是怎么到手的啊!"杰瑞难掩自吹自擂的本性。

"但我真不明白为什么害死了菲利浦,又要毒死陶比斯?少了这两号人物,对谁有好处呢?"罗伯还是不解。

"昨晚卡尔借口找你们来商量如何处理那六张波什么的画,我猜也许只是个幌子,这背后一定还有什么大阴谋或是更大的利益纠葛。刚刚陶比斯提到一个人名,倒引起了我的好奇……"杰瑞不改他办案的本色。

"是疯眼?"罗伯看着杰瑞,想从他眼神里得到确认。

"没错!他刚提到疯眼找上门来了……"杰瑞接着说,"疯眼是美国波士顿瑞维尔地区(Revere)恶名昭彰的黑手党,本名安东尼欧·史庞氏,人称"疯眼"(Crazy Eyes),与纽约小义大利区的黑手党同为一个家族,称霸美国东岸,其恶行甚至与1920年代极负盛名的芝加哥黑手党阿尔·卡彭齐名。疯眼的家族事业遍及房产、酒店、餐饮、金饰珠宝和赌场,近几年更把手伸入艺术品市场,大肆采购高单价的艺术精品,并不是为了收藏,而是把艺术品作为洗钱的工具。难道疯眼也跟这批波什么的画作有关?"

"疯眼确实跟波洛克的画作有关!"罗伯一副准备卖关子的样子。

"你也知道疯眼?"杰瑞一脸不可置信。

罗伯懒得正面回答,直接切入正题。"这就得从亚历克斯·梅特这个人谈起。亚历克斯十几年前从自己父亲的仓库里发现二十二张波洛克的滴画作品,后来经全球几家权威鉴识机构证实,该批画作非出自波洛克之手,引发众所瞩目的真伪诉讼案,后来法院裁决艺术品的鉴定只是一种经验法则,并非科学证据,加上亚历克斯出售这些作品时并无恶意欺骗,最终获判无罪,也不需回购售出的作品。之后,亚历克斯便带着剩下未出售的几张画消失得无影无踪。而当年无辜的买画人,大都自认倒霉,但不巧的是其中有位受害者就是大名鼎鼎的安东尼欧·史庞氏,人称'疯眼'。"罗伯停顿了一下,挑衅地看了杰瑞一眼,接着说,"当亚历克斯手上的二十二件波洛克滴画作品被大肆报道时,疯眼便通过加拿大的兰朵画廊代为购入六张画,总值五千多万美元。当这些作品被鉴定为伪作之后,买家群起提告,但疯眼并不在上诉人之列,当然是不想引起太多关注,更怕当局追查他购画的资金来源。他曾重金悬赏,想逼亚历克斯现身,但至今尚无人知道亚历克斯身在何处。"

"难道疯眼购入的那六张画,就是现在挂在卡尔家里的那六张?"杰瑞马上做了大胆的假设。

"我亲自看过那六张画,也想过相同的问题。如果卡尔家里的那六张波洛克与亚历克斯的那批画是同一批,那卡尔即使找我来背书,除非我能找到强而有力的证据,不然很难翻案,我看事情没那么简单。"罗伯陷入了几秒的沉思,接着说,"卡尔的房子里,除了那六件波洛克的作品外,还有一大批疑为二次大战时纳粹的掠夺品,主要是画作。这些作品的前主人是大卫,后来大卫财务吃紧,就用这批作品向摩根大通作抵押贷款,卡尔就是经手人,就连卡尔在东汉普顿的那栋房子,也是大卫转手给他的。"罗伯娓娓道来,杰瑞倒听得兴致盎然。

"所以你认为昨晚发生的这些事都是卡尔一手策划的?"杰瑞追问。

"我倒不这么认为,因为卡尔不会笨到在自己的家里闹出人命。"罗伯认为这是基本逻辑。

"如果疯眼真的派人追杀陶比斯,为的是什么?那昨晚又是谁下的毒手,竟连菲利浦都遇害了?昨晚出现在卡尔家里的这些人,应该就只有你是个局外人,除非你也在演戏给我看?"杰瑞来回推敲着,还故意端详罗伯的反应。

罗伯根本不想理会杰瑞的眼神,"昨晚我的咖啡里被下了毒,也许菲利浦和陶比斯的咖啡也被下了毒,端咖啡来的就是珍妮,也许先从珍妮下手,就能找到蛛丝马迹。"罗伯一面回想,一面推敲着。

"你这么笃定?"杰瑞对罗伯的推论并不感惊讶,"其实今早我到医院找她做笔录时,有很多环节她都没有对我吐露实情,她绝对是这个案子的关键人物!"杰瑞话才说完,就远远看见珍妮朝着他们走来,他向罗伯使了个眼色,罗伯一转身,珍妮已来到了跟前。

"我接到医院通知,说陶比斯已经转到了普通病房。咦!你们怎么都还站在外面,为什么不进去?"珍妮一脸狐疑。

罗伯和杰瑞互看了一眼,还是由罗伯发言:"医生正在抢救!"

"不是已经脱离险境,而且醒来了吗?不然为何将他转到普通病房?"珍妮忽然拉高了音调,一脸不解。

"中毒了!"杰瑞冷不防地补上了一句。

"中毒!中什么毒?"珍妮神情略显不安。

"我猜是'神仙水'的镇定剂成分跟他身体里的什么东西相冲,在血液中产生了毒素,所以他刚刚猛吐,接着体温降低、瞳孔放大,进入昏迷。菲利浦也是因'神仙水'引发哮喘而致命的,陶比斯该不会也有隐疾吧?"

杰瑞故意补了一句,直接把矛头指向珍妮。

珍妮心一惊,但故作镇定,脸上倒也没露出几分异样神色。

"我确实曾在罗伯的水里下过GHB,但菲利浦的死和陶比斯的溺水真的与我无关,我更不可能对自己的男友下毒手啊!"珍妮已知罗伯的发现,不想再辩解,直接认了在罗伯的水里下过药,但她在强调不可能对自己男友下毒手之时,却不由自主地心虚了起来,在还来不及厘清前因后果之前,她极力稳住内心的情绪,力求镇定。

"那是谁要你在罗伯的水里下药?"杰瑞逼问。

"是……卡尔!"珍妮略显发白的两唇间慢慢吐出卡尔的

名字。

"是卡尔！那你跟约瑟夫又是什么关系？"罗伯按捺不住，插了话进来。

"是一种……师徒关系。"珍妮好不容易找到了一个较贴切的词。

"请进一步解释。"杰瑞穷追猛打。

"约瑟夫是FBI在AXA的卧底资深探员,他知道我是卡尔的亲信,帮他处理大部分的艺术品捐赠案,他怀疑卡尔利用捐赠来洗钱和牟利,所以暗中吸收我协助调查。"珍妮故意道出约瑟夫的身份,用来取信杰瑞和罗伯。

"约瑟夫给了你什么好处,让你愿意背叛卡尔？"杰瑞不买珍妮的账。

"我没背叛卡尔,只是向约瑟夫虚与委蛇,并没提供给他任何有价值的资料！"珍妮避重就轻。

"卡尔真的通过艺术品洗钱？"杰瑞知道珍妮绝不会给出答案,但还是要问。

"我之前经手的都是公司台面上的捐赠,倒没发现有任何异样,来到东汉普顿后才开始处理卡尔的个人收藏。据我所知,那六张波洛克的作品是个设局,卡尔非常重视,所以要我组这个局,邀大家来共商大计。"说穿了,珍妮也不知那六张波洛克为什么对卡尔那么重要。

"既然卡尔需要陶比斯和菲利浦的配合,为何又对这两人下毒手?"杰瑞仍觉得不合逻辑。

"卡尔只交代我对罗伯下药,并没针对菲利浦或陶比斯。菲利浦死于哮喘发作,而陶比斯的溺水,我一直认为是个意外,因为我清楚知道他不会自杀,也没那个勇气,更没那个必要。再说,卡尔实在没理由对陶比斯下手,我虽不清楚卡尔的全盘布局,但能肯定的是,在事成之前,陶比斯绝对安全,因为卡尔仍需要陶比斯的协助。再说,这已不是他们第一次合作了。"珍妮把下药的主谋推给卡尔,是希望在她还没搞清约瑟夫的心思前,先把事情单纯化。再来,把卡尔推上火线,也能误导杰瑞办案。

"珍妮,我听得出你故意淡化跟约瑟夫的关系!"罗伯一直觉得约瑟夫不是个简单的人物,在此事件中的角色绝对没那么单纯。

"我只能就我所知道的陈述,不知道的事,我不便揣测。"珍妮惊惶中故意露出一脸无奈。

"你第二次在我的咖啡里下药,绝不是卡尔的主意,应该是约瑟夫的指示,因为众人之中只有他看到我杯里的字条。"罗伯紧咬不放。

"没错,是约瑟夫的主意。但别忘了,约瑟夫是卧底,当然得跟卡尔同声共气,赢得他的信任,才能就近布局。"珍妮见招拆招。

"以一个保险公司的高层作掩护,在卡尔的这个局里,并非举足轻重,没有约瑟夫,卡尔一样能通过其他人达到他的目的啊。"杰瑞反问。

"你也太小看保险公司了!卡尔屋里的所有艺术品,投保总值近30亿美元,在运作过程中,要是哪个环节出了差错,如画损毁了……或不见了,这些画就等同卖出,保险公司就得照市价的八成赔偿,只要事前作高估价,这种生意稳赚不赔。所以你说,约瑟夫的角色重不重要?"珍妮的专业似乎不容置疑。

"约瑟夫既然吸收了你,你到底是听卡尔的还是约瑟夫?"杰瑞继续追问。

"两边都得听。"珍妮答得世故。

"那你进菲利浦的房间,在他的喷雾器上动手脚,又是谁的主意?"杰瑞又试着挑动珍妮的神经。

"有什么证据让你那么肯定我在菲利浦的喷雾器上动了手脚?"珍妮觉得杰瑞不可能取得卡尔监视器的影像,但又无法了解杰瑞作此假设的动机,接着说,"我知道你在喷雾器上发现了我的指纹,但我并没有在菲利浦的喷雾器上动手脚,我只是把从他大衣里掉出来的喷雾器捡起来放在茶几上。"她干脆主动摊牌。

"你怎么知道我的推论来自喷雾器上的指纹?"杰瑞略显惊讶。

"今天早上你到医院找我问话,要我在笔录上签名,你刻意只用两根手指握住笔帽的上端递笔给我,一般人不会这样做,加上你又是个条子,不难让人联想是要借机采集我留在笔上的指纹。"珍妮不甘示弱。

"那要我如何相信你是无辜的?"杰瑞仍旁敲侧击。

"我没做错事,为何还得证明自己的清白? 如果你不相信我说的,你大可举证反驳我啊!"珍妮一贯地伶牙俐齿。

杰瑞见一时也得不出任何结论,想反问珍妮为他打探一些线索,正想开口,此时一个年轻医生从病房里开了门走出来,劈头便问:"谁是陶比斯·迈尔的亲属?"

珍妮走上前去:"我是!"

"你跟病人什么关系?"

"我是他未婚妻。"珍妮知道唯有这样说,医生才能告知病患的情况。

"好的,那请你平静地听我说……"珍妮开始有不祥的预感,"病人急救无效,已于下午1点13分过世,死于心肺功能衰竭,但真正引发心肺功能衰竭的原因不明,需要解剖后才能清楚真正的死因。请你节哀顺变,如有需要帮忙的地方,请随时联系院方。"医生宣读了陶比斯的死讯,珍妮整个人呆若木鸡,久久无法反应,而杰瑞与罗伯脸上也写满了惊讶,无意识地看着医生、护士又鱼贯地从急救室退了出来。

10

珍妮双手紧握着阿斯顿·马丁的方向盘,以几近200公里的时速疾驰在长岛快速道上。她一贯苍白的脸色,掩饰了她此刻的心情,她右脚尖死踩着油门,任凭引擎的低吼声充塞着她的双耳。她离开医院后,前几秒脑子里还回荡着陶比斯的死讯,但随着逐渐加快的车速,这死讯似乎离她愈来愈远。对她而言,陶比斯的死,倒不是一种失落,更像是一种解脱。前后不到一天的时间,她经历了多次生离死别,尤其昨晚当陶比斯溺水被急救时,她的内心已学会放下,早已做全了失去挚爱的心理准备,但一听到陶比斯转入普通病房,内心的纠葛反而取代了应有的喜悦。"是我不再爱他了吗?"在这之前,珍妮不曾有过这种念头,但现在人都死了,她竟然感觉不到一丝伤痛,取而代之的却是一股不安,隐隐地在心里头发酵。此刻,她的脑子里不再浮现跟陶比斯过往的种种,她惊觉自己竟可以把一个人忘得这么快,一个曾经想跟自己互许终身的人,一个自己曾极力保护使他免于受约瑟夫威胁的人,一个她无法依靠却能信任的人,但出乎意料的无情,却随着嘶吼的引擎声,把思绪抽离得一干二净,她的冷漠凌驾了一切的理性和情感,她刻意试着再次回想跟陶比斯的种种,脑子里却是一片空白。她不自觉地冷笑了两声,再度踏紧油门,加速扬长而去。

珍妮选择从中城隧道进入曼哈顿,接着沿麦迪逊大道往上东城开。以往一进城,她总爱放慢速度沿街眺望麦迪逊大道两旁的橱窗,但此刻她紧踩油门,在市区仍以近百公里的时速穿梭在车流中。周六下午的交通虽没上班日拥塞,但开车的人也不像平日般井然有序,多半走走停停,还有不少并排停车的。只见珍妮的白色坐驾轻盈地穿梭在车流中,只有遇到红灯时才无奈地踩下刹车,不待绿灯亮起,又在一阵呼啸声中扬长而去,让路旁的行人忍不住多看几眼这辆炫目的超跑。她在麦迪逊大道近75街处把车速缓了下来,这里平日是不允许停车的,加上紧邻惠特尼美术馆和精品购物区,人车杂沓,即使是开放停车的假日或周末,也是一位难求,虽然附近有地下停车场,但低底盘的跑车却很难进得了陡峭的地下室车道。她平日很少自驾进城,都是搭火车再转出租车,在火车上还能处理一些要事或杂事。她车一驶近,恰巧有辆车要离开,珍妮心里暗自叫爽:连老天爷都要帮我了!她倒档正要入停车位,突然踩刹车又退了出来,心想这转角第一个位置,停的又是这种超跑,未免太过显眼了!她怕因小失大坏了事,于是果决地又往前开了一个路口,右转进了76街。不出所料,整条街都停满了车,但她仍不假思索地把车开了进去,最后熟稔地把车停在这条街上唯一的空位——消防栓禁停区。她利落地把车塞了进去,然后在车子的挡风玻璃处,摆上了"医师执勤中"的牌子,这牌子能允许医护人员在纽约市区任何地方短暂临停,方便他们处理紧急医疗状况或救人,这当然是神通广大的约瑟夫帮忙取得的。珍妮锁了车,头也不回,快步离去。

她又绕回到麦迪逊大道,左拐进了 75 街,在一处都铎风格造型的公寓前站定,她抬头往上瞧了一眼,迅速从自己的包包里掏出了一张黑色门卡,开了大门闪了进去。这是此区罕见的独栋公寓,五层楼高,没有门房,一楼是玄关和梯厅,铺着拼花大理石地板,映着天花板上的水晶吊灯,墙的四周以罕见的樱桃木拼接出几何图形,一直延伸到镶着镀金把手的楼梯扶手,在挑高不算宽敞的楼层里,显得高雅有质感而不失气派。珍妮一进门,刻意抬头往墙角的监视器看了一眼,一个箭步进了电梯,电梯间里没有任何按键,门自动关上后便开始往上升,没几秒,电梯微微顿了一下,门又开启。珍妮尚未步出电梯,约瑟夫已站在她的面前,身上裹着一件白色大浴袍,稀疏的头发还没全干,应该刚从浴室出来不久。约瑟夫很自然地向珍妮展开双臂,一副笑脸迎人,珍妮却面无表情从电梯间里直接冲向约瑟夫,接着就是一阵拳打脚踢,约瑟夫被动地防卫,慢慢被逼到床边。他的脚撞到了床缘,一下子失去了重心,就在他跌落床上之际,他顺势抓住了珍妮的右肩,向下一扭,瞬间把珍妮给压制在自己的身下。

"你疯了吗?"约瑟夫大声对珍妮咆哮,身子还是紧紧地压住珍妮,深怕她来个反扑。

珍妮不发一语,想挣脱又动弹不得,气得两只鼻孔喷张,发出阵阵急促的呼吸声。

"住手!有话好好说!"约瑟夫在珍妮耳边一面吆喝着,一面慢慢松开手,好让珍妮能脱身。

珍妮脱身后侧躺到一旁,仍狠狠地瞪着约瑟夫,气到讲不出话来。

"什么事让你气成这样?"约瑟夫弹坐了起来,离得远远的,不时注意着珍妮的动静,也试图弄清事情的原委。

"你为什么要骗我?"珍妮睁大眼睛直视着约瑟夫,没好气地质问。

约瑟夫丈二金刚摸不着头脑,"我不懂你在讲什么?"

"你是卡尔的人,为什么从头到尾我都被蒙在鼓里?"珍妮悻悻然地直指约瑟夫对她刻意的隐瞒。

"怎么说我是卡尔的人?"约瑟夫仍抓不到重点。

"你还真能装!我为你卖命,帮你收集卡尔的犯罪证据,最初不外是为了自保,后来是为了保护陶比斯免于受到你的牵制或陷害,现在这些顾虑都没了,我却发现反过来捅我一刀的人竟是你!"珍妮义愤填膺,咬牙切齿。

"等等!"约瑟夫做手势要珍妮先住口听他解释,"你有这样的想法,应该是中了卡尔的反间计。先不管你听到什么,但我可以肯定的是,我没陷你于不义,也不是卡尔的人。不然今天早上我从卡尔住处离开时,根本不需跟他剑拔弩张、互较高下。他一定识破了我跟你的关系,接受不了他身旁的亲信被我收买,才故意挑拨离间。他一旦知道我是FBI的卧底,又没法收买我,就会竭尽所能地摧毁我。"

"是卡尔收买你,不是我被你收买,我是被迫与你合作!卡尔收买一个调查他的FBI探员,天经地义,也符合他的行事风格。你只是利用我掀卡尔的底,再要挟他就范,好分一杯羹。你拿什么好处,我不在乎,我气的是,你利用我又出卖我,把我提供给你的文件又交给了他,以便取得他对你的信任,这不只出卖我,简直就是置我于死地!"珍妮咄咄逼人。

"你是指调查卡尔的那些文件吗?当然是我亲手交给他的。"约瑟夫答得理所当然。

"是你亲手交给他的!那你还不承认出卖我?"珍妮仍气不过。

"你知道卡尔的为人,如果他知道你背叛他,你还能活着来见我?这些资料根本伤不了他,当然也伤不了你。卡尔只是将计就计,故意饶你不死,反间你刺探敌情。"约瑟夫作势要珍妮自己用脑子想想。

"说白了,你还是出卖我来取得他的信任啊!"珍妮仍无法接受约瑟夫的说辞。

"作为一个探员就必须有随时被牺牲的准备,这是计谋!计谋有时要自己拆穿,才能取得敌人的信任,这是欺敌!但记住,当双面谍就只有一个下场——死路一条!"约瑟夫点出了重点,终于让珍妮平静了下来。

"当初我一接任 AXA 的执行长,便主动接触了卡尔,为了赢得他的信任,我故意全盘托出我的卧底身份,且亲口警告他可是局里首要的调查目标,但我表明会挺着他,并暗示只要他照着打点前任执行长杰生的方式打点我就行,让他觉得我不过是个贪婪的人,没威胁性。这样我不但可以查清杰生贪腐的证据,又可掌握卡尔犯罪的事实。他原本信任我,所以才要我昨晚到他住处参加闭门会议,直到他发现了我们的关系,才反间你来刺探我。"约瑟夫一再解释。

"那昨晚陶比斯的溺水跟你有关?不然,你报警看似为了救人,其实是想引来警察调查菲利浦的死。那你怎么又知道菲利浦会死在自己的房里,要不是你下的毒手,难道你真有神通?"约瑟夫给珍妮的刻板印象,很难让珍妮对约瑟夫卸下心防。

"你为何这么肯定昨晚是我报的警?我不用猜也知道是卡尔告诉你的。你这么容易轻信于人,为何就是不信我!"约瑟夫一直都扮演着珍妮导师的角色,从送她去受训开始,他一直努力培养与珍妮的默契,但信任这堂课,看来他并没教好。

约瑟夫接着说:"第一,昨晚不是我报的警,你应该比我清楚手机在那鬼地方根本没信号;第二,陶比斯的溺水跟我无关,要不是过度情伤就是误喝了你的'神仙水',心神恍惚,加上大雨视线不良而失足落水;第三,菲利浦的死也跟我无关,我昨晚回房后根本没踏出房间一步。要解开菲利浦的死并不难,只要能拿到卡尔监视系统的录影,就有答案。"

珍妮清楚约瑟夫的为人,顺者昌,但逆他者尚不至于招惹杀身之祸,如只为了从卡尔身上取得好处,他更不需下手杀人,更何况杀了菲利浦,他也没好处,怎么看他都不像是个无恶不作之徒。他每下指令,逻辑清楚;每有布局,手法细腻;一有状况,应变神速;每有处置,不着痕迹。虽说菲利浦的死,不像约瑟夫的行径,约瑟夫也没有杀人的动机,但两军对峙,各有盘算,也很难剔除约瑟夫的嫌疑;再说,卡尔也非省油的灯,不无自编自导自演再嫁祸他人的可能;至于陶比斯的溺水,其实珍妮自己心里有数,这也是她心生不安的原因。"难道约瑟夫真的像他自己所说的那样,一切只是手段,是我错怪了他?还是我太相信卡尔所言了?"珍妮又陷入了天人交战。

"你把我想得太坏了,却又这么依赖着我!珍妮,你知道你最大的毛病是什么吗?"此时约瑟夫的口吻倒像个长者,向珍妮释出温暖。珍妮两眼出神,紧闭双唇,没有回应。

约瑟夫接着说:"就是不相信你自己的直觉。其实你的直觉已决定了你的未来,但你选择不相信自己。"语毕,珍妮不禁想到昨晚陶比斯即将对自己求婚,但她宁可选择相信陶比斯不是自己想要厮守终身的男人。想到此,她突然不能自已地啜泣了起来。她仍自责,要是昨晚她给了陶比斯求婚的机会,她也愿意重新考虑两人的关系,也许所有的结局都会重写。她不停啜泣着,放任眼泪恣意地从脸庞两侧滴下。这是约瑟夫第一次见到珍妮哭,一贯冷酷的她第一次哭得像个女人。他绕到珍妮的身旁,伸手搂住她的腰,把她抱到自己的怀里。珍妮身子微微颤抖了一下,没反抗地哭倒在约瑟夫的肩上。决堤般的眼泪慢慢地浸湿约瑟夫的肩膀,他意识到珍妮眼泪背后的压抑,用右手轻抚着她的背,这是他第一次感到与珍妮这么贴近,内心五味杂陈,这个曾经让他难以捉摸的女人,原来也有女人柔情似水的一面。约瑟夫轻吻着珍妮的额头,右手温柔地拭去珍妮脸颊上的泪水,珍妮泪眼蒙眬地抬起头看着约瑟夫,她的双唇突然凑了上去,约瑟夫也自然迎了过去,就在两舌交会之间,一双冰冷的手突然伸进了约瑟夫的浴袍,沿着腰际滑到了他的双臀。约瑟夫此刻感到自己的肾上腺素正急速激增,他激吻着珍妮,把她抱向床上,两人已分不清是谁的主动让约瑟夫的浴袍松了开来,一阵又一阵的喘息声把两人推向天堂和地狱的边缘,直到约瑟夫用尽了力气,两人的身体纠缠着蜷在被窝里。珍妮理了理她的气息,突然在约瑟夫的耳边响起一句话:"陶比斯刚已经死了!"此话一出,把约瑟夫从无边的天际又拉回了现实。

"陶比斯死了!"约瑟夫坐了起来,露出一副不可置信的表情,望着珍妮。

珍妮也坐了起来,顺手拉了床单包住自己的身体,低头不发一语。

"他今早不是还好好的吗?怎么死的?"约瑟夫略可猜到陶比斯并非死于溺水,但对这突如其来的死讯仍感到不解。

珍妮仍不发一语地呆坐着,两眼涣散无神。约瑟夫从没看过珍妮这副失魂落魄的样子,心想珍妮失去挚爱的哀恸竟让他成了甜美的替代品,他虽有点不忿,但仍心生不舍地伸手想把珍妮再次搂入怀中,却硬生生地被珍妮推了开来。

"是我害死陶比斯的!"珍妮突然从嘴里吐出了这几个字。

"是我害死陶比斯的!"珍妮又讲了一次。约瑟夫原想挨近身子安慰她,珍妮突然转头看着约瑟夫,"我不应该在他的咖啡里下药的!"语毕,约瑟夫瞠目结舌,反倒退了开来。

"你是说陶比斯是被你毒死的?"约瑟夫几乎不敢相信。

"你要我在罗伯的咖啡里下药,我同时也在陶比斯的咖啡里加了GHB,我不知'神仙水'会让哮喘患者致命,我只是想要他昏睡,别再蹚这浑水,远离这个是非圈。偏偏陶比斯和菲利浦都患哮喘,哪知昨晚擦枪走火,一发不可收拾!现在菲利浦死了,陶比斯也走了,我该怎么办?我到底该怎么办?"珍妮有点失心疯地嚷着,而约瑟夫这次没再挨近她,远远地打量着珍妮,若有所思。

"这么说来,菲利浦的死也是你下的手?"约瑟夫此话一出,马上惹怒了珍妮。"你倒告诉我,我像个杀人凶手吗!即使你下指令要我杀人,我还不至于笨到真去杀人,除非你布局让我往里跳。你竟然还敢问我菲利浦是不是我杀的?!昨晚整间屋子里,难道就我最有可能对菲利浦下手?"刚刚棉被里的温存顿时化为一股怨气和猜疑,珍妮开始搞不懂自己的心思,为什么大老远跑来在一个自己不信任的人身上找慰藉,是一种替代心理?还是一种补偿作用?她很想哭,却把噙在眼眶里的泪水硬是收了回去。

"我没说是你干的,只是推测。别忘了,我们可是站在同一阵线!"约瑟夫的话听在珍妮的耳里,特别讽刺。她背对着约瑟夫,迅速地把衣服穿好,不发一语,径自往电梯门走去,按下了电梯钮,静静地等着。

约瑟夫欲言又止,不敢直视珍妮,就在他想挽留珍妮之际,电梯门开了,珍妮闪身进了电梯间,抬头看了约瑟夫最后一眼,冷不防地从嘴里冒出一句:"谁跟你他妈的同一阵线啊!"直到电梯门关上,约瑟夫都没能抬起头来瞧上珍妮一眼。

他呆坐了几分钟,突然起身走向窗边,想弥补刚才没能目送她最后一眼的遗憾。一如往常,他偷偷倚在窗边,看着珍妮步出大门,再次品尝她一贯的愉悦、愤怒,或是她刚刚强忍的泪水。他侧身往下眺望,期待那熟悉的身影再次出现,然而他的视线却停在对街一个似曾相识的身影上——卡尔的管家丹尼尔戴着墨镜正从对街走过。约瑟夫知道这绝非偶然,一定是珍妮被跟踪了。这处公寓只有珍妮知道,平常他都住在公司安排的饭店公寓里,看来他的隐身处已败露。他马上侧身躲在窗帘后,注视着街上的动静。

珍妮步出公寓大楼后,似乎没注意到丹尼尔的存在,一出门便右转朝麦迪逊大道的方向快步走去,丹尼尔一见珍妮出来,放慢了脚步,远远地从对街望着珍妮的背影。突然,丹尼尔抬头望向约瑟夫,直接打量着公寓的三楼。约瑟夫心想,丹尼尔应该不止一次跟到这来,否则不可能如此熟门熟路。看来,卡尔现在是冲着他来,他不能坐以待毙,该是出手的时候了。

珍妮上了车,继续往东开,然后在约克大道右转,一路上尽是二次大战前的砖墙公寓大楼,大部分是所谓的合作公寓,屋主没有产权,产权归管委会,买卖皆须经过管委会开会决议,一般自住的多,投资客少。但车子一过了74街,右侧却出现了两栋现代公寓大楼,每栋大楼前各拥一座喷水池,这在寸土寸金的纽约市上东城,不只少见,简直是奇景。珍妮把车直接开进了大楼前的车道,车还没停稳,一位穿制服的门房便已从大楼内快步走了出来,静候在珍妮的车旁,车一停稳,便马上趋前帮珍妮开了车门。

"珍妮小姐您好,好久不见!"门房殷勤地问候着。

"荷西,你好!好久不见!"珍妮顿时变得笑容可掬,寒暄了起来,一面不疾不徐地从皮包里掏出了五块钱塞在荷西的手里,荷西笑得合不拢嘴,一直称谢。纽约市的高级公寓大楼里尽是这些认命的拉丁裔管家,能在这种高档公寓里当上管家,算是好命,那些英文不行的,就只能送外卖、打杂工、做苦力。纽约能与时俱进,跻身国际之都,一半都来自于这些"Amigo"①的任劳任怨。这栋公寓上上下下的住户都知道,只要跟这些拉丁裔的 Amigo 处得好,略施小惠,凡事有求必应。

"这次要停多久?"荷西这一问,珍妮哑口无言。她一路开过来,也没想太多,就好像回家一样,一切是这么的自然,这么的理所当然。这里是陶比斯的住处,租来的,从他俩认识以来,这地方就成了他们的窝,珍妮虽不住这儿,但这里就像自己家一样,熟悉且充满回忆,更重要的是,这里曾经住着一个深爱着她的人。这念头一闪,她才惊觉,陶比斯已不再是此处的主人了,她的到来似乎显得突兀,甚至多余。她原本想掉头回到车里,但荷西的声音再次响起。

"不好意思,请问今天会停得久吗?"荷西再次有礼貌地询问。

"我待一会就走!"珍妮此时也只能找到这些字眼。

"好的,那我就把您的车停外面一点,待会方便您取车!"

"谢谢你,荷西!"不待珍妮讲完,荷西已经钻进了珍妮的车子。

珍妮一踏进陶比斯的公寓,就杵在玄关处,打量着屋里的

---

① 美国人对拉美西班牙语系劳工的昵称。

一景一物,一下子所有过往的回忆涌上心头,她再次强忍着眼眶里的泪水,突然一阵鼻酸,禁不住放声大哭了起来,她整个人跌坐在地上,任性地让自己的压抑肆无忌惮地发泄出来。她的双肩不停地抽搐着,地板上已堆出了厚厚一叠沾满眼泪鼻涕的卫生纸,她还是无法自拔,任自己哭得天昏地暗。她慢慢地抬起头来,湿透的脸颊和凌乱的头发让她显得狼狈,她望向窗外,然后慢慢站起走向阳台,她扶着栏杆向下望,入夜后第一波下班的人群,熙攘往来地穿梭在街上。她双眼紧盯着每个从71街苏富比总部大楼走出来的人,五分钟、十分钟、十五分钟……直到眼角的泪水都吹干了,她才意识到再也没机会像以前一样站在这里等着陶比斯出现在人潮里,感受抬头与她四目交接的那种悸动。夏夜的微风轻拂着她的脸庞,她不禁闭上双眼,任由噗噗的风声在耳际旁嘲笑她的愚蠢,现在的她只能站在这里枯等一辈子的遗憾,或是从这里纵身而下,了结此生的纠葛?风愈来愈烈,嘶嘶的风声把屋内的纱帘吹得不断飞舞,像是祭幡哀悼着主人的离去,在黑夜里如鬼魅般地纠缠着珍妮游丝般的灵魂。

她走回屋内,却不开灯,窗外的月光隐约地映照着屋内每个熟悉的轮廓,她用手指轻轻滑过那张她常坐着冥想的椅子,那是陶比斯送她的生日礼物;还有那棵半枯萎的马拉巴利树,常因主人忘了浇水,永远在跟自己的生命拔河;书架上的每本书,藏着他们无厘头的欢笑和犀利的辩论;一样凌乱的床铺,嘎嘎作响的床垫,诉说着无限的温存与思念……她试着拼凑每段回忆的片段,却反而编织成难以抹去的遗憾。她最后瘫坐在陶比斯书桌前的椅子上,无意识地看着眼前待机的电脑屏幕,突然间千言万语涌上心头。她敲了一下键盘,屏幕醒了过来,本想发封电邮,诉说她来不及跟陶比斯讲的话,但眼前的一幕却吸引了她的目光。

卡尔家里的那六件波洛克画作的细部图档分布在十几个不同的视窗里,其他还有一些报告资料,最令珍妮好奇的是一封未写完的电邮,收信人是亚历克斯·梅特。她清楚地知道亚历克斯轰动业界的波洛克画作真伪诉讼案,但好奇亚历克斯自从人间蒸发后,黑道、白道几年来无人知道他的下落,陶比斯竟能联系上他。珍妮发现陶比斯跟亚历克斯往来的电邮多达五十四封,好奇心驱使,她从第一封开始浏览,发信日期已是一年半前,她快速浏览,急于解开心中的第一个疑问:"到底陶比斯是如何找到已销声匿迹多年的亚历克斯?"

亲爱的亚历克斯:

也许你现在已不叫亚历克斯,但我还是习惯称呼你这个名字!先恕我冒昧写这封信给你,但别惊讶为何我能取得你的联系方式,待你看完这封信后,你自然会找到答案。

你之前的丰功伟业不需我赘述,容我直接切入正题。我有位客户,想必你也认识,他手里握有六件你卖出的作品（如附件），多年来一直想跟你探讨解决的方案，却苦寻不着你的踪迹。当你收到我这封电邮，你应该明白你已不再隐形，你的一举一动分分秒秒都会受到监视。我的客户之前布下天罗地网找你，主要是为了讨回公道，但今天我找你的目的，主要是想跟你谈另一桩买卖。这桩买卖的成功与否，攸关你的性命！你也许有机会重回主流社会，下半辈子过着荣华富贵的生活，你也有可能下一分钟死于非命，但唯一不可能的是，你再也没有隐姓埋名逍遥度日的机会。你今天回到家后，会发现放在浴室镜柜里的那瓶药空了，如果这是个事实，我相信我应该会很快收到你的回应。

祝好！

陶比斯·迈尔

PS：附上的六张画，已经换了主人，一个你更招惹不起的主人。

珍妮点开了邮件的附件，并不惊讶眼前出现的就是卡尔家中展厅里的那六件波洛克滴画。"所以是陶比斯引介大卫或卡尔收购了疯眼手上的波洛克作品？既然这些作品已被鉴定是伪作，为何大卫或卡尔还愿意花重金收购？甚至大肆布局将这六件作品送入 MoMA 馆藏？这其中必有玄机。"珍妮暗自揣度着。

珍妮突然灵光一闪，她把附件中的六张画先发送给自己，再回到寄件备份把发送给自己的邮件删掉，怕夜长梦多，日后

尾大不掉。她接着继续往下看,不出所料,隔天亚历克斯马上有了回应:

迈尔先生您好!

也容我直接切入正题。我选择远避是非,只是想图个清静,既然法律判决不需我回购卖出的作品,为何您的客户这几年还穷追不舍?现在要钱我没有,全赔在股市了,要命就烂命一条,我体内现在装满了支架,你们把我瓶子里的药倒光,不就是要我命吗?既然你们已知道了我的藏身之处,我随时等候诸位的大驾光临!

A.M.

珍妮握着手中的鼠标继续往下滑,发现开始的几封电邮几乎是天天一来一往打口水战,看来亚历克斯早已落魄潦倒、身无分文,心脏又有毛病,时日无多,加上形单影只,所以才能这么洒脱。但其中有两封电邮前后相距了三天,前一封陶比斯不再咄咄逼人,转而提出了合作的条件:

……这六张画的新主人想跟你谈项合作,不知何时方便见面谈?……

隔了三天,亚历克斯回复了:

……我目前的身体状况实在不适合做这种长途旅行，但卡尔先生的提议确实让我心动。现在我手里除了剩余的几张水彩、素描、手稿之类不值钱的作品外，如果卡尔先生喜欢，我还愿意割爱一批从未问世的稀世珍品。另外，你前信中提到家父生前留下的画画工具和颜料，我记得当初卖掉曼哈顿的 Tudor 画室时，都打包丢到东汉普顿的老家了，之后那房子也卖给了家父的好友，也是著名的波洛克夫妇作品藏家——阿方索，阿方索死后，其后人一直住在那里，其实离卡尔先生的家不远……

珍妮脑中开始拼凑她所能掌握的片段：卡尔手里的这六张波洛克滴画，既然来自于亚历克斯那批具争议的画作，为什么卡尔交到我手里的材料却只字未提，反而记载的是阿方索的旧藏？难道这整件事，是梅特家族和阿方索联手的把戏？卡尔为什么要积极运作这六张有问题的画进 MoMA？又是谁帮卡尔找到了亚历克斯？而疯眼手里的那六张波洛克为什么又会落到卡尔的手里？亚历克斯提到的稀世珍品，指的又是什么？珍妮百思不得其解。她正准备继续往下扒文，心想：陶比斯即使待在拍卖界多年，熟知艺术圈的买家和卖家，但光凭他的人脉和本事应该不及疯眼的天罗地网，疯眼都找不到的人，他更不可能找到，背后一定有高人协助！而卡尔愿意接手蹚这趟浑水，背后一定有更大宗的利益，不然他绝不会贸然行事！在电邮里，陶比斯提到疯眼是他客户，这不无可能，即使疯眼借画洗钱，也需要有买卖的平台，而这些高单价的精品更是拍卖公司觊觎的对象。但想不透的是，既然卡尔接手了疯眼的烫手山芋，疯眼自然不需继续追杀亚历克斯，那卡尔为何还大费周章把亚历克斯给找出来？甚至连亚历克斯父亲画室里的颜料都不放过，卡尔的葫芦里到底在卖什么药？要是陶比斯还在，她就可以来个严刑拷打，但现在……珍妮内心又是一阵唏嘘。"这家伙，竟然在我们交往的这段时间，从没透露有关亚历克斯的丁点信息，难道我不也是帮自己的舅舅做事吗？"同受雇于卡尔，却被排除在外，珍妮心里怪不是滋味。

　　珍妮突然灵机一动，她复制了亚历克斯的电邮地址，然后把地址贴在 Gmail 的搜寻栏里，按下搜寻键，屏幕上跳出了五十五封搜到的电邮，她快速地浏览着每封电邮的发送者、收件人和主题，几乎就是陶比斯和亚历克斯一来一往的电邮。她再回到陶比斯和亚历克斯电邮群的页面，页面上显示五十四封电邮，她惊觉搜寻到的电邮比原本的多了一封，表示在陶比斯和亚历克斯的五十四封电邮之外，一定还有一封电邮跟亚历克斯的电邮地址有关联，也许就是幕后的藏镜人告知陶比斯亚历克斯行踪的关键电邮。珍妮把搜到的电邮重新依日期排列，果不其然，在陶比斯写给亚历克斯的第一封电邮之前还有一封电邮。她迫不及待打开，是封密件，没有文件内容，也没有主题，只有一个附件。珍妮马上下载附件，屏幕却跳出输入密码的要求。珍妮见状,回头寻找发件人,却是隐藏,她思考了几秒,按下了直接回复键,收件人的地址这下子跳了出来。她惊讶地看着收件人的地址,久久讲不出话来,js1015@gmail.com,这个她再熟悉不过的电邮地址,js 就是约瑟夫姓名的缩写——Joseph Schwarz。

"原来陶比斯在跟我交往之前,就已经认识了约瑟夫。我还生怕约瑟夫对他不利,处处护着他,看来所有人之中我也是个局外人!"珍妮觉得自己只是别人的一颗棋子,说卖命为卡尔干事,倒没有,但她对卡尔的忠诚却换来如此不堪。她又为了捍卫自身的清白,竟中了约瑟夫的圈套,虽交给了约瑟夫无关痛痒的资料,却丧失了卡尔对她的信任。现在罗伯怀疑她,菲利浦无妄冤死,她又失手害死了陶比斯!她不敢再继续往下想,也许自己已走到穷途末路,任谁也救不了自己了!

她两眼虽盯着屏幕,却心有旁骛,也许自救的唯一方法,就是搞清楚这件事的来龙去脉!她继续握着鼠标往下滑,脑里试着拼凑事情的始末。"约瑟夫把亚历克斯的行踪透露给了陶比斯,陶比斯为卡尔处理那六张波洛克的滴画,大卫可能是出手向疯眼购得这六张作品的人,再交由卡尔运作,之后如再收买罗伯和菲利浦,便能顺利把这六张滴画送进 MoMA。但是他们如何处理这六张具争议性的画?即使权威如罗伯,也很难扭转乾坤。况且罗伯非睁眼说瞎话之人,所以约瑟夫才要我下药洗脑,一旦脑子里有了这样的记忆,加上陶比斯从中协助补足无中生有的证据,便能说服一大票人,只要能在拍场上高价成交,摩根大通一买单,作品进了 MoMA,皆大欢喜!"珍妮自认这样的推论合乎逻辑,但不解如果这六张波洛克是来自梅特家族的收藏,将来如何逃过之前鉴定机构的追查,毕竟颜料的使用已不能改变,把收藏历史改成阿方索的旧藏,更没加分。即使有大卫这位波洛克大藏家的加持,也难逃其他专家的质疑。再说,这几张画能卖多少钱?这对贪得无厌的卡尔而言,应该满足不了他的胃口,这桩买卖应该只是个试金石,背后一定还有更大的利益!

珍妮一次选中这五十五封电邮,想把它们转发给自己,当她按下发送键时,五十五封电邮一下子全不见了。她惊讶之余,发现屏幕上方的摄像头竟是开着的,她意识到有人监视,瞬间弹开了身子,二话不说背起自己的包包,迅雷不及掩耳地闪出了陶比斯的公寓。她一下电梯,直奔大门,荷西一见她出现,马上迎了上来,一脸不解。

"珍妮小姐,你今晚不是住这儿吗?"疑惑全写在荷西的脸上。

"我来时不是告诉你,我待一会就走吗?"珍妮答得斩钉截铁。

"我以为您知道陶比斯先生已把车开走了。"

"陶比斯!你是说陶比斯?"珍妮结结巴巴,一脸不可思议。

"是的!他不久前下楼把您的车开走了……"

珍妮双耳轰轰作响,她看着荷西的双唇仍滔滔不绝地说着,但她却再也听不到荷西说话的声音。

11

杰瑞垂头丧气地回到警局,苦恼着胶着的案情,即使他一路上反复推敲菲利浦和陶比斯死亡的真正原因,却仍掌握不了任何具体的线索。他仰身往椅子上躺了进去,椅子似乎懂得主人的心情,嘎一声便止住了呻吟。杰瑞无意识地望着桌上的电脑屏幕发呆,屁股却不自觉地左右来回扭着旋转椅,每转到某个位置时,椅子总会禁不住地嘎一声。他偶而停住,不久又扭了起来,这重复的动作倒也配合了他现在的思考韵律,但时间一久,他开始显得焦躁,随意翻着桌上那本字迹潦草的记事本,左手不经意地转起早已断了芯的铅笔,就在他逐渐丧失耐性之际,他的目光盯住了桌上一件之前不曾存在的东西,一个他不曾见过的信封袋静静地躺在桌上那叠厚厚的资料上。他小心翼翼地拿起信封袋,端详着寄件人和收件人的信息,眼睛为之一亮,整个人差点从椅子上跳了起来,他又回头寻找寄件日期,不敢相信这竟是陶比斯今天早上才寄出的即时快递。

"今天早上陶比斯不是还躺在医院里吗?"杰瑞直觉事有

蹊跷。

他捏了捏信封,感觉像是有个硬盒子,便迫不及待地把纸袋给撕了开来,一个CD盒从里面掉了出来,透明的盒子里,卡着一片光盘。杰瑞熟稔地从抽屉里掏出了双白手套,戴上后再把光盘从盒子里取了出来。他正反面各看了一眼,突然朝光盘的正面呵了一口气,一层雾气结了又散了开来,他又翻到背面,重复了刚刚的动作,光盘上竟没残留任何指纹!他随之将光盘放进了电脑的光驱里,屏幕先是一片黑,然后跳出一串计时数字,紧接着出现的影像,着实让他看得出神。

黑白的影像里,清楚记录着珍妮于11点24分54秒从约瑟夫的房间里走了出来,下个画面跳到11点25分13秒,珍妮推门进了菲利浦的房间,11点29分07秒,她又匆忙地闪出菲利浦的房间。但在菲利浦房里的这三分多钟,却没有任何镜头。杰瑞迅速地敲了下键盘把画面定格,接着抓起了桌上的记事本,寻找他记忆中的关键数字,"11点30分",这是法医推测菲利浦的死亡时间。

"珍妮一直强调菲利浦的死与她无关,那她在菲利浦房里的这三分多钟到底在干什么?"杰瑞仍百思不得其解。

杰瑞再次按下播放键,又跳到了不同监视器录到的另一个画面:珍妮行经一个房间,才擦身而过,房门突然在她背后打开,珍妮硬是被一个黑影从身后给架了进去,因为镜头偏高有死角,无法看清黑影的面孔。杰瑞又按下暂停键,记下录影的时间：11点30分41秒，然后再次认真地翻阅他的记事本，找到之前他在卡尔家画下的各宾客房间位置图，计算从菲利浦的房间走到这间房的时间，34秒的脚程里也只有陶比斯的房间最靠近。

"那陶比斯把珍妮架到房里，为的又是什么？调情？还是陶比斯事先知道了什么？"杰瑞觉得这其中仍疑点重重。

11点32分11秒，珍妮又钻出了陶比斯的房间，上了阶梯，开了门消失在镜头外，但在11点32分52秒时，陶比斯也戴上帽子出了自己的房间，一样上了阶梯，开了门。

"为什么陶比斯没在珍妮离开时马上尾随出门，而是相隔了41秒才一前一后走了出来，是故意掩人耳目？还是……"杰瑞愈看愈糊涂了。

他又顺手拿起信封袋，端详了几秒，"今早因溺水还躺在医院里的陶比斯竟署名寄出这封快递？是怕自己遭杀身之祸，事先填好信封托人在自己出事后寄出？还是有人冒名寄来这光盘，想提点我什么？或只是想误导我办案？"杰瑞翻转着手上的信封袋，若有所思。他先把光盘给退了出来，然后在电脑屏幕上又开了另一个新页面，直接上了联邦快递（Fedex）的官网，输入了收件地点的编码，竟然是离警察局三个街口外的联邦快递收件中心。杰瑞二话不说，拿起信封袋，冲出了办公室，直奔近在咫尺的收件中心。

杰瑞一进到收件中心，马上表明身份，要店里的经理协助调查。他要经理先确认这里是否就是信封袋的发件处。经理拿着信封袋走回工作台,扫描了袋子上的条码,他盯着电脑屏幕,半晌不语,作势要杰瑞过来一起瞧瞧。杰瑞看着屏幕上的资料,寄件人的姓名栏和地址竟是空白!

"这怎么回事?既然能印出信封袋上的寄件单,电脑里怎么可能没资料?"杰瑞不解地问着经理。

"通常只有两种可能,那就是承办人员印出寄件单后,忘了按SAVE键储存资料,就跳到下个页面;或者是有人刻意在信件寄出后删除电脑里的资料。我问问承办人员,你等等啊!"经理掉头往办公室走去,不一会儿,一个身材略胖的年轻人尾随他走了出来。

"今天早上来寄这邮件的人,你有印象吗?"杰瑞劈头就问。

小胖子挠了老半天头,没能吐出一个字来。

杰瑞迫不及待又问向经理:"店里有设监视器吗?"

"有有有!有只正对着客人呢!"经理一面指着监视器的方向,一面示意杰瑞进办公室。

经理领着杰瑞走进一间小房间,房间里有五个监视屏幕,其中一个正对着来办理邮递业务的顾客。

"当天送达的即时快递需要在早上10点前寄出,我们的快递中心是8点开始营业,所以让我先把今天早上8点到10点的监视影像找出来。"经理喃喃自语,一面操作着电脑。

杰瑞从门缝里刚好瞥见承办那邮件的小胖子,他一个箭步趋前,劈头又问:"你是否记得那封邮件的寄件人是什么时候进来的?"

小胖子又挠了老半天头,才从嘴里冒出这么几句话:"好像是快接近最后收件时间,记得他一再确认当天是否能送达。"

"所以是接近10点左右?"杰瑞追问。

小胖子又愣了一下,杰瑞没等他回答,已转身又进了小房间。

"先从9点50分的录影查起!"杰瑞半命令着经理。

经理点头示意但没搭腔,便迅速把录影时间往前倒到杰瑞要的时间点,然后客气地丢下一句话:"我还有事要忙,接下来,请自便!"便转身出了房间,独留杰瑞一人。

杰瑞拉了张椅子坐下,两眼便死盯着屏幕,时间一分一秒过去,他开始耐不住性子,索性快进了起来,他更聚精会神,边看边找,突然一个画面闪过,他迅速按下暂停键,瞄了一眼定格的时间,9点57分44秒,然后仔细地端详画面中那位戴着棒球帽的男子,身形确实像极了陶比斯,但镜头的俯角加上棒球帽沿的遮挡,确实很难看清楚男子的容貌。杰瑞一格一格地往前移动,仔细地观察男子的每个动作,希望从中找出蛛丝马迹,就在男子伸手递出邮件时,在他的右手腕处依稀可见一个圆形的印子。为能更清楚辨认,杰瑞再往前细看,这次停在男子举起双手调正棒球帽之际,镜头刚好对着他的手,原来右手腕上的印子是个圆形刺青,里面好像有个S字母!

杰瑞马上从口袋里掏出了手机,拨了通电话。电话响了几声后进入语音信箱,他挂断,又再拨了一通电话。

"罗伯,是我——杰瑞!想请教你个问题,记得陶比斯的右手腕上有个圆形刺青吗?"没等罗伯搭腔,杰瑞劈头便问。

"倒没印象。问这个干吗?有新的线索吗?"罗伯语气带点困惑,突然提高音调,"问问珍妮应该最清楚不过了!"

"刚给她打电话没接!"杰瑞见无着落,便急着挂电话,"等我搞清楚了,再跟你说,拜!"罗伯还来不及接话,电话已被挂断。

杰瑞一个箭步冲出房间,找到经理,"帮我把9点57分到10点的那段录影导录出来给我!"一面从皮夹里掏出一张名片塞到经理的手里,"导好了,马上通知我!"连个道谢都没讲,人已步出了收件中心的大门。

珍妮带着满脸的错愕,走到街上拦了辆出租车。

"小姐,去哪儿?"司机问着,连头都没回。

珍妮一时答不上来,只好随便先给个指示:"先往前开吧。"

珍妮此时的心情五味杂陈,短短两天不到的时间,竟要她经历多次的生离死别!她好不容易让自己接受了陶比斯的死,如今,生死却成了她挥之不去的梦魇。

"还是继续往前开吗?"司机有点没好气地问。

珍妮本就心不在焉,加上车内前后座隔着层塑料玻璃,一时没听懂是司机在问她话,倒也没搭腔。

"小姐！小姐！你要我继续往前开吗?"司机这回提高了音量,还回过头来敲敲玻璃隔层。

珍妮抬起头来,倒也没急着回话,她先往窗外望去,想知道自己到了哪。她正抬头望向街口的路牌,突然街旁一个熟悉的身影吸引了她的目光。"天啊！那不是我那辆白色马丁吗?"她错愕的语调,惊动了司机。

"司机,掉头！尾随那辆白色的马丁!"珍妮指令下得又急又快。

"什么马丁？在哪里?"司机一头雾水,被珍妮这么一催促,也瞎急了起来。

"你马上掉头,它刚转进后面的那条街……59街……好像就是59街……"珍妮扯着喉咙喊着。

"这里是双黄线,不能掉头!"

"你现在！马上就给我掉头！听到没有?"珍妮再次扯开喉咙,正伸手准备拍打玻璃隔层,车子一个急转弯,把她重重摔回座位上。

"你是说最前头那辆低矮的白色跑车?"

珍妮索性摇下窗户,伸出头往前瞧。"就是那辆！"她大声嚷着,引起路人的侧目,但她根本没心思理会。

"是你的车？被偷了？要不要帮你报警?"司机一副乐于参与的样子,啰嗦了起来。

"是我的车没错,但没被偷。"珍妮懒得跟他啰嗦,想一语带过。

"那谁把你的车开走了?"司机没完没了地追问着。

珍妮忍住脾气,只好再敷衍几句,"是我男朋友!"

珍妮语罢,换来司机一阵讪笑,"是不是你男朋友开着你的跑车载着别的马子兜风去了?"

珍妮下意识地翻了个白眼,懒得再搭理司机。司机见珍妮没回应,自讨没趣,也就住了嘴,往前猛超车,想挤到白色车的前面,珍妮见状,连忙制止。

"你不用超到它前面,在它后面跟着就行。"其实珍妮根本没勇气面对这突如其来的状况,也还没准备好如何接受陶比斯万一还存在的事实。

白色的马丁过了第一大道后,右转上了皇后大桥,过了这座桥,可通往皇后区和长岛。

珍妮见马丁上了桥,内心不禁忐忑了起来,到底接下来会发生什么事,她心里一点也没谱。

待车子转进了长岛快速道,珍妮似乎猜到了白车的去处。

"司机!开快些,看看能不能隔个车道跟它并行?"珍妮再也憋不住了,她想确认开车的到底是谁。

司机没啰嗦,马上提速超前靠左,直到两车隔个车道并排。

珍妮深深地吸了一口气,再用一两秒的时间理了理自己的情绪,慢慢地转头望向右边的马丁,但天色昏暗,加上马丁偏暗的玻璃,倒也看不清驾驶者的容貌,只隐约可见一位男士的身影,头上戴顶棒球帽。突然马丁车里的驾驶者转头望向珍妮,把她吓得缩退了身子,车子突然向左甩了出去,一阵尖锐的刹车声,珍妮尖叫了一声,整个身子跌向左侧,还来不及反应,车子又拉了回来。

"他妈的!王八蛋!竟然逼我车!"司机咒骂着。

珍妮听到出租车引擎的加速声,她好奇地又抬起头来望向右方,只见白色马丁已扬长而去,12缸6 000扭矩,510匹的马力,出租车绝不是它的对手。

珍妮突然灵机一动,她想拨通电话给陶比斯,看看有没有人接听,也想知道白色马丁里的驾驶者到底是不是陶比斯。她伸手往自己的包里掏,没摸到手机,她索性把包里的东西全倒出来,还是不见手机的踪影。"糟了!该不会把手机掉在陶比斯的公寓了吧!"

出租车刺耳的引擎声再度让她把视线投向车外。"你追不上它的,算了吧!"珍妮要司机别逞强了,毕竟实力悬殊,即使追,也是心有余而力不足。

"待会下个出口出去吧,掉头回城里!"

"你就这么轻易放弃?我虽追不上它,也够给它些颜色瞧瞧!"司机仍死命地催着油门,虽偶尔能见远方白色的身影,但困兽犹斗的引擎声,早已分出了胜负。

没一会儿,前面的车速都慢了下来,竟塞起车来了。

"刚刚车流都还算正常啊!再说这个时间段很少会塞车,怎么搞的!"司机开始嘟哝了起来。

所有车子都在龟速前进,出租车司机也慢慢地把车靠到右车道,准备下个出口出去。但发现右车道全堵住了,一动也不动,他又硬向左车道钻了过去,走走停停还不忘左右穿梭,忙着变换车道,再怎么塞,也要想办法挤到出口。他一面狂按喇叭,完全不理会别人回敬以更长的喇叭声或探头的怒骂声。

珍妮最受不了塞在车阵里,加上外面的喇叭和叫嚣声,她干脆低下身子,把整个人塞在椅子里。

"小姐!小姐!"一阵急促的呼叫声从前座传了过来,珍妮坐了起来。

"这是刚刚那辆车吗?"司机的声音颤抖不安。

珍妮望向窗外,惊讶地用双手捂住了嘴巴,不敢相信眼前看到的景象。白色的马丁四轮朝天横躺在离出口不远的外车道上,车头几乎全毁,整个车身断成两截,车头旁的隔音墙有道长达十几米的撞痕,有个轮胎甚至飞到了出口外的铺路,撞击力道之大,连四个车道外的对面车道都有车子的残骸。

行走至此,车子再也前进不了了,再说司机似乎也吓傻了,嘴巴一直微张着。这时只听到后座的门被打开了,他后视镜里看到珍妮匆忙下车,往地上猛吐了起来。司机见状也马上下了车,来到珍妮身旁。"你还好吗?"司机手足无措,不知如何是好。

珍妮吐完后,用手掌朝自己的嘴上抹了抹,定神望向前半段车头,没看到驾驶者,只有一顶洋基队的棒球帽静静地躺在路中央。

12

杰瑞从寄件中心回到了警局,坐定后又把那张光盘塞入电脑里。他顺手翻着记事本,看了一眼记事本里记载的时间点,11点30分41秒,是珍妮被一个黑影架进陶比斯房里的画面。杰瑞再往前倒了几秒,然后定格在黑影男子伸手架住珍妮脖子的画面。"Bingo!"杰瑞雀跃地跳了起来,果不其然,黑影男子的右手腕上也有个圆形的刺青,可以肯定的是,昨晚的这位黑影男子就是寄给他光盘的人。杰瑞把光盘的画面倒到最前面,再一次从珍妮步出约瑟夫的房间看起,这次他一格一格地看,想从中找出更多的蛛丝马迹。

珍妮步出约瑟夫房间后,手里拿着一份卷宗夹,步伐似乎有点急促,但神情却泰若自然,不像下手行凶前的反应;几秒后,屏幕跳到了下一个画面,珍妮开门正要进入菲利浦的房间,杰瑞把画面定格,然后前前后后来回看这几格的动作,他注视着珍妮的手,本想也许会有造成菲利浦死亡的证据,却意外发现珍妮原来握在手里的卷宗夹不见了!他又刻意往前检视两个画面的时间点,两个不同镜头的画面却衔接得天衣无缝,衣着一样、头发挽起来的方式也一样,但坏就坏在手里的卷宗夹不见了!

杰瑞接着在自己的抽屉里翻箱倒柜了起来,费了些劲,终于从里面找出了另一张光盘,这是昨晚事发时在卡尔家扣查的监视器内容。他打开桌上的手提电脑,放入了光盘,然后把两台电脑的监视器影像都调到11点24分54秒处,原来的屏幕便跳回珍妮步出约瑟夫房间的画面,但同一时间,另一片扣查的光盘,却是丹尼尔出现在客厅通往客房的走廊。杰瑞再次查阅记事本里卡尔屋内房间的位置图,发现丹尼尔与珍妮同一时间都往菲利浦的房间方向前进,如照时间推算,两人本应在走廊相遇,但两片光盘却记录了不同的场景。"这其中一定大有文章!"杰瑞推敲着。

"会不会珍妮步入菲利浦房间的时间点被修改了,用来掩饰和顶替真正行凶者的画面?"杰瑞猜测着各种可能性。他继续往下检视扣查光盘里的画面,却发现别的镜头里都不见丹尼尔的身影。

杰瑞突然灵光一现,马上抓起电话,拨给了医院。"请帮我转接停尸间的甘比主任,我是东汉普顿警局的杰瑞警官!"

"好的,请您稍等!"接线生转接时,杰瑞把屏幕上的画面快进到黑影男子架住珍妮的画面,刻意定格在男子手腕上的刺青。

"我是甘比,哪位?"

"甘比,我是杰瑞!可否帮我个忙?"甘比是杰瑞以前在法医室工作时的同事,加上业务关系,两人非常熟络。

"今天下午1点13分,有位叫陶比斯·迈尔的男子在医院被宣告死亡,我想他应该被送到你那儿了?"杰瑞眼睛盯着记事本上所载的陶比斯死亡时间。

"你等等,我查一下!"甘比把电话搁在一旁,翻起了桌上的名册。他一面翻着,嘴里还不停地重复着陶比斯·迈尔的名字,最后他拿着名册走向电话。

"我翻遍了死亡名单,没有陶比斯·迈尔这个人啊!你确定这人真死了,而且是死在这医院?"甘比一语中的,但这个发现却让杰瑞再次陷入苦思。

杰瑞的来电让罗伯百思不得其解,"为何杰瑞急着想知道陶比斯手上的刺青?难道这刺青会跟陶比斯的骤逝有关?也许杰瑞发现了什么线索?"他一面收拾着行李,却难掩内心的哀恸,一天不到的时间,两个他熟识的朋友突然撒手人寰,尤其是陶比斯,才刚重逢,几年前的心结未解,却又匆匆离去。他计划搭明早第一班高速列车回波士顿,这是他生平第一次想逃离这个他又爱又恨的城市。突然,他的手机响起,他迅速瞧了一眼来电显示,竟是MoMA董事会的主席詹姆士·席恩,他心里一个念头闪过,八九不离十已猜到此通电话的来意。

"罗伯!是你吧?还没离开纽约吧?"急性子的詹姆士劈头便问。

罗伯也干脆省了寒暄,直接切入话题,"想必卡尔已告诉你菲利浦的消息!"

"不!刚大卫跟我打电话,说菲利浦昨晚在卡尔家哮喘发作,走了!"詹姆士省了铺陈,单刀直入,毫不带感情。

罗伯心想,昨晚菲利浦走时,大卫根本不在场,为何卡尔不亲自通知詹姆士?大卫昨晚在事发前就已离开,是早已预知死亡之事,先行离开避嫌?还是纯属巧合?或者另有隐情?这些事不管背后真正的主谋是谁,一定与卡尔或大卫脱不了干系,不然发生这么大的事,卡尔为什么不亲上火线主动向詹姆士说明,却由大卫代劳?

"昨晚出事时我在,事发突然,我觉得事情并不……"没等罗伯把话讲完,詹姆士打断了他。

"我想菲利浦突然辞世,大家都难过,但身为董事会主席,我不能让馆务空转,决定明天马上召开临时董事会,除了宣布菲利浦的死讯外,更需由执行董事尽快决定下一任馆长的人选,所以请你务必留步,明天早上10点准时参加会议。就这样,先不打扰了,明天见!"罗伯尚来不及反应,电话的另一端已经挂上。他望着刚打包好的衣物,本想再从包里拿出来挂回衣柜,但想到一开完会就回波士顿的计划不变,于是他顺手把行李包的拉链拉上。想到明天要与卡尔再次交锋,今晚铁定又要辗转难眠了。

才要开始烦恼,罗伯的手机突然连续收到了几则短信,他急忙打开,杰瑞传来了几张监视器影像的截图,他一张张仔细看过,画面中的男子像极了陶比斯,但画面的角度和模糊不清的影像让他无法确认男子的容貌,然而其中几个画面倒挑起了他的兴致,"莫非这就是刚刚杰瑞提到的刺青?"

罗伯反复看着这个男子手腕上的刺青图案,但画面过于模糊,只能隐约辨识是个圆形,中间好像被某种符号一分为二。他马上打开他的手提电脑,输入"圆形刺青",一下跳出了两百多个搜寻结果。罗伯快速浏览过每个图案,却没有一个类似的。他又把搜寻的关键字改成"圆形刺青+手腕",因为有些刺青的图案只刺在特殊的部位上,用以凸显它的意涵或用以标识其身份或组织,尤其刺在手腕上,这是一个极为显眼的部位,但可以靠戴手表、手链或长袖衣物等来遮掩,又可在必要时适时移动这些遮蔽物使其露出。果不其然,屏幕跳出了四十七个符合搜寻要求的图案。罗伯又一一检视,还是没有任何线索。他不死心,又输入"苏富比+陶比斯",毕竟陶比斯也算是业内的名人,也许在一些场合的照片里,会不经意地露出手腕上的刺青。罗伯再次按下搜寻键,这次跳出了一百多张跟陶比斯相关的照片。罗伯从第一张开始,紧盯着陶比斯的手腕,照片一张张地从眼前溜过,仍无斩获。但网络搜寻最耐人寻味的是,往往让人有意想不到的收获。其中有张照片可能连陶比斯都不敢相信它的存在且成为公开的秘密,这是一张陶比斯与一群年纪相仿的年轻人在一处看似地窖里的合照,每个照片中的人都伸直他们的右手、握拳,手背朝外,一字排开,每个人的右手腕上都刺着一个黑色圆形图案,圆形被一只钥匙从中一分为二,钥匙由下往上盘绕着一条蛇,蛇头凝视着观者,眼泛红光,嘴里吐着蛇信。

"Bingo!"罗勃乐得从椅子上跳了起来。

"这就是传说中的'堕落天堂之钥'!"对专精符号学的罗伯而言,这一点也难不倒他。

"堕落天堂之钥"是一个耳闻已久的地下组织,在二次大战时,由一群逃离纳粹迫害的犹太人所组成,成员不乏各行各业的精英,而这图案据说是由一位艺术史学家设计而成,以圆形外框来表现离经叛道之意。自古以来,圆形的图腾代表着太阳,是为宇宙,但到了文艺复兴时期,教皇为了巩固领导势力,强调万物以天主为依归,极力铲除一切科学思想,固然不能承认宇宙的存在,圆形便成了异教的代表,在此暗示对极权的反叛、反纳粹。而圆形中间的这把钥匙,就是当年耶稣交给门徒彼得的那把能开启天国之门的钥匙,拥有这把钥匙,便有权力决定人是否可以进天堂。二次大战时,德国纳粹从犹太人的手里大肆掠夺了近六十五万件艺术品,藏在奥地利阿尔陶塞市(Altaussee)与德国梅尔克尔斯(Merkers)的地下盐矿中。因此,这把钥匙暗示着能开启文化宝藏之门,直捣被纳粹掠夺的艺术宝库。但有趣的是盘绕在钥匙上的那条蛇,影射伊甸园里诱惑着亚当和夏娃初尝禁果的邪恶之源,是它害得亚当、夏娃背叛了上帝,被逐出园外,而能用这把钥匙开启宝藏,又有几人能禁得起这批宝藏的诱惑?

这批被纳粹掠夺的艺术品,后来由 Monuments、Fine Arts 和 Archives program(合称 MFAA)发现并归还给作品所属人,但目前仍有 10 万—20 万件作品下落不明,据说是由"堕落天堂之钥"的成员所把持。时至今日,这些成员已背叛了捍卫人类文化遗产的初衷,成员背景日趋复杂,也全非犹太人,诱惑和贪婪恰巧呼应了刺青图案上那条蛇的象征意义,极尽讽刺。

"莫非卡尔屋里那些我记忆中不曾见过的经典之作与'堕落天堂之钥'有关? 那陶比斯跟这些作品一定脱不了干系,也许正因为利益纠葛或分赃不均,遭卡尔设局陷害?"罗伯揣测着其中的可能性。

他把搜寻到的这张照片储存了起来,然后发到了杰瑞的手机。

"这次杰瑞得甘拜下风了!"罗伯偷着乐,一转身,却发现房门下有封信。

他俯身拾起信封,瞧了一眼,是旅馆的信封,心想可能是账单。

"还怕我事先跑掉不成。"罗伯一面嘀咕着,一面打开信封,却被里面的内容震慑住了。

"如相信我,明晚 10:30 于 River Cafe 见! ——陶比斯。"罗伯久久不能言语,心想这到底是怎么回事。

13

珍妮回到陶比斯的公寓大楼,一下车见门房便问:"荷西人在哪?"

只见门房毕恭毕敬地回答:"荷西下班了。有事能为您效劳吗,珍妮小姐?"

"你有没有荷西的手机号?"珍妮焦急的语调似乎把门房给吓着了,只见他赶忙从口袋里掏出手机东按西按,"就这个号!"门房一面应着,一面拿着手机凑近珍妮。

珍妮冷不防地从门房手里抢过电话,直接拨了号,门房先是愣了一下,然后闷不吭声,静静地退到一旁。

"荷西!是你吗?"对方一接起电话,珍妮忙抢着出声。

"小屁胡!是你吗?怎么今天学起波斯猫叫了!"电话的另一端充满讪笑和抬杠的语气。

"我不是什么小屁胡,我是珍妮小姐!"这时珍妮才想起借用了门房的电话,转身向门房比划了两下,门房作势OK,珍妮便不再理会他,径自讲了起来。

"荷西,你仔细听我说,刚刚是你亲自把我的车交给陶比斯的吗?"珍妮真的急了,语调高亢。

"哦,哦,我现在才听出来您是珍妮小姐,不好意思!"荷西一副状况外的样子。

"快回答我的问题!"珍妮耐不住性子,突然吼了起来,把门房吓得又退了几步。

"不好意思,珍妮小姐,您的车出了什么问题吗?"荷西的语气明显在颤抖。

"荷西!你最好仔细再听一次我的问题,刚刚到底是不是你亲自把我的车交给陶比斯的?"珍妮完全失心疯般地吼着,声音大到连大楼里的门房都探出头来。

"我没有!陶比斯先生来电要我把你的车停到车道口,不要熄火,说要马上走,他什么时候开走车,我真的不清楚!"荷西吓到连英文都讲不成句。

珍妮听完杵在原地,不发一语,脑子里乱哄哄的。

"珍妮小姐,您还好吧?"门房虽站得远,仍关心地问着。

这一问把珍妮给揪回了神,她一个箭步迎向门房,把手机往门房的手里塞去,没忘丢下一句"谢谢!",便径自往大楼里走去。

进了陶比斯的公寓,珍妮没开灯,怕被电脑屏幕上方的镜头瞧见,索性映着月光,搜索记忆中稍早来到这房里时停留过的每一处。她的目光迅速地扫过房里每处最可能的角落,但仍不见她手机的踪影。

"会不会掉在阳台上了?"只见她技巧地避开桌上的电脑,蹑手蹑脚地往阳台走去。

阳台就这么丁点大,一览无遗,还是不见手机的踪影。就在珍妮疑惑之际,突然听到一阵闷闷的嗡嗡声,这声音有点熟悉,但又不那么确定。珍妮随着声音寻去,发现书桌上的一张纸微微透出亮光,珍妮马上想到这是手机震动的声音。她连忙把纸掀了开来,果然是自己的手机在震动,不时发出嗡嗡的声音。她伸手抓起电话,猛地一瞧,差点没把手机又给摔回桌上。是陶比斯来电!我该不该接?珍妮挣扎了起来,一时天人交战,不知如何是好。不管是真是假,接了电话不就知道了!她鼓起勇气,接了电话,把手机放到了耳边,她还来不及出声,但对方却刚好把电话给挂了。她愣了半响,决定回拨,好把事情弄个明白。就在她按下拨号键的那一霎那,突然收到了一通消息,她立即退出拨号,点开了消息:"明晚 10:30,你最爱的老地方见!"是从陶比斯的手机发来的!她的两耳开始嗡嗡作响,没出几秒,"冬冬!"又是一通消息。她焦急地打开一看,跳出了一个"See you!"的图贴,这是他们俩以前约会前陶比斯习惯传来的图贴。

"是他没错!"珍妮突然破涕为笑,但一股莫名却马上铺天盖地袭来,"那死在马丁车里的又是谁?为什么他要戴着她送给陶比斯的棒球帽?那几个小时前才被医生宣布死亡的又是谁?"她二话不说把手机塞进了包包,头也不回地马上离开了陶比斯的公寓。

杰瑞两眼紧盯着电视屏幕,即时新闻中正播放着长岛快速道上的死亡车祸。

"今晚七点多,长岛快速道由西往东靠近32号出口处,发生一桩死亡车祸。根据监视器拍到的画面显示,这辆白色阿斯顿·马丁在靠近32号出口时,以近150英里(约240公里)的时速连续向右变换车道,突然失速撞上护栏,由于冲击力道过大,车身断成两截,车体零件散落车祸现场达0.5英里,爆裂的轮胎甚至冲撞对向车道,造成12辆车连环追尾。阿斯顿·马丁的驾驶者当场死亡,这场车祸总共造成1人死亡,16人轻重伤……"这时电视画面一直停在警消救护的现场,突然一个镜头闪过,镜头上出现车祸现场的地面上有顶洋基队的棒球帽。杰瑞瞪大了眼睛,"该不会这么巧吧?"他心里嘀咕着,马上拿起话筒,拨了通电话。

"我是东汉普顿第三分局的杰瑞警官,请问今晚长岛快速道的车祸是哪位警官负责?"

"请您稍等一下,我马上帮您转接。"911警务中心的接线生今晚似乎特别忙。

"我是史丹利·道生警官,哪位?"对方扯着喉咙嘶喊,声音明显来自户外,还不时夹杂着救护车的鸣笛声。

"我是东汉普顿第三分局的杰瑞警官,怀疑今晚的车祸与我调查的一宗谋杀案有关,可否很快请教您几个问题?"杰瑞废话不多说,马上切入正题。

"我在现场忙得焦头烂额,稍后再打来!"电话被挂断,速度之快,让杰瑞有点措手不及,整个人仍紧贴着话筒杆在座位上。

他回过神又迅速拨了通电话。"我是东汉普顿第三分局的杰瑞警官,请转接小颈镇第一分局交通队的警员。"长岛快速道的第32出口是小颈镇(Little Neck)第一分局的管辖地,今晚交通队的执勤警员应该足以回答他的问题。

"我是交通队执勤员警乔治·库柏,请问有什么能为您效劳的?"话这么说任谁听了都舒服。

"我是东汉普顿第三分局的杰瑞警官,想请问您几个问题。"

"好的,长官!请说。"对方仍是客客气气的。

"刚在长岛快速道32出口处发生的车祸,撞毁的那辆马丁驾驶者身份是否确认了?"杰瑞一口气讲完,内心竟忐忑了起来,生怕答案就在自己的预料之中。

"驾驶者头部受重创,血肉模糊,目前还无法辨识身份。但查出该肇事车辆是登记在布莱姆投资顾问公司名下的,公司的负责人是卡尔·萧,也是摩根大通现任的资深副总裁,已通知车主了!"

"车主有告知驾驶者的身份吗?"

"车主只提到肇事车辆今早是由一位叫珍妮的女子开走

的,是他的外甥女兼私人助理。但肇事现场发现的驾驶者尸体确认是一位男性!"

"驾驶者的五官或身体有任何明显的特征吗?"

"身高约6英尺,五官无法辨识,但右手腕上有个圆形图样的刺青。"

"可以把刺青的照片传给我吗?直接传到我手机,646-752-7137。"

"好的,长官!马上处理。还有什么可以为您服务的吗?"

"就这样,谢谢你!"杰瑞一挂上电话,马上收到了封短信,"哇!这么有效率,才挂上电话,照片就传到了!"但他仔细一看,是罗伯传来的短信,一打开,一张几个年轻人的合照,陶比斯站在最右侧,几个年轻人各个伸出右手臂一字排开,手腕朝外,清楚可见手腕上一致的刺青。就在杰瑞端详这张照片之际,又一则短信传了进来,是刚刚那位警员传来的肇事驾驶者手腕上的刺青图案。

"一模一样的刺青!现在已被宣判死亡的陶比斯无故失踪了,今早又有个手腕上有着相同刺青的人寄来这片CD,跟刚才死于车祸的难道是同一人?如果这个人不是陶比斯,那又会是谁?"杰瑞陷入苦思,却不得其解。

14

罗伯 10 点不到就已来到 MoMA,他手里拎着行李,似乎打算开完会后马上回波士顿。美术馆以往周一休馆,但扩建后,适逢经济萧条,政府补贴减缩,募款不易,馆方为广辟财源,一周七日无休,周五更延长营业时间至晚上 8 点。今天早上 10:30 开馆,但馆方人员 9:30 就上班了。罗伯从没这么早到过 MoMA,他一如往常由 53 街的正门进入,他试着推动旋转门,门不动如山,他贴着玻璃往内望,馆内的员工指着墙上的时钟,示意还没到营业时间。他马上意识到这时得从员工的专用通道才能进入,于是绕了一圈来到 54 街的后门。还没走近,远远便看到卡尔那辆黑色的奔驰迈巴赫正好靠边停下,卡尔下了车,径自往员工入口处走去。当卡尔的坐驾与罗伯擦身而过之际,罗伯不经意地往车里望了一眼,这一望,可把罗伯给望傻了,一个貌似陶比斯的中年男子脸色极其苍白,像是刚从停尸间里"走"出来的死尸,蓬首垢面、目光呆滞地坐在后座,刚好跟他四目交接,但男子面无表情,眼神空洞,却也没刻意回避罗伯的目光。车子没几秒便扬长而去,转了个弯,一下子便消在罗伯的视线里。

罗伯进到会议室,已有半数以上的董事早已到达,他一一握手寒暄,却不见卡尔的踪影。他选了一个左右皆无人的位子坐下,想省点口舌,图个安静!董事一个接着一个进来,想图个安静看似很难,罗伯只好起身一一握手致意。10点钟一到,就缺董事会主席詹姆士和卡尔、大卫三人,罗伯内心不禁忐忑了起来,直觉事有蹊跷!就在他脑中开始浮现几种假设之时,缺席的三人一同步入了会议室。罗伯心里明白,卡尔和大卫都提早到,应该一同找詹姆士协商去了,是去告知詹姆士有关菲利浦骤逝的细节,还是联手捏造菲利浦死亡的真正原因,或是三人一同密谋策划下任馆长的人选?

一道麦克风的尖锐声把罗伯给拉回了现场,他望向主席台,詹姆士握着麦克风正对着他点头示意,而大卫和卡尔就分坐詹姆士的两侧,也都分别向罗伯点头示意,罗伯也一一作势回礼,但内心难掩面对杀人嫌疑犯的悸动。

"首先感谢各位执行董事在这么短的时间内能排除万难,赶来参与这场临时董事会。我就省去铺陈,直接讲明今天召集各位来此的目的。我们的菲利浦馆长前晚因哮喘发作辞世……"一阵骚动加上此起彼落的叹息声和写在每位董事脸上不可置信的表情,硬生生地打断了詹姆士的讲话。"……我知道这是一个难以令人接受的事实,但今天召集各位的最终目的,是想尽快推举接任馆长的人选,现在可否请各位董事用5分钟的时间思考推荐的人选和理由,然后就最多人推荐的人选进行讨论。待会就由我开始,然后以左右交叉的顺序进行发言。"

詹姆士语毕,讨论声四起,只见众人交头接耳,唯独罗伯一人呆坐不语。他突然将目光投向主席台,詹姆士、大卫和卡尔竟毫无互动,"这无疑是掩耳盗铃,自欺欺人啊!"对菲利浦的死,罗伯的内心确实难以平复。

"各位,现在时间到,容我先发言,推举我心目中的馆长人选。我认为业界应该无人比他更熟悉我们的馆务,以他的资历、学识、人脉当无人能及!这位我敬重且要大力推荐的人其实就是在座的其中一位……"罗伯很想掉头就走,不愿为这场肮脏的内定人选背书,他知道詹姆士下一秒从嘴里吐出的名字,不是大卫就是卡尔,他心里的那股不屑全写在脸上。"那就是罗伯·霍顿教授!"此话一出,在场的所有目光全投向罗伯,他的表情马上转为惊讶,再秒变成不可置信的惊恐,画面有如希区柯克惊悚片里常跳出的脸部特写,定格再配上刺耳短促的背景音效,原本黑白的画面,罗伯却一下子涨红了脸。

坐在詹姆士右手边的大卫紧接着发言:"我附议主席的推荐,理由就不再赘述!"

"我也附议!"卡尔接着说,且把目光抛向罗伯,罗伯也回眼以对,想搞清楚他们壶里到底卖着什么药。紧接着附议声此起彼落,但罗伯却没把目光从卡尔的身上移走,他明白这绝对是个局,但对方下的这步棋却在他的预料之外。

"既然大家一致推举罗伯·霍顿教授成为本馆的下任馆长,可否当面请问受推举人的意见?"詹姆士语毕,众人的目光再次投向罗伯。罗伯欲言又止,顿时脑袋一片空白。

詹姆士见状,马上接着说:"现在让我们以热烈的掌声欢迎罗伯·霍顿教授到前面来跟我们讲几句话!"接着贯耳的掌声响起,罗伯半推半就上了主席台。

"首先感谢各位对我的赏识和支持,但我目前仍是哈佛的全职教授,很难接手如此重大责任……"罗伯话没讲完,詹姆士从背后闪到罗伯面前抢了一步说话,"要不请罗伯·霍顿教授先接下代理馆长一职,等暑假过后,我们再次开会决议?"就在詹姆士拿起另一支麦克风抢话之际,罗伯脸色一惊,让他几乎说不出话来,因为他看到詹姆士的右手腕上就有一个"堕落天堂之钥"的刺青,随着袖口的摆动,若隐若现。

15

珍妮一醒来，两眼直视着天花板，她马上环顾四周，眼前却一片陌生。她极力回想昨晚的种种，却不敌阵阵晕眩，顶着撕裂般的头痛，她紧张地伸手探了探身旁床铺的余温，一阵冰凉让她宽心不少，她又看着自己的穿着，与出门时无异，至少确认昨晚睡着时身旁无人。她看着房间的摆设，知道自己身处旅馆，但完全记不得是哪家旅馆。一个念头闪过，她开始东翻西找，"我的包呢？"床上、床头柜、书桌、沙发都搜过了一遍，仍不见包包的踪影，"有可能丢在浴室吗？"她马上起身从床上一跃而下，正要冲向浴室，却差点被绊倒，她定神一看，脚正好被包包的肩带给缠住了。她马上往自己的包里翻了起来，费了一番劲才把手机给掏出来，两通留言、一则消息，她先点开了消息。"知道你不在车里，看到消息立即回电！"是卡尔传来的。接着进入留言信箱，第一通来电在进入留言前便挂断了，来电号码也未显示；第二通留言的声音竟是如此熟悉又遥远，"珍妮，我是妈妈！听到留言请尽快回电……还有，我知道你不在东汉普顿……希望你平安没事……尽快回电……"珍妮听得出妈妈的担心,但话里似乎有所保留。她看了一眼来电时间,竟是昨夜两点多,两通未接来电竟相隔不到1分钟,"这么晚来电肯定有急事,也许是昨晚的车祸新闻把她给吓着了?那前一通会是谁打来的?"她内心纠结了一下,回头望向床头柜上的时钟,已近10点,"我的妈呀!我该不会已经昏睡了一整天吧!"她把手机迅速丢回包里,把包往床上一扔,马上冲进浴室。她拧开水龙头,手都还没碰到水,突然大叫一声,"惨了!10点半……陶比斯……"她突然想起陶比斯的短信,"明晚10:30,你最爱的老地方见!"她连自己身处何处都不知道,哪有可能半个小时内赶到布鲁克林桥下的 River Cafe 餐厅?她又冲出浴室,往窗帘的方向奔去,抓起窗帘往右边一扯,一阵强光突然射了进来,她本能地侧过脸、举起手来遮挡,眼泪还是不由自主地从眼眶里飙了出来。虽一时睁不开眼,但珍妮却暗自窃笑了起来,"还好!是早上10点!"她揉了揉眼睛,退到窗帘后,再往窗外望去,联合广场里人群杂沓,这个方位上唯一的一家旅馆,就只有 W Hotel。她又走回浴室,水龙头的水还继续流着,她伸出双手捧着水,朝脸上泼了两下,脑子里渐渐浮现昨晚的一些情景。

她离开陶比斯的公寓后,惊魂未定,拦了辆出租车往联合广场的方向走,本想去 Strand 书店逛逛,翻翻书,理理情绪,这是她每每进城最爱干的事,躲在二手书堆里,翻着无奇不有的各类书籍,把烦恼抛到九霄云外。但车子经过 W Hotel 时,一想到一楼的 Irvington 酒吧,马上改变主意要司机停车,毕竟这里充满了太多的回忆!本以为陶比斯所提的老地方就是这里,后来记起每次吃完饭,陶比斯会问:"待会去哪逛逛?"珍妮便答:"去老地方啰!"她老爱来 River Cafe 旁的布鲁克林冰激凌工厂,买两球冰激凌,倚在东河的栏杆上,望着夜色中曼哈顿的天际线,两人不发一语,默默地吃着冰激凌,任晚风吹拂,沉浸在纽约闹中取静的夜色中。昨晚走进酒吧,原本就她一人,她点了些轻食,外加一杯 absolute tonic①,今晚有家归不得,也只能混这酒吧了!后来有位蓄着胡子的男士走了进来,一屁股往珍妮身旁的位子坐下,没有寒暄,就一杯接着一杯琴酒往肚子里吞。珍妮不擅长跟陌生人搭讪,也就静默不语,喝起她热爱的单一纯麦苏格兰威士忌,"格兰利威 18 年单一纯麦先来两杯!"

"加冰块?"酒保问道。

"不加!"珍妮答得豪迈。

珍妮就这样一杯接着一杯,巾帼不让须眉,脸不红气不喘地一个人独饮至其他宾客散尽。待她离开座位时,身旁的男子早已不见踪影。昨晚买单了吗?怎么入住旅馆的?她毫无印象。

她又朝脸上泼了泼水,接着把头整个埋到水龙头下。昨晚那个男的也爱喝琴酒,一整晚也没见他点过别的酒。无独有偶,陶比斯也非琴酒不喝。几次坐得靠近他些,马上闻到他身

---

① 伏特加加汤力水调制成的一种鸡尾酒。

上那股熟悉的气味,但没敢多瞧他几眼,或许是对一个人太过思念所产生的移情作用,看什么人都像陶比斯。但才短短两天,也长不出那么长的胡子……应是自己喝多了!珍妮试着说服自己,如果是陶比斯,为何他要乔装?为何他不直接表明身份?一定是他没错,如果是别人,没有一个男的能整晚忍住不跟我搭讪!他不跟我讲话,愈是欲盖弥彰,愈是露出破绽!珍妮愈想愈往自己的心里去,她任由冷水在发际中穿梭,从后脑勺绕过耳朵涌向她的口鼻,她顿时感到窒息,猛地把头从水里拔了出来,水滴纷纷洒落在她的衣服上,她顺手抓来一条毛巾,把头发给扎了起来。她走回房间,整个人摔进床里,伸手从包里掏出手机,拨了通电话。对方电话没开机,直接接到语音信箱,她犹豫了一下,仍决定留言:"妈,我是珍妮,我没事……希望你不要担心……我再打给你好了!爱你,拜!"

离中午 12 点最后退房时限还有一刻,珍妮来到了大厅柜台,递上房卡,把皮夹从包里取出握在手上准备退房结账,"315 号房,退房!"

只见柜台小姐从电脑里调出资料,"小姐,你的房费已经结清了。"

"我的房费结清了?"珍妮一脸不解,"你是说有人付了我的房费?"珍妮再次确认。

"小姐,是订房的先生付了房费,你只是使用了他订的房间。"柜台小姐耐心地解释道。

"订房的先生?"珍妮一时反应不过来,追着问,"这房间是哪位先生订的?"珍妮这一问,却换来柜台小姐异样的眼光。

"电脑里显示的是陶比斯·迈尔先生。"柜台小姐答得直接,脸上却写满了疑惑。

"是陶比斯!昨晚真的是他!"珍妮向后退了一步,把手里的皮夹塞进了包,不发一语,转身快步朝大门走去。

不入虎穴,焉得虎子!罗伯赶鸭子上架,做梦都没想到会被推举为代理馆长,也许这是老天要给他机会查出菲利浦真正的死因。他坐在菲利浦的办公室里,毫无头绪,随手翻阅着桌上的资料,尽是些公文书信。他打开桌上的电脑,点开馆长的文件夹,只见一些待处理事项,看来所有的资料都在这一两天内被重新整理过了。罗伯并不惊讶眼前的一切,但他相信一定可以找到一些蛛丝马迹。他拿起桌上的电话,本想要菲利浦的助理杰西卡进来聊聊,但他又把电话挂了回去,心想:菲利浦一死,所有的资料都被带走了,但跟了菲利浦七年的杰西卡却没被换掉。资料可以轻易被删掉,但杰西卡的脑袋却是最清楚的资料库啊!罗伯不想打草惊蛇,但他倒想探探杰西卡的反应。他起身开了办公室的门走出去,坐在门外的杰西卡立刻起身,罗伯刻意看了她一眼,杰西卡马上把目光移开,嘴里仍应着:"有什么吩咐吗?"

"没事,我只是去洗手间。"罗伯故作轻松状,没多作停留,径自往洗手间方向走去。突然他听到杰西卡的声音在身后响起:"有事随时电话我,黄色按键。"杰西卡一开口,立刻引起其他几位工作同仁的观望,罗伯头也没回,只比了个 OK 手势,但心里联想到珍妮的电话也是黄色按键,这绝不是巧合!他暗自揣度着。

罗伯心里有数,所有的疑问在杰西卡的身上也许都可以找到解答。菲利浦在位七年,罗伯认识杰西卡也有七年之久,看着她从一个青涩木讷的新手变成八面玲珑的公关高手,连菲利浦的大小生活事,她都了若指掌且能妥善安排,馆里盛传,她就是菲利浦的地下夫人。有时罗伯跟菲利浦相约吃饭,菲利浦也会带着她一起出现,但在罗伯的眼里,菲利浦与杰西卡倒像一对父女,没有与小三或情妇的那种暧昧互动,菲利浦也从没特别解释过他俩的关系,自从菲利浦跟老婆分居后,罗伯从没过问他的感情世界。

待罗伯又走回办公室,从这个角度,他发现有只摄影机正对着杰西卡的座位。经过时,杰西卡没再起身,坐在位子上朝罗伯微微点头示意。

罗伯回到座位上,桌上多了份卷宗夹,他翻了开来,里头只贴了一张便条纸:今晚 10:30 @ River Cafe 的通关密语是:Matthew 16:19。

罗伯懵了,原以为今晚与陶比斯的约会是个秘密,现在看起来似乎与他的想法有出入。他马上拿起电话按了黄色键,"杰西卡!这是你刚送来的卷宗吗?"罗伯劈头就问。

"是的。以后由我负责帮您安排所有行程,请问今晚需要帮您准备什么吗?"杰西卡答得利落,话中听不出任何暗示。

罗伯不动声色,接着问:"是我的私人行程?"

"不。今晚是年中'跨夜聚会'(Overnight Gathering)的第一个活动,由特定赞助机构发起,通过聚会对 MoMA 提赞助案,与会名单由赞助方拟定,馆方除了馆长外,董事会成员也受邀参加。"杰西卡不疾不徐地陈述。

"那为什么还要通关密语?"罗伯不明白。

"通关密语是由赞助方提供的,主要是为了保护与会者的隐私,怕闲杂人等骚扰,更怕狗仔鱼目混珠!"杰西卡耐心解释着。

"通关密语有什么特别含义吗?"罗伯好奇。

"这我不清楚,但应跟赞助方有关。"杰西卡接着又问,"今晚需要我帮您准备什么吗?"

"那请你于 10 点派车到旅馆接我,顺便把我的行李包给送过来。今晚你一起去吗?"罗伯希望能制造机会单独接近杰西卡,好趁机探探菲利浦的事。

"我今晚会一起出席,会后也会备车送您回旅馆。"杰西卡的语调像极了机器的放送声。

16

杰瑞一大早便赶到南汉普顿医院,直奔停尸间找上他的老朋友甘比。

"你确定陶比斯·迈尔真没在你的名单上?"杰瑞仍不死心。

"送进来我这儿的,很难再走出去,这点我是确定的!"甘比的幽默并没有得到杰瑞的共鸣。

"有没有可能名单漏了,但人其实已躺在冰柜里?"杰瑞推敲着。

"每个送进来的人,我都得亲自打招呼,且在名单上注记我对他的第一印象,再帮他找个歇脚处,还得帮他做个名牌贴在柜子上,躺在这里的没有我不认识的。"甘比边说边咬着他手里的胡萝卜。

杰瑞早已耐不住性子,东张西望了起来。他快速浏览了一遍最靠近他的一排冰柜,毫无所获,正要走向后排冰柜,甘比突然出现在他身后,"需要我帮你导览一下吗?"

"还记得昨天有几个人送到这吗?"杰瑞转身追问甘比。

"一般周日生意较冷清,就两个人。一个是哮喘发作,另一个是溺水。"甘比把最后一口胡萝卜塞进了嘴巴。

"死于哮喘发作的是菲利浦,那个溺水死的不就是陶比斯?"杰瑞急得抓住了甘比的衣袖求证。

"哮喘的那位叫菲利浦没错,前晚就住进来了。但溺水的那个可不叫陶比斯,叫亚历克斯·梅特,昨天下午一点多送进来的。"甘比脑袋清楚得很。

"亚历克斯·梅特?你确定他叫亚历克斯·梅特?"杰瑞再次确认。

"就像我确定你叫杰瑞一样!你叫杰瑞没错吧?"甘比故意挖苦。

"那亚历克斯·梅特在哪个柜子里?"杰瑞根本无心理会甘比的揶揄。

甘比领着杰瑞走到后排的一个冰柜前,"他暂时就歇这儿。"甘比打趣地说,一面把冰柜给拉了开来,顺手掀开盖在死者脸上的白布。

"你找的就是这个吗?"甘比向杰瑞使了个眼色。

杰瑞看了一眼,当然知道这不是陶比斯,但他不确定这是否就是那位被疯眼追杀的亚历克斯·梅特,"那为什么要用他来顶替陶比斯?是谁的主意?陶比斯又去哪了?"杰瑞百思不得其解。突然一个念头闪过,他伸手往下把盖在死者身上的布也掀了开来,一个"堕落天堂之钥"的刺青清楚地烙在死者的右手腕上。

甘比注视着杰瑞的眼神,笑着说:"这印子最近还挺流行的!"

"怎么说?"杰瑞一脸好奇。

"昨天哮喘发作的那位,手上也有着相同的刺青,只是被激光做掉了!"甘比这次倒没卖关子。

"你是说菲利浦右手腕上也有相同的刺青?他住哪?"杰瑞一副不可思议的表情。

"你这小子一点就通,他俩就住隔壁。"甘比说着一面把紧邻右边的冰柜也拉了开来。

杰瑞迫不及待地掀开了盖在菲利浦右手臂上的白布,浅浅的蓝色印子仍依稀可辨,虽动过了激光手术,仍不难看出是相同的刺青。"手上有这刺青的人,一下子死了三位,躺在这儿的两位,加上昨晚车祸丧生的那位,短短两天,竟然三个手上有相同刺青的人先后死于非命!"

杰瑞两眼盯着菲利浦的右手臂,"这刺青到底有何特别含义?"他心里明白只有罗伯能给他答案。他从口袋掏出了手机,迅速拨出了一通电话。

罗伯回到旅馆,累到没胃口用餐,直接上了房间。在电梯间里,他一直思索着晚会的通关密语:"Matthew 16: 19"。他知道这密语并不难解开,只要有工具就行。他一进房间,马上把房里的抽屉一个个打开,直到找到搁在抽屉里的《圣经》,他知道旅馆房间里一般都备有《圣经》。他翻开《圣经》,找到马太福音第 16 章第 19 节:"……我还告诉你,你是彼得,我要把我的教会建造在这磐石上……我要把天国的钥匙给你,凡你在地上所捆绑的,在天上也要捆绑;凡你在地上所释放的,在天上……"罗伯念到此,几乎哑口无言,"原来今晚是'堕落天堂之钥'成员的聚会!"

此时,罗伯的手机响起,一看是杰瑞来电,他立马把《圣经》搁在一旁,接起电话。

"罗伯,告诉我那刺青有何含义?"杰瑞一开口便切入主题。

"其实那是个地下组织……"罗伯一五一十地向杰瑞娓娓道来他的发现。

"这么说来,最近这组织的成员一一死于非命,莫非起内讧,有人大开杀戒?"杰瑞故弄玄虚。

"这话怎么说?"罗伯一时没听明白。

"目前我发现不只陶比斯是其中一员,顶替他躺在停尸间冰柜里的那位也是该组织成员,你的馆长好友手上也有个激光手术后留下的刺青疤痕,昨晚开着卡尔家那辆马丁撞死在长岛快速道上的驾驶者也有着相同的刺青!而刚刚我一一提到的人都先后死于非命,就除了陶比斯?"杰瑞解释着。

"你的意思是……陶比斯没死?"罗伯刻意反问。

"因为躺在停尸间的不是他!"杰瑞突然激动了起来。

"那是谁?"罗伯追问。

"是亚历克斯·梅特!"杰瑞的语气肯定中带点闪烁。

"亚历克斯·梅特?!被疯眼追杀的那个亚历克斯·梅特?!"罗伯瞪大了眼睛,不敢相信耳朵听到的竟是亚历克斯·梅特这个谜一样的名字。

"你确定是亚历克斯·梅特?"罗伯再次确认,因为连他也没亲眼见过亚历克斯·梅特,更别提杰瑞了。

"至少停尸间的死亡名册上是这样记载的。一下死了这么多人,一会是陶比斯,现在又变成了亚历克斯·梅特,到底躺在这的是谁,我也说不准,得回局里翻翻人口卡,才能确认。"

"陶比斯没死,我并不惊讶,因为我不但收到他的短信,今天早上还看见他就在卡尔的车里!另外,我发现 MoMA 的董事会主席詹姆士也是该组织的一员,现在他联合卡尔和大卫拱我出任代理馆长,这背后一定大有文章!"罗伯话锋一转,"刚你提到卡尔家那辆马丁的驾驶者昨晚死于车祸,你指的是珍妮?"

"不是!死者是位男性,车撞烂了,驾驶者的脸部无法辨识,正等着指纹和 DNA 的比对结果!"杰瑞进一步解释。

"今晚10:30你应该去一趟 River Cafe,也许会找到一些答案!"罗伯直觉今晚即是"堕落天堂之钥"成员的聚会,他在此时又被拱上了馆长的位子,陶比斯又相约在同一地方见面,哪有那么多巧合,摆明就是场设局,如杰瑞也能到场,他心里会觉得踏实些。"'堕落天堂之钥'以赞助 MoMA 为名,今晚在 River

Cafe办了一场'跨夜聚会',陶比斯在这之前也曾传消息约我同时间在 River Cafe 碰面,这绝非巧合,因为他也是该组织的一员。也许他约我碰面是想要传递些什么信息,或……"

"或设局陷害你?"没等罗伯把话讲完,杰瑞冷不防接了一句罗伯压根都不会联想到的可能。

"不会!如果他是卡尔的人,那卡尔倒不必大费周章把我拱上代理馆长,又要陶比斯设局陷害我!"罗伯虽答得肯定,却难掩脸上的心虚。

"看来今晚我不得安眠,得亲自跑一趟 River Cafe 了!你刚刚说……等等……"杰瑞话说到一半,一通短信传了进来,他快速看了一眼,接着说,"昨晚死于车祸的驾驶者确认是卡尔的管家丹尼尔。"

"丹尼尔开着珍妮的车,高速撞死在长岛快速道上,是什么原因让他失速撞车?昨天陶比斯被宣告死亡后,我们从医院离开时,明明看到珍妮的马丁还停在医院外,怎么又换成了丹尼尔开着车?珍妮和丹尼尔是什么时候碰的面?碰面后又发生了什么事?死的是丹尼尔,那珍妮现在又在哪?"罗伯反复推敲着。

"这有趣了!我现在把一张照片传过来给你瞧瞧。"杰瑞好像有新发现。

话一说完,罗伯的手机震了一下,他打开一看,一张熟悉的照片,是陶比斯与一群年轻人秀出右手腕"堕落天堂之钥"刺青的照片。

"收到没?"杰瑞在另一端追问。

"这不是我传给你的那张照片吗?"罗伯马上回呛杰瑞。

"你再仔细看清楚一点,这可是张升级版!"杰瑞没好气地顶了回去。

没一会儿,罗伯突然叫出声来,他发现杰瑞提供的照片竟然还有后面的场景,他先前在网络上找到的版本明显被裁切过了。"除了前排的陶比斯外,站在后排的年轻人,竟还有丹尼尔!"

"没错!但不只这两个短命鬼……"杰瑞正要往下说,罗伯惊讶地再次打断了杰瑞,"我真不敢相信,照片左后方远处交头接耳的四个人,竟是卡尔、大卫、菲利浦和詹姆士,MoMA 的四巨头!"

"不!是五巨头,你忘了把自己也算进来了!"杰瑞冷冷地提醒,"要五巨头都到齐,这出戏才能演得下去,生、旦、净、末、丑,缺一不可啊!"

罗伯终于恍然大悟,自己也成了这出戏的主角之一,但演的却是别人的剧本,也许今夜将会是这出戏的另一波高潮。

17

约瑟夫放下手里的报纸,脑子里浮现昨晚的新闻画面,"看来有人杀红眼了!"他不禁焦虑了起来,深知这场车祸的原因并不单纯。

正当他低头沉思之际,门铃突然响起,他望向监视器,一个熟悉略带不悦的脸庞正望向大厅的摄影机,"是珍妮!"约瑟夫口中喃喃自语,神情略带惊讶。他迟疑了一下,还是按了键,把电梯送到了楼下。这次他学乖了,不在电梯口相迎,怕又是一阵拳打脚踢。他选了房间角落的一张椅子坐下,静待即将开启的电梯门。

不消几秒,珍妮便出现在电梯里。约瑟夫远远地凝视着珍妮,故作镇定,但珍妮却杵在电梯口,脸色阴沉,不发一语,连头都没抬起来看约瑟夫一眼。约瑟夫觉得事有蹊跷,却不敢贸然靠近,他从椅子上慢慢坐起,视线连一秒都不敢离开珍妮。

"这是怎么回事?"珍妮冷冷地从嘴里吐出几个字。

"珍!你还好吧?"约瑟夫故作体贴,在没搞清楚状况之前,想先缓和珍妮的情绪。

"告诉我,陶比斯还活着吗?"话毕,珍妮抬头看着约瑟夫,两眼看似空洞无神却又咄咄逼人。

"你不是在医院亲耳听到他被宣告死亡吗?难道你是在暗示我陶比斯没死?"

"如果陶比斯早死在医院,那戴着我送的洋基棒球帽,开走我的车,昨晚撞死在长岛快速道上的是谁?传短信给我,约我今晚在老地方碰面的又是谁?"珍妮显得有点激动。

"就我得到的消息,昨晚撞死的那个不是陶比斯,是卡尔的管家丹尼尔。"约瑟夫坚定的语气中透着十足的把握。

"那丹尼尔为何假扮陶比斯,开走我的车?"

"卡尔这老贼心里想什么,你应该比我清楚!他要丹尼尔假扮陶比斯开走你的车,自是有他的安排。但卡尔倒不至于赶着除掉丹尼尔这个心腹,毕竟他仰赖丹尼尔之处比你多……"约瑟夫故意停顿了一下,想探探珍妮的反应,他知道丹尼尔与珍妮一向不和,说争宠,倒不如说两人暗地较劲,各有千秋,但在卡尔的眼里,珍妮确实略逊一筹,因为凡是卡尔运筹帷幄的事,都没珍妮参与的份,尤其在卡尔知道珍妮与约瑟夫联手之后,珍妮的处境就变得更为尴尬了。约瑟夫故意挑起这心结,是想刺探珍妮对丹尼尔的死到底知道多少。是珍妮受命于卡尔,故意装傻隐匿不报,还是真的毫不知情?他看珍妮板着脸,无动于衷,便接着说:"丹尼尔不是死于车祸意外,而是遭人追杀致死！至于……"没等约瑟夫把话讲完，珍妮突然激动了起来，扯开了嗓门："你胡扯！昨晚我一路紧追着那辆马丁，是我亲眼看着他出事的，并没有人在追杀他……"语毕，神情失态的珍妮，一个箭步朝约瑟夫奔去，约瑟夫见状，反射性地急着往后退了几步，顺势把双手架在自己的胸前，这本能的反应，反倒让珍妮放缓了脚步，驻足在床的另一头。她深深地吸了一口气，一面往床上坐下，"你继续说吧！"霎时空气中有股压抑的愠气。

约瑟夫为自己的过度反应，难掩一阵尴尬，他慢慢放下双手，又退回先前的椅子。

"这事说来话长！"约瑟夫正要卖起关子。

"那就长话短说！"珍妮的反应急如闪电，啪一声断了约瑟夫卖关子的念头。

"其实昨晚丹尼尔是死于疯眼手下的追杀，而在医院被宣判死亡的确实是陶比斯，但躺在医院停尸间的却是亚历克斯·梅特！"

珍妮抬起头，她听明白了约瑟夫的第二句话，"你是说，陶比斯没死，躺在医院停尸间的换成了亚历克斯·梅特！就是那个当年贩卖波洛克争议画作的亚历克斯·梅特？"珍妮一脸的难以置信，再次确认。

"没错！就是那个亚历克斯！"约瑟夫答得斩钉截铁。

"那么陶比斯真的还活着？"珍妮睁大了双眼逼问着约瑟夫。

"你不是说陶比斯约你今晚碰面吗？"约瑟夫不改本性，转个弯刻意挖苦珍妮。

此时珍妮突然想起陶比斯电脑里的资料,试着把这几天发生的事给前后兜上。

"把亚历克斯的行踪透露给陶比斯的,就是你!就是你把他拖下水的……你倒说说,你布的是什么棋?陶比斯在你的棋局里又扮演着什么角色?"珍妮觉得陶比斯太傻,老被利用,一下靠向卡尔,又要应付疯眼的威胁,还被约瑟夫掐着喉咙,处处受制于人,才会落到如此凄惨的境地。

"是陶比斯自己跳进来的。"约瑟夫知道珍妮迟早会从陶比斯的电脑上掌握到跟亚历克斯有关的信息,所以只好单刀直入。

"这话怎么说?"珍妮倒想听听约瑟夫还能掰出什么说辞。

"我当年为了追捕波士顿的黑手党头子疯眼,找上了帮疯眼买卖艺术品的背后操盘手陶比斯。当时疯眼为了手里那六张备受争议的波洛克作品,重金悬赏卖主亚历克斯的人头,但赏金虽重,却无人能寻得亚历克斯的下落,最后随着逐日加码的赏金,搞得道上人人觊觎,都想来分杯羹。后来我费尽心力,通过联调局里的寻人系统,在全国布下天罗地网,好不容易才找到已改名换姓的亚历克斯·梅特。我本想利用陶比斯把亚历克斯的下落透露给疯眼,借此诱捕他,哪知陶比斯暗地里通风报信,让疯眼躲得无影无踪。我便逼陶比斯,警告他帮犯罪集团洗钱,可是十年以上的重罪……"

"你也用过相同的手法对我啊!"珍妮切身之痛,很难忍住不揶揄约瑟夫。

约瑟夫不理会珍妮的挖苦,继续他的陈述:"但令人匪夷所思的是,陶比斯找到亚历克斯后,竟把亚历克斯介绍给了大卫和卡尔,据说后来大卫和卡尔帮亚历克斯解决了跟疯眼的纠纷……"

"你是说他们把钱赔给了疯眼?"珍妮忍不住又打断了约瑟夫。

"你觉得以卡尔的为人,可能吗?明知这六件作品有问题,谁会笨到再出钱买下?这其中绝对有某种对价关系,不然现在躺在医院停尸间的就不会是亚历克斯。如果当时把钱还给了疯眼,也就不会有现在的追杀令了!"约瑟夫即使有联调局撑腰,但情报取得后也要有正确的分析,才能体现情报的价值,然而对这其中错综复杂的纠葛,有时约瑟夫也很难完全掌握状况。

"追杀令?你肯定这是疯眼下的追杀令?那为什么就只追杀丹尼尔?"珍妮短短这几天,经历了生死、猜忌和背叛,即使是理所当然的论证,也都成了一连串的问号。

"我有情报,马丁的左后轮有个子弹孔,加上监视器拍到出事前,马丁的右后方有辆黑色科尔维特的跑车一直紧跟着,出事时,所有车辆都紧急刹车减速,唯有那辆科尔维特从旁闪过迅速离开现场,追查车牌,果然是登记在疯眼的手下!"

"我还是不懂为什么疯眼要追杀丹尼尔?"珍妮仍兜不上这

之间的逻辑。

"疯眼不只追杀丹尼尔,而是布下天罗地网追杀'堕落天堂之钥'的成员。"约瑟夫言之凿凿。

"堕落天堂之钥?"珍妮愈听愈糊涂了。

约瑟夫闷不吭声,径自走向床边的小矮柜,拿起平板把玩着,不一会儿,他把平板往床的另一头丢去,示意珍妮自己瞧瞧。

珍妮一拿起平板,两眼就死盯着屏幕,突然惊呼了出来:"陶比斯的手腕上也有一个一模一样的刺青!"

"没错,正是!"

"我问过他这刺青的意思,他只轻描淡写,说是以前一群研究生哥们组了个兄弟会,瞎起哄、闹着玩的。他讲话老不正经,当时也没特别费心思听他胡诌。难道这刺青就是你说的'堕落天堂之钥'?"

约瑟夫点了点头。

"这么说来,陶比斯也是疯眼追杀的目标?"珍妮又是一脸难以置信。

"其实这个组织在二次大战时便已存在,最初是由一群逃离纳粹迫害的犹太人组成,为保护他们的收藏免于流入纳粹之手,便通过这个组织把那些画作藏在奥地利和德国的地下盐矿里。战后,大部分作品都归还给了原来的主人,但仍有数十万件未能物归原主,而这数十万件就是关键所在……"约瑟夫又卖起关子,同时示意珍妮把平板递给他。他接过平板,滑动了两下,又递还给珍妮。

珍妮看着平板上的一张照片,手指不自觉地指向最右侧一个熟悉的身影,"这不是陶比斯吗?"话音未落,她又接着一阵惊呼,"丹尼尔也是他们中的一员……不会吧!菲利浦、大卫、詹姆士……"随着珍妮的指认,她的音调愈提愈高,不可置信的表情一下子写满了脸上。

"我相信陶比斯是经由大卫或卡尔的引介成了'堕落天堂之钥'的成员,无疑地,卡尔也把自己的心腹丹尼尔给拉了进去,再结合美术馆的菲利浦和詹姆士,这样就形成了一个完美无瑕的共犯团体。只是我还不明白,疯眼追杀他们的真正理由是什么。"约瑟夫即使掌握了一些线索,毕竟置身事外,很难没有盲点,这也是为什么当时他要珍妮配合他一起渗透卡尔的原因。

"你刚提到,还有数十万件的纳粹掠夺品尚未物归原主,而卡尔廊道上挂的那些作品不也是掠夺品,也许这之间有什么关联?这才是疯眼追杀这些人的真正原因?"珍妮的猜测也不无道理,疯眼一向看大不看小,不可能仅为那区区六张波洛克的作品大开杀戒,卡尔廊道上的那些作品,哪张不是现代艺术史上的经典之作,价值连城,疯眼岂有不觊觎的道理?

"所以陶比斯是听你的,还是听卡尔的?"珍妮突然转个话题继续追问。

"那你听我的,还是听卡尔的?"约瑟夫不愧姜是老的辣。

"既然你已吸收了陶比斯,干吗还来找我麻烦?"珍妮不明白。

"多个内应多些机会,更何况你是卡尔的外甥女,血浓于水,人总会比较信任自己人,但现在看来似乎不是这样。"约瑟夫不忘来记回马枪。

10点不到,罗伯下了楼,杰西卡已在车里等着。

罗伯一出现,司机急忙下车开了后座门,他一坐定,才发现杰西卡坐在前座,杰西卡跟罗伯问候了一声,转头跟司机说:"那我们走吧。"却马上被罗伯制止:"先等一下!杰西卡,你坐到后面来,我有事跟你商量。"杰西卡先是顿了一下,没多问,便下车钻进了后座。

罗伯正想开口,杰西卡向他使了个眼色,暗示他隔墙有耳,罗伯自是转了话题,问道:"待会有什么要注意的?"

"待会抵达餐厅时,外邀宾客凭通关密语入场,所有人都得上缴手机,免得照片外流,所有与会者也都不别名牌,遇人打招呼不喊名字,晚宴会有专人带位,12点时会移到户外露台,开始进行募款赞助活动,您得代表美术馆讲几句话,今晚您的身份代号是'伯爵'。"杰西卡巨细靡遗地陈述着。

"伯爵?该不会是德古拉伯爵吧?"罗伯忍不住自我调侃一番。

杰西卡在一旁窃笑:"您今晚是代表美术馆去募款,倒是像个不折不扣的吸血鬼。"

罗伯忍不住扮起老学究,又卖起了知识:"1897年,爱尔兰作家布拉姆·斯托克写了一本《德古拉》的小说,小说中的德古拉伯爵是个嗜血、专挑美女下手的吸血鬼。2005年,美国作家伊丽莎白·科斯托娃发表了长篇小说《历史学家》,更是掀起了另一波吸血鬼热潮。还好我不嗜血,对《历史学家》小说里的无字天书也不感兴趣,更不爱在夜里活动,我要真是德古拉伯爵,今晚不吸血,要的是那把能开启天堂之门的钥匙!"罗伯意有所指,但杰西卡却似乎满头雾水,不知如何接腔。

杰瑞放下了电话,呆坐在椅子上,刚刚甘比的那通电话,让他陷入了沉思。

"解剖后,确认亚历克斯是死于心肌梗塞,死亡时间比陶比斯被宣告死亡的时间早三个多小时,合理推论,亚历克斯的尸体应该早就进了医院,等陶比斯被宣告死亡送进停尸间时,尸体被掉包了。但谁能在神不知鬼不觉下主导这一切?罗伯曾提到貌似陶比斯的人坐在卡尔的车子里,难道陶比斯真的还活着?那故布疑阵为的又是什么?"杰瑞自言自语推敲着,"这其中卡尔搞鬼的成分很大!"

他马上敲起了键盘,在网络上搜寻了一阵,"Bingo!原来医院曾经向大通银行融资扩建,扩建后,卡尔还曾出任医院的董事,可见融资案卡尔帮了不少忙。但卡尔为什么要大费周章让陶比斯假死?陶比斯又为何要配合卡尔演戏?"正百思不得其解,一个报告声打断了杰瑞的思绪。

"报告长官!昨晚的车祸鉴定报告出来了。"

杰瑞翻开报告,看得发傻,"这车祸可不是意外,是谋杀!"

他向递上报告的属下喊了一声,"有找到那辆科尔维特的车主吗?"

"说是 FBI 已经接手调查了,不能透露更多细节。"

"FBI 接手了? 那案情肯定不单纯!"杰瑞自行揣度着。

他拨了通电话,"小老弟,我是杰瑞。想跟你打听一件事。"

电话那头马上亲切了起来,"老哥,是你啊! 无事不登三宝殿,有何贵干啊?"

"听说你们局里接手了昨晚那件长岛快速道上的车祸意外?"杰瑞先来个旁敲侧击。

"老哥,你等等啊! 我换个地方跟你说!"对方的音调突然降了下来。"……是这样的! 昨晚那车祸不是意外,是谋杀案! 左后轮是被子弹射破的,车主是疯眼的手下,有情报说疯眼准备今晚大干一场,地点就在布鲁克林桥下的餐厅。"

"你确定就是桥下的那间 River Cafe?"杰瑞再次确认。

"是啊! 就是那间,我们的人已经就地部署了!"

杰瑞看了一下手表,"糟了! 已经 10 点过一刻了,罗伯应该已经在路上了!"

"谁? 你说……"等不及对方问完,杰瑞就挂断了电话,马上又拨出了一通。电话响了一阵,转进了语音,"该死! 竟没接电话!"他挂断,再重拨了一次,还是没接。杰瑞二话不说,抓起椅背上的夹克,赶了出去。

18

罗伯依原定安排说了通关密语进了餐厅，上缴自己的手机后，便四下寻找詹姆士、大卫和卡尔的身影。他一转身刚好见詹姆士走了进来，便趋步向前。

詹姆士等罗伯一靠近，便把罗伯拉到一旁说话，"大卫和卡尔今晚不会出席，他们临时有事。"罗伯听罢，才要开口，硬被詹姆士打断。"美术馆的扩建计划，希望你多费心，尤其融资的部分更需要大通的协助，所以你得对卡尔多下点功夫！"罗伯听得出詹姆士的言外之意，这次倒也没急着打断，就静静听着。

"另外，有件要事需要你接续促成，这是菲利浦在位时就一直推动的案子。我想你应该听他谈过那批二战时被纳粹掠夺的艺术品……"这时罗伯可按捺不住了，"不就是卡尔家里的那批吗？"

詹姆士刻意忽略罗伯的提问，"我指的是还有近20万件下落不明的掠夺品。这些作品的主人，大都死于二战，其后代家属也难举证所有权，未来不会有棘手的诉讼问题。如能找到这些艺术品,我打算挑些好点的作品通过大通做抵押贷款,好回馈大通在扩建计划上的帮忙,到时候需要你的鼎力协助。"

"我的鼎力协助?你们该不会要我去找这批作品吧?既然这批掠夺品都还没下落,又何必急着现在运筹帷幄?"罗伯故意试探。

"我想不用我多说,你应该知道今晚聚会的成员背景吧?"詹姆士拐了个弯,提点了一下罗伯。

罗伯干笑了两声,清楚詹姆士只是大卫和卡尔的传话人。"'堕落天堂之钥',可不是吗?你自己也是一员,菲利浦、大卫、卡尔……都是!你们葫芦里卖什么药?本来我还有点糊涂,当你一提纳粹的掠夺品,我全明白了!"詹姆士的提点,再笨的人,都能联想。

"你老实说,菲利浦的死是不是你们下的手?"罗伯再也忍不住,刻意在詹姆士的耳旁压低了音调。

"菲利浦不长眼,不但干不了大事,又碍事,这是他自找的!"詹姆士以牙还牙,面不改色,一点也没被罗伯的语气威胁到。

"所以真是你们下的手?"罗伯进逼。

"他只是在被嫌弃的时刻,刚好哮喘发作走了。还好老天有眼,让他尽快脱离苦海,免得害了大家!"詹姆士一副事不关己。

此时,服务员上前示意两位入座,罗伯与詹姆士互看了一眼,一个带点轻蔑,一个恨意难消,一前一后,纷纷入座,但罗伯的眼角余光仍没放弃搜寻陶比斯的身影。"如相信我,明晚10:30于River Cafe见! ——陶比斯",陶比斯昨晚留下的信息,在罗伯的脑海里再次盘旋着。

珍妮下了出租车,直奔布鲁克林桥下的冰激凌工厂,工厂就紧挨着River Cafe餐厅。她快步穿过衣香鬓影、鱼贯入场的宾客,心想今晚一定又是包场派对,但她无心驻足一探究竟,心里一直惦着今晚的目的,不自觉地加快了脚步。

一走进冰激凌工厂的河滨步道,珍妮远远就看到一个熟悉的背影,倚着河边的栏杆,眺望着东河对岸的曼哈顿天际线。这是他们以前最喜欢干的事,吃完晚饭,"待会去哪逛逛?""去老地方啰!"往事历历,一切尽在不言中。珍妮远远地望着,不急着靠近,几次的生离死别,现在连她自己都开始怀疑眼前这个熟悉的背影,会不会又是过度思念的一种投射?她内心仍然纠结,如果陶比斯还活着,她要用什么心情去面对这个事实,毕竟在这段时间里,她已学会把思念掏空,把这个男人彻底从自己的生活中删除,但看着眼前略显瘦削的身影,此时珍妮的脑海里再也塞不下陶比斯以外的记忆,医院里令她伤心欲绝的场景,昨晚在吧台静静地陪着她的那股熟悉的气味,还有另她再次手足无措的短信。如今站在"老地方",她却没有久别重逢的喜悦,倒庆幸陶比斯没死在自己的手里,也庆幸自己此生仍有机会卸下内心满盈的压抑。她就远远地看着,看着这个曾经令她心碎的身影、曾经令她自责的旧爱，几度在内心抛弃又割舍不下，即使眼前的事实让她的心碎和自责得到解脱，但她知道此刻她仍缺乏接受真相的勇气。

杰瑞深知飞车也难在午夜前从东汉普顿赶到布鲁克林的River Cafe，便套点老交情，乘着朋友的直升机降落在曼哈顿中城34街的机坪，跳上事先安排好的礼车，直奔River Cafe。反正在东汉普顿，这种后院停着自家直升机的朋友倒有几个，真需要，应急都不是问题。

午夜12时一到，River Cafe里的"跨夜聚会"进行到最后的重头戏，所有人在司仪的引导下起身移驾到河边的户外露台上。

待所有人站定，司仪宣布："今晚的盛会来到最后的高潮，各位与会诸公都是各行各业的翘楚，有幸相聚于此，得拜现代美术馆之赐，适值美术馆扩建之际，亟需经费，希望各位诸公，慷慨解囊，协助高筑艺术之塔，不忘热爱艺术的初衷，更期待早日寻获通往天堂之钥！让我们举杯欢迎今晚的'伯爵'为我们即将到来的胜利祝祷！"

"吼嘿！吼嘿……"阵阵的簇拥声投向了罗伯，罗伯对刚刚司仪所提的祝祷仍没搞明白，踌躇之际，突然远方河面上传来多艘快艇的引擎声，吸引了大伙的目光，纷纷朝着快艇行进的方向望去。紧接着哒哒的机枪声在远处响起，子弹不长眼地朝着露台的人群飞射，一时火光四溅，映着残月，竟照亮了整段东河。大部分人还没搞清楚状况,还引颈远盼,直到有人溅血倒下,才意识到身处杀戮。一时哀号声四起,场面混乱,前排中弹的纷纷倒下,不时有尸体落入东河,后排的人急于逃命,失魂落魄、东躲西藏,到处寻找掩护。随着快艇的接近,枪声大作,连对岸的曼哈顿岸边景点也掀起了一阵逃命潮,以为恐攻再起,人人抱头鼠窜。在恐慌、绝望、与死神搏斗之际,整个餐厅的露台有如人间炼狱,那把通天之钥一时掉到了撒旦的手里,天堂瞬间崩坏、瓦解而堕落,宿命般地将这批自命不凡的成员带进了地狱,最后的审判结束,每个人都只剩一副臭皮囊了!混乱中,有只手拉了罗伯一把,总有人在审判后得到救赎,他一个重心不稳跌坐在地上,说时迟那时快,一排子弹就从头顶上飞过,"哒哒哒哒",紧接着一票人纷纷倒在罗伯的四周,压得罗伯动弹不得。不消几秒,有几个人从室内冲了出来,以栏杆作掩护,不时向快艇开枪还击,还一面吆喝:"把头低下!把头低下!"

珍妮一开始隐约听到从河面上传来的哒哒声,以为是今晚包场派对的高潮戏,但伴着愈来愈近的连续枪声,惊觉大事不妙,马上快步跑向陶比斯,嘴里还不忘急喊着:"陶比斯!赶快离开河边!低下身子⋯⋯"陶比斯转过身,才望向珍妮,还来不及开口,身体便随着一阵枪声应声倒下。

"不!不要!"珍妮趴下身子,就地掩护,眼睁睁地看着陶比斯在她的面前一动也不动地躺在血泊中。

枪声一过,顿时恢复寂静,珍妮死命地往陶比斯的方向爬去,她双手托着陶比斯的头,让他靠向自己,陶比斯看了珍妮最后一眼,在她的怀里断了气。珍妮明白,这次面对的死亡已是任何假设都改变不了的事实,连在她的呼吸里都嗅得到死亡的气味。刚刚望着陶比斯背影,才确认他死而复生,还来不及呼唤他的名字,一下子又被死神唤了回去,也许是劫躲不过,装死也难掩死神的耳目。"我怀着一丝的希望,难道就是为了等待拥抱你离去的这一刻?"她再也挤不出一滴眼泪,抬头望着天边的残月,张着嘴却哭喊不出声来,河边的风带着一股血腥,轻轻地从脸上拂过,吹乱了她的发梢。珍妮生平第一次感到生命竟然可以这么容易从她的指间溜过,不曾停顿,头也不回,任凭那股微风在黑夜里泣诉着陶比斯的名字,把过往的记忆吹散,无影无踪……

一时警笛声四起,急促闪烁的警车灯照亮了诡谲的夜空。罗伯心有余悸,还来不及反应,就被拉了出来。他望向身旁,杰西卡的尸体就硬生生地躺在他的脚边,他两眼无神地看着她零乱的头发,逐渐模糊了视线。他眼眶噙着泪,不知是惊吓过度,还是对杰西卡的舍身护己感激涕零,还是哀悼生命的瞬间流逝。

杰瑞赶到,他这辈子生平第一次看到眼前这种景象,四处布满弹孔,断垣残壁,横尸遍野,不禁倒咽了几口口水。他东寻西找,看到罗伯呆坐在餐厅大门外的台阶上,便趋步向前。

"罗伯!你还好吧?"杰瑞挨着罗伯坐下。

罗伯抬头看了杰瑞一眼,原本不发一语,不是不想开口,是说不出话来,最后才勉强从嘴里吐出:"活着就是一种希望吧!"他示意杰瑞将他撑起,他站起后停了几秒,"我们走吧!离开这个人间炼狱,天堂离这里愈来愈远了!"

步出餐厅,往车道走了几步,罗伯仍不忘寻找陶比斯的身影。

"有陶比斯的消息吗?"罗伯问杰瑞,杰瑞摇头示意。突然罗伯停下脚步,望向冰激凌工厂旁的河滨步道,一个熟悉的身影,瘫坐在地上,倚着栏杆,杰瑞也顺着罗伯的视线望去,"那不是珍妮嘛!"有了杰瑞的确认,罗伯缓步走向坐在地上的珍妮,这才看清楚还有名男子躺在珍妮的怀里,罗伯心里马上闪过不祥的预感。

"这不是陶比斯吗?"杰瑞一眼便认出来。

罗伯默默无语,望着躺在血泊里的陶比斯,这个曾经让他又爱又恨的学生。"约了我 10:30 见面,终于让我见到你了!"罗伯话一讲完,珍妮强忍的压抑为之溃堤,眼泪顺势夺眶而出,但她内心的哀嚎,却湮没在尖锐的警笛声中,一闪一灭的警车灯,引导着今晚的冤魂走向无边的天际。

杰瑞走近血泊中的陶比斯,他的目光突然凝视着地面,他意外的发现马上打破了夜的寂静,"陶比斯的右手有摊血渍,好像写了什么东西?"

珍妮两眼蒙眬地挪了挪身子,看向杰瑞手指的方向,罗伯也凑了过来。

"好像是 lost 什么……后面看似还有两个字母！"杰瑞来回端详着，试着拼凑各种可能。

珍妮拭去脸颊上的眼泪，突然用沙哑的声音吐出了几个字："应该是 JP，JP Morgan 大通银行，'消失的大通银行'！但这是什么意思？莫非陶比斯暗示这跟卡尔有关?"

罗伯在惊吓过度之后，神情略显恍惚，听了珍妮的推测，也勉为其难地思索了一阵，他看着地上的血渍，抬起头又看着珍妮，似乎从珍妮的推测里意识到了什么，这才慢慢从嘴里迸出了他的看法："JP 也许是 Jackson Pollock 的缩写，lost JP 意指'消失的波洛克'！"罗伯说罢，三人不再言语，任凭黑夜里的冷风在耳际呼呼作响。

19

珍妮拖着落寞、疲惫的身子回到陶比斯的住处。一进门,竟是满地狼藉,阳台的落地窗半开着,白色的纱帘有如祭幡随风飞舞,在黑暗中张牙舞爪,散落一地的文件、书籍被吹得啪啪作响,每个衣柜大开,衣物洒满了各个角落,整个房间好像被人开肠破肚,惨不忍睹。入侵者来势汹汹,大剌剌地留下所有的足迹,鞋印布满了地板,甚至床单,根本没心思要掩盖证据。

"就来一个人!"珍妮看着相同的鞋印,马上做出了判断。

她本想下楼追问门房,查询任何可疑的访客,但决定先按兵不动,知道来者要寻找的目标,也许就能解开侵门踏户之谜。

她一眼发现书桌上的手提电脑不见了,接着到处打量被移动过的每寸地方。这公寓虽是陶比斯的住处,但房里的每个角落、一花一草、不同空间里的气味,甚至陶比斯每件穿过的衣物,她都了若指掌,只要放在眼睛看得到的地方,都难不倒她。倒不是她爱窥人隐私,她从没自己打开过陶比斯的衣柜、抽屉,甚至翻找过房里的垃圾桶,更别谈偷看他的手机,毕竟交往之初,她就意识到两人是独立的个体,有各自的生活空间和习惯,摸熟了陶比斯住处的摆设,只是让她来到这里时,有份特别的安全感。珍妮并不想破坏现场,她发现除了电脑外,大部分的摆设都还在,就连陶比斯心爱的那尊贾科梅蒂的人物雕塑模型,都还直挺挺地摆在桌旁的矮柜上。她心想,这可不是一般闯空门的窃贼,不偷东西,只为寻找特定的目标。她越过一堆抖落在地上的衣物,仔细地检查衣柜里的物品,每个抽屉都开着,但不清楚陶比斯抽屉里放些什么,她好奇地逐一检视散落的物品,倒没什么大发现,突然瞥见衣架上有条类似军装的卡其裤,印象中不曾见陶比斯穿过这条长裤。她伸手把它从衣架上取了下来,裤子已系上了皮带,皮带扣上竟蚀刻着跟陶比斯手腕上一模一样的刺青图案,两个口袋都被往外翻出,看来也未逃过一劫。就在珍妮把裤子吊回衣架之际,皮带扣应声松了开来。珍妮定神细视,皮带扣的旁边还粘着黑色立体的防窃标签,"这种皮带铁定是订制的,不可能在一般百货店里买得到,怎会有这种店里常用的防窃标签?"她用指甲抠了抠,竟把标签给抠了下来,放在手里一看,不禁莞尔,"难道他们要找的就是这个东西!"一张迷你的SD卡,珍妮小心翼翼地把它放进了她包包的夹层里。

罗伯回到酒店,在椅子上呆坐了半响,对今晚发生的一切仍心有余悸,生平第一遭在鬼门关外徘徊了一圈,即使劫后余生,身体里的每个细胞仍惊惶地呐喊着,一合上眼,便是一幕幕的杀戮,睁开眼,就见自己悬在地狱的边缘。连续几天,好友一个个走了,一时无法确认自己是否还真实地活着,也许经历这场杀戮,不得不怀疑自己是否患上了创伤症候群。情绪虽低落,恍惚之外的心思,仍被陶比斯最后留下的线索牵引着,到底"消失的波洛克"暗喻着什么?也许从卡尔的那六张波洛克作品着手,能找出蛛丝马迹。他拨了通电话,知道接电话的人应该也还没入睡。

就在珍妮放妥 SD 卡之际,突然响起的手机铃声,着实把她吓出了魂,这么晚了知道她未入睡还来电,不消说也猜到是谁。她眼也不瞧来电显示,接起电话劈头便问,丝毫不假辞色:"你倒想起我啦?是来确认我是否还活着?"

"珍妮!是我,罗伯。你还好吧?"罗伯对珍妮突如其来的反应倒没在意,心想也许不只他一人患有创伤症候群,仍勉强打起精神问候珍妮。

珍妮一听到罗伯的声音,尴尬地立即转换了心情和语调:"我在陶比斯的公寓里,他的地方遭窃了。"

"那你还好吧?有什么东西被窃了吗?"罗伯想稍稍提高音调以示对珍妮的关心,但惊吓过度后,连这么丁点的情绪表现,也力不从心。

"是我来这里后,才发现公寓被闯了空门,还不知被拿走了什么?看起来不像一般的小偷,贵重的东西都还在。"珍妮点到为止,就怕隔墙有耳。

"陶比斯刚出事,家里又有不速之客闯入,铁定不单纯!你要特别小心,别久待,先找家酒店歇着。"讲着讲着,罗伯一时竟忘了来电的真正用意。

"这么晚,找我有事?"珍妮适时提点了罗伯此通电话的来意。

"我整晚脑子里都绕着陶比斯最后留下的线索打转,直觉'消失的波洛克'应该与卡尔家里那六张波洛克的作品有关。当初卡尔布局要你请我来参与讨论,事到如今,可否告诉我你所知道的内幕?"

珍妮故意不对陶比斯留下的线索发表意见,她猜测答案也许就在她找到的SD卡里,"我真不知道你所说的内幕,我当时只是奉命行事,不过,回东汉普顿后,我知道该怎么做!"珍妮确实也不明白那六张波洛克的画作到底扮演了什么角色,但她同意罗伯的看法,认为陶比斯留下的线索一定跟那六张画脱离不了关系。

挂了罗伯的电话,手机再次响起,没来电显示,珍妮不假思索,马上接起电话,这次她倒没先吭声。"珍!你还好吗?"电话那端传来熟悉的声音,但珍妮仍保持静默不语。

"我知道你在,没事就好!早点回酒店休息,别在那久待!"语毕,约瑟夫正要挂断电话,珍妮忍不住出声,"你都干啥去了?难道你的情报没告诉你今晚的杀戮?你明知陶比斯在那约了我,你为一己之私,只想利用我探究你要的答案,竟不顾我的死活,连个警告都不提,现在猫哭耗子,还有脸来问我好不好!"珍妮连珠炮般吐完怨气,挂断电话前,她又补了一句:"离我远一点,别老是跟踪我!"她理了理情绪,整了一下仪容,开门走了出去,她知道这一走,也许再也没机会踏进这个门了。

罗伯睁开眼睛时,已近中午时分,原以为睡不着,身子还是耐不住整晚的煎熬和疲惫。他一下床便瞧见门缝边有封信,以为又是酒店急着送账单,拆开信封,一张迷你SD卡从里面掉了出来,一张纸条上写着:"在陶比斯房里找到的,希望有助于解开谜底。"罗伯知道这是珍妮送来的。

罗伯迫不及待地把SD卡塞入手提电脑的读卡槽里,发现要输入密码才能进入。罗伯自知非此专业,不假思索把卡退了出来,马上拨了通电话给杰瑞。

"是你吗?罗伯!"电话那端的杰瑞声音中带着困意。

"老兄,你还没醒来?打扰你了!"

"我昨晚回到东汉普顿时已近清晨,怪折腾的!又出了什么事吗?"杰瑞的声音一下子转为清醒。

"需要你协助破解一个密码。"罗伯没多解释,杰瑞也没多问,两人心照不宣。

"那得把那玩意带到我这来,我好让专家处理。"杰瑞点到为止。

"那下午我亲自送过去。"罗伯也没啰嗦。

20

珍妮坐在通往东汉普顿的通勤火车上,因为是周六,没了上下班的人潮,整个车厢显得冷清,伴着车轮飞转的节奏,她两眼无神地望着窗外,景物依旧,但此刻的心情却恍如隔世。当年来到东汉普顿,纯粹是为了帮自己舅舅的忙,却不小心把自己给卷入了旋涡,一下子死了一票人,现在连陶比斯都走了。她突然觉得自己无依无靠,卡尔又对她心生猜忌,这让她进退两难,依着他、逆着他,都不是最好的选择,虽说自己也没什么要顾忌的,大可一走了之,但事情总要有个了结。昨晚陶比斯真的走了,就在自己的怀里断了气,但她想从卡尔的嘴里听到,为什么之前陶比斯要装死?为什么陶比斯紧挨着她却不认她?为什么陶比斯要约她在老地方见?为什么?有千万个为什么,即使连卡尔都可能回答不了,也许就连老天爷也没有答案。

珍妮走进客厅,只见卡尔一个人枯坐在沙发上,见她进来,头也没抬,偌大的空间,只有珍妮的呼吸声和脚步声,而刚刚内心所有的纠结,千百个疑问,都给凝在这冷空气中。珍妮停顿了几秒,发现自己开不了口,想掉头就走。突然,一个低沉、洪亮的声音划破了这道冷空气,"很高兴你活着回来!"卡尔一出声,瞬间把冷空气凝成了冰。

珍妮杵在原地,不知该如何接腔。她知道丹尼尔和陶比斯的死,让卡尔的布局全乱了套,现在人去楼空,见他一个人孤零零地坐在那,像是风烛残年的老人,差点挑动了珍妮的恻隐之心,但随之而来的那句话,又把珍妮打回现实。

"昨晚陶比斯临死前跟你讲了什么?"卡尔维持冰冷的语调,每每开口,空气中便增添一股寒意。

"我赶到时,他已断了气!"珍妮无须掩饰,也就答得直接,她心里清楚,卡尔该知道的都已经知道了,还不知道的,从她嘴里也问不出所以然来。

"我费尽心思,想保他一条命,之前还煞费苦心将他跟亚历克斯的尸体掉了包,就是为了帮他躲避疯眼的追杀。他背着我,冒着危险偷偷去见你,铁定有什么话想跟你说,现在连个屁都没放,就赶着去见上帝!"卡尔冷笑了一声,只见他脸颊抽搐了一下,接着说,"知道疯眼为什么要对那些人下手吗?"卡尔还是没瞧珍妮一眼。

"听说与'堕落天堂之钥'有关。"珍妮只要在卡尔面前,就乖得像绵羊,总是有问必答。

"听谁说?"卡尔把这三个字压得不能再低。

"约瑟夫。"卡尔问得短,珍妮也答得简洁。

"之前丹尼尔被追杀,死于车祸,我已损失一员大将,但他一死,菲利浦的死因也跟着石沉大海。现在陶比斯又挂了,把这局全给打乱了,唯一的线索也断了!他死前可曾跟你提过纳粹掠夺品的事?"

"你是指挂在廊道里的那些画吗?"珍妮装糊涂。"等等!我刚刚没听明白,你说丹尼尔一死,菲利浦的死因也跟着石沉大海?这什么意思?"

卡尔再次干笑了两声,"你是聪明人,知道我讲什么!我也明白,即使陶比斯死前说了些什么,你也不会告诉我,因为你早已不当我是老板了!"卡尔心里明白,珍妮不至于出卖他,但也不会站在他这边。

珍妮就杵着,听着卡尔发牢骚,她闷不作声。

"看来我们的缘分已尽,既然你还活着,我也好跟你妈交代!你整理一下,待会儿就离开这里,别再回来了!"珍妮不敢相信,卡尔就这样放过了她,这种不寻常,反而让她感到不寒而栗。

珍妮正想开口,还不知自己要说些什么,就被卡尔的手势制止。"你下去吧!我待会儿要出门,就不送你了!"卡尔挥着手,当然不是道别,而是暗示珍妮赶快从他眼前消失。

珍妮也省了道别,不动声色地离开了客厅,临走前,卡尔还是没抬起头来正面看她一眼。她沿着廊道往自己的房间走去,发现原本挂在廊道上的那些画都被包了起来,她开始担心展厅里那六件波洛克是否也被取了下来。她加快脚步,开了通往游泳池的门,上了台阶,远远便看见那六张波洛克依然挂在墙上,她松了口气,心里盘算着接下来的计划。

罗伯把SD卡揣进了上衣口袋,赶忙搭上开往长岛的通勤火车,直奔东汉普顿。一下车,杰瑞的货卡已等在外头。车上,两人话不多,车子飞驰着,比杰瑞平常的速度快了许多,大家心里都急着想要解开陶比斯留下的谜题。

一到局里,杰瑞领着罗伯径直往科技组办公室奔去,一面大声吆喝"叫那印度阿三过来一下",一面把罗伯带来的SD卡塞入电脑的读卡槽里。

不久,里面出来了一位高挑、黝黑、五官干净、眼神黠慧的年轻人。

"阿吉,这卡设了密码,麻烦你看能不能解开?"杰瑞有所请求,语气一下变得柔和。

三个人紧盯着电脑屏幕,在静止的空气里,除了敲击键盘发出的声音外,就只剩杰瑞和罗伯的呼吸声,压得阿吉喘不过气来。

"可以请两位先到旁边歇一会儿吗?"阿吉实在忍不住,表达虽客气,但语调却没好气。

杰瑞和罗伯不情愿地各自找了张椅子坐下,两人没交谈,一副心不在焉,但眼神都盯着阿吉的电脑。

阿吉突然比了个手势,伸了个懒腰,杰瑞和罗伯两人都不约而同地跳了起来,以为有解了。

"解开了吗?"杰瑞迫不及待地问向阿吉。

"还没!还没!我刚刚只是伸展一下手指而已!"阿吉说完便不再搭理,径自忙了起来。

就在此时,杰瑞的手机响起,尖锐的铃声把罗伯内心的纠结拧得更紧。

"哪位?"杰瑞没好气,接起电话劈头就问。

"我是……珍妮!方便……话……吗?"珍妮的声音断断续续,带有杂音,还严重延迟。

"你在哪?信号不好,有干扰!"杰瑞直觉珍妮可能被窃听,或处在一个密闭空间,或地下信号不好的地方。

"我……在卡尔……的……处!待……会能……来……我……"信号实在太差,但这是珍妮在卡尔的房子里,唯一能与外界联系的信号点了,她庆幸当时用铅笔做下了记号,直觉总有派上用场的时候。

"信号太差了!我实在听不清楚你讲话……"杰瑞话没讲完,对方的电话就断了。

没待罗伯追问,杰瑞自己倒先急了起来,"珍妮好像已回到卡尔的住处,但听不清楚她后面说的,会不会发生了什么危险?"杰瑞向罗伯使了个眼色,二话不说,两人很有默契地冲出了警局。出门前,杰瑞不忘向阿吉交代一声:"解开后马上通知我!"阿吉两眼死盯着屏幕,没闲工夫理会杰瑞。

珍妮急着重拨电话给杰瑞,但这次连一格信号都没。她搁下手机,心里盘算着如何把那六张波洛克的画作带离卡尔的住处,本想要杰瑞开车来接她,他的货卡恰好能派上用场,尤其在这节骨眼上,也管不了监视器的监控,就是硬干也得把那六张画给运出去,难得卡尔又刚好不在,机不可失!

珍妮迅速冲出房间,争取时间把画从展厅墙上取下,管不了是否有人监看,反正到时见招拆招。突然她闻到一股烧焦味,转头一看,主楼正冒出阵阵浓烟,她心里一惊,"失火啦!"赶快往展厅外跑去。

不一会儿,火苗竟从主楼的门缝里蹿了出来,她看火势愈来愈大,也不知是否有人报了警。她二话不说,又冲回展厅,一手各抱起三张画,一口气冲到外面的停车场,把画给搁在地上,又准备冲回去自己的房间把包包和手机拿出来,但才到泳池旁,她就被浓烟呛得前进不得。就在她退回停车场之际,突然听到阵阵急促的喇叭声,回头一看,竟是杰瑞的货卡,她一鼓作气,双手再度抱起地上的画,一路往大门方向跑,人还没到,就见杰瑞和罗伯已翻墙过来接应。

三人先把画给放到车的货架上,盖上了帆布,再转身看着整栋建物被大火慢慢吞噬。三人互看了一眼,无言以对,杰瑞拨了通电话给消防局,一面示意大伙上车,烈火浓烟近在咫尺,三人束手无策,只好速速驶离现场。

回到警局,杰瑞快步直往科技组办公室奔去,看到阿吉眉头深锁,两眼仍紧盯着屏幕,十只手指不停地在键盘上敲来敲去。杰瑞心里一沉,知道大势不妙,看来还得等上好一阵子,才会有好消息。

"你打开过陶比斯的 SD 卡没?"杰瑞转身问珍妮。

"没有!我在陶比斯公寓找到那张卡后,就直接送去了罗伯的酒店。有什么问题吗?"

"设了密码,解不开!"杰瑞一脸无奈。

"不是解不开,是文字迷宫上少了一行关键字,兜不起来!"阿吉不服输,远远听到杰瑞这么一讲,有损自己的专业,连忙解释。

"什么关键字?"杰瑞问。

"消失的什么?"阿吉话才出口,杰瑞、珍妮、罗伯三人竟异口同声说出:"消失的波洛克!"声音大到阿吉吓得把手里的鼠标摔到地上。

"什么波洛克?我就只需要两个字!"阿吉一头雾水,搞不明白为什么这房里就他一个人处在状况外。

"你就打 JP 两个字就行!"杰瑞说得快又简洁。

不出两秒,阿吉高兴地从椅子上跳了起来,双手高举,手舞足蹈,"解开了!解开了!"

"你有什么好乐的?又不是你解出来的!"杰瑞挖苦他。

"我可是花了大半天的时间推敲,你们才贡献两个字而已!"阿吉还是不服气,嘴里嘟哝着,拖着不情愿的步伐,步出了办公室。

杰瑞、罗伯、珍妮又不约而同地挤到阿吉的电脑前,三人紧盯着屏幕,屏气凝神,由珍妮把一个个文件打开。

"看来亚历克斯死前曾与卡尔达成协议,要卡尔先收购疯眼那六张波洛克的滴画,确保他死后,分居的妻儿不会受到疯眼的追杀,他就愿意透露那批纳粹掠夺品的藏身处作为交换。卡尔于是利用了陶比斯居中撮合,骗得与疯眼合作寻找那批纳粹掠夺品,所以疯眼给了画,但亚历克斯死前,并没把那批掠夺品的藏身处告诉卡尔,但把线索给了陶比斯。卡尔接手了疯眼那六张波洛克的画,陶比斯本以为给自己解了套,但卡尔没付钱,掠夺品的藏身处又没着落,最后他被夹在卡尔与疯眼之间,进退两难,为了自保和保护我免于陷入险境,意外落水后配合卡尔的安排假装溺毙,一来避开疯眼的追杀,二来卡尔也能保全掠夺品藏身处的唯一线索!"珍妮试着整理来龙去脉。

"所以亚历克斯一死,便以亚历克斯的尸体替代了在医院被宣告死亡的陶比斯。后来疯眼知道被骗,赔了夫人又折兵,便大开杀戒,要手下在布鲁克林疯狂扫射'堕落天堂之钥'的成员,结果阴错阳差,把陶比斯一起给杀了!"杰瑞进一步补充。

"一开始,陶比斯并没把波洛克和掠夺品的关联告诉卡尔,所以卡尔才会想着把那六张波洛克循以往大通捐赠的模式,送进美术馆。之后,陶比斯在卡尔和约瑟夫的威胁下,才吐露了一些线索!"罗伯也发表了意见。

"而卡尔家里廊道上那批艺术品,则是向亚历克斯买的!

亚历克斯知道自己行将就木,与卡尔谈了交换条件后,把手里那批纳粹的掠夺品也卖给了大卫或卡尔,除了安顿妻小,又能向卡尔他们证明,他确实知道那批尚未曝光的掠夺品下落!"珍妮补充。

"亚历克斯是如何找到那批纳粹掠夺品的?"杰瑞不解。

"亚历克斯的父亲赫伯特·梅特二战时曾加入纳粹,参与扫荡'堕落艺术'(degenerare art)的工作。纳粹主义在种族议题上标榜所谓的雅利安美感,意图建立一个纯雅利安基因的超人国度,而德国表现主义中的原始意象,恰恰呼应了纳粹回归雅利安血统的呼声。1937年,在慕尼克举办的'堕落艺术展',更把种族问题借艺术加以仇视化,借此掀起了大规模的屠杀和迫害犹太人,所以'堕落艺术',顾名思义就是腐败文明下所制造的艺术,也包括那些犹太人收藏的艺术品。赫伯特参与其事,当然清楚地知道那些掠夺品的下落。"罗伯侃侃而谈,顿时把警察局当成了他的讲堂。

罗伯突然皱起眉头,接着说:"但我还是不明白,波洛克的画跟那批纳粹的掠夺品有什么关联。波洛克是二战后美国抽象表现主义画派的代表,其表现形式是一种个人自由意志的极致,美国跟苏联冷战时期,波洛克、德·库宁(Willem de Kooning)、罗斯科(Mark Rothko)等抽象表现艺术家的作品,甚至被美国用来作为统战的工具,对比苏联社会写实主义作品僵化且传统的形式和内容,美国抽象表现的画风更能凸显民主国家的自由精神，所以我真不明白，那六张波洛克的画到底暗藏着什么线索，能与那些纳粹的掠夺品扯上关系。"

"连你这位大师中的大师都想不透，我们更没辙了！"杰瑞双手一摊，一脸无奈。

"除非那六张波洛克的画被刻意加上了线索！"罗伯补充。

"也许我们可以先从亚历克斯那批波洛克的画着手，当初在他父亲的仓库里发现的三十二件作品中，有二十二件滴画，如果我们能凑齐这些滴画，也许就能找出蛛丝马迹。"珍妮建议。

"那我先来联系当年鉴识亚历克斯所藏波洛克作品的机构和几个主导研究的专家，看看有什么线索。"罗伯落实珍妮的建议。

21

约瑟夫在AXA保险公司的纽约总部大楼里认真地听着简报,总部的会议室少见如此的大阵仗,挤满了媒体记者和电视台的摄影机,理赔部的经理肯特正回答着媒体记者的发问。

"火灾的鉴定报告已经出炉了吗?"记者甲提问。

"还没!"看得出肯特有点紧张,整个人油光满面,紧张到挤不出皱纹,但眉头锁得深,粗短的浓眉把眼睛压得更小。

"这场火灾是意外,还是人为纵火?"记者乙提问。

"火灾的鉴定报告出炉前,我不便作任何假设性的推论。"肯特四两拨千斤,还算镇定。

"屋主是否就是大通银行的副总裁?这房子的产物保险保额有多高?"记者丙提问。

"是的,登记的屋主是大通银行北美区的资深副总裁,房子的保额近30亿美元。"肯特语毕,全场发出惊叹声。

"最高的保额是什么项目?"记者丁提问。

"艺术品。"肯特答得简洁有力。

记者丙突然抢着提问:"那光是艺术品的保额有多少?"

"近27亿。"又是一阵惊呼。

"当时是委托哪个机构做鉴定、鉴价?"记者丙穷追猛打。

约瑟夫特别转头看了记者丙一眼,好奇是哪家媒体的记者,原来是《华尔街先锋报》。约瑟夫知道这场大火绝对是卡尔断尾求生的诡计,但卡尔留下的狐狸尾巴可能让他尾大不掉,约瑟夫握此良机,打蛇随棍上,特意安排这场记者会,让媒体顺势明查暗访,把焦点转向卡尔身上。看来,这场火已引起《华尔街先锋报》的关注,接下来一定会延伸出保险理赔和冲击保险业生态的议题,甚至开始追查大通银行对现代美术馆的捐赠案,连卡尔的个人资产可能都会被媒体放大检视。《华尔街先锋报》过去几年揭发了不少华尔街的内线交易和不当炒股的内幕,约瑟夫知道,只要借力使力,不难把卡尔给逼上台面。

"鉴定、鉴价是委托三个专业机构共同完成,一家画廊、一家拍卖公司和AAA美国鉴定协会。"肯特对答如流,似乎已掌握了节奏。

"被烧掉的作品都是卡尔副总裁的个人收藏吗?"记者丙接着问。

"是不是个人收藏,我无从得知。"肯特保持一贯的简洁。

"都是什么时期、哪些艺术家的作品?"隐身后排的记者突然提问。

"我仅能透露都是一些重要艺术家的作品。"肯特分寸掌握得宜。

"2006年以一亿四千万美元成交的那件波洛克的 *Number 5*,在此场大火中也烧掉了吗?"后排的记者又发声,引起前排记者转头关注,因为所问的问题显得专业且对卡尔的收藏似乎有所掌握。

这问题把原本稳如泰山、有问必答的肯特给问急了,他忍不住向台下的约瑟夫使了个眼色,只见约瑟夫轻轻摇了摇头。但肯特不明白约瑟夫摇头的意思,只好硬着头皮说:"对于在这场大火中烧掉的艺术品,必须经过严谨的火灾鉴定调查,才能确认哪些作品已全部烧毁,哪些还能修护,才能作出理赔的结论。"语毕,肯特又把目光投向约瑟夫,约瑟夫狞笑不语。

"据说副总裁的家里藏有一批当年二战纳粹掠夺的艺术品,也都烧掉了吗?"后排的记者仍穷追猛打,一时会场交头接耳,议论声四起。

"保险公司只针对具保的产物做鉴定、鉴价和损坏理赔,无权过问产物的取得过程或来源。"肯特已蛇引出洞,见好就收。

"今天的记者会就到此结束,待火灾鉴定报告出炉后,会再另行召开说明会。"肯特留下整场议论纷纷且错愕的媒体。

会后,肯特远远地向后排的那位记者微微点头示意,一切尽在不言中。

罗伯回到旅馆后,发了几封电邮给当年鉴识亚历克斯所藏波洛克作品的机构和几个主导研究的专家,想确认有无卡尔那六张波洛克作品的资料,也联系了当年帮亚历克斯贩卖藏品的兰朵画廊,以便探询买家的下落。其中,哈佛的史特劳斯材料和修护研究中心的主任李察·纽曼率先回了信,提到当年的研究团队只被要求再次确认颜料的成分,也证实了画布上的亮橘色颜料是波洛克死后才有的颜料,主导的研究机构便推论那批作品为伪作,但他认为这种推论偏颇且证据薄弱,也许有人在波洛克死后,刻意在这些画布上加上亮橘色,用以掩人耳目,避免被波洛克遗孀李·克莱斯纳所成立的基金会追讨。罗伯觉得理查的假设不无道理,唯有把那些画布上有亮橘色颜料的作品重新找来检视一遍,也许就能找出症结所在。现在手里已经有了卡尔那六张画作,他得尽快找到另外那十六张滴画作品才行。

珍妮也忙着寻找相关的线索,她在《纽约人》杂志上刚好找到一篇有关波洛克画作鉴识的文章。加拿大蒙特利尔有位备受业界推崇的鉴识专家——彼得·皮洛,自行发明了一种鉴识仪器,可以拍下画布上找到的指纹、头发等画家作画时遗留的生物证据,再把这些找到的证据跟美术馆所藏该画家同时期同风格作品上采集到的生物证据做比对,透过这种研究方法,彼得让不少原本被断定为伪作的艺术品重生。珍妮马上发了封电邮给彼得,询问他是否愿意帮忙?就在此时,电视新闻正播放着卡尔豪宅大火的消息,珍妮马上放下手边的工作,转身凝视着电视荧幕。

"昨天下午纽约沙佛克郡的东汉普顿市一处豪宅发生大火,几栋建筑物短短一两个小时被夷为平地,屋主是大通银行北美区的资深副总裁卡尔·萧,火灾发生原因还在调查,目前无人伤亡,但屋内总值近30亿元的资产全部付诸一炬。"接着画面切到了记者会的现场。

"被烧掉的作品都是卡尔副总裁的个人收藏吗?"记者问。

"是不是个人收藏,我无从得知!"保险公司理赔部经理肯特回答。

"都是什么时期? 哪些艺术家的作品?"又有记者提问。

"我仅能透露都是一些重要艺术家的作品。"肯特答。

"2006年以一亿四千万美元成交的那件波洛克的 *Number 5*,也在此场大火中烧毁了吗?"后排的记者又追问。

此时的镜头刚好扫到约瑟夫的表情,珍妮知道约瑟夫已正式对卡尔宣战,而卡尔不啻想利用这场大火获得高额的火险理赔,两大天王似乎已到了水火不容、贴身肉搏的时刻。但珍妮清楚知道卡尔不会让那批作品白白被烧毁,在火灾前所有作品都已打包,这明显是一场精心策划的诈保,又可把 AXA 保险公司逼上破产之路。

突然,珍妮的手机响起,一看是杰瑞来电。

"珍妮!你在看电视新闻吗?"杰瑞劈头便问。

"是的! 正在看卡尔房子火灾的报道。"珍妮一边回答,眼睛仍没移开电视荧幕。

"记者会是在约瑟夫的办公室召开的,看来是约瑟夫故意把火灾的消息放给媒体!"杰瑞似乎有点大惊小怪。

"前戏才刚上演,重头戏还在后头呢!昨天我经过卡尔房子大厅旁的廊道时,发现原本挂在墙上的画作都已打包,我到房间后不久,主楼就着火了,我见状赶忙将展厅里那六张波洛克往外搬,一到外面草坪时,你们刚好赶到!"珍妮回想着昨天的情景,仍心有余悸。

"你是说昨天那场火是人为纵火,不是意外?"杰瑞觉得不可思议。

"当然是人为纵火,为了诈保!"珍妮说得斩钉截铁。

"我想即使是人为纵火,卡尔也不会笨到被抓到把柄!"杰瑞合理猜测。

"至少我还算是个目击证人吧!"珍妮早已想好了对策,需要时,她绝对会挺身而出。她话锋一转,接着说:"对了!加拿大蒙特利尔有个鉴识专家叫彼得·皮洛,专门比对艺术家遗留在画作上的生物证据来鉴定作品的真伪,你听过这号人物吗?"

"听过!名闻遐迩!用寻得的生物证据作为画作鉴定的依据,应该比专家的经验法则来得可靠吧!"杰瑞从不相信经验法则,认为人的经验误差值大,一旦经验的养成过程有偏差,用经验作为一种判断的标准将会失准,必须辅以科学工具,才能得到客观的证据。

"人的指纹能被复制吗?"珍妮好奇。

"只要取得的指纹够清楚,就有可能被复制!但指纹停留的时间无法被复制!"杰瑞毕竟是个刑警,基本的鉴识知识是有的。

"你是说一枚指纹停留在画布上的时间不可能被复制?"珍妮追问。

"正是如此!"

"这么说来,如果我们可以证实卡尔那六张波洛克画作上的指纹与美术馆里被专家认定为波洛克真迹的画作上采得的指纹吻合,再进一步确认指纹停留在画布上的时间是否与该画作被创作的时间一致,辅以艺术史家的经验法则,应该不难认定那是一件真迹,你同意这种说法吗?"珍妮是个聪明人,一点就通。

杰瑞沉思了一下,又推敲了一会儿,"听起来似乎没什么逻辑上的问题!"毕竟画作的鉴识不是他的专业。

"如果依此方法确认那六件画作皆为真迹,那当初被专家质疑波洛克死后才有的亮橘色,应该有可能是之后被刻意加上去的,线索也许就在这亮橘色上?"珍妮的推论似乎与罗伯的看法一致。

"那我来问问罗伯那边找到了什么线索?"杰瑞不是个神探,至少也是个警探,只要有助厘清案情,他都乐于居间穿梭。

罗伯收到了兰朵画廊的回复,确认当年确实经手亚历克斯那批波洛克滴画的买卖,也证实了苏富比的陶比斯代客户买了其中六张。画廊也提供了其余十六张画的买家名单,共有八位买家,都住美国,其中有五位买家为买入的十张画联名上告,因为那十张画都被认定是伪作,也就是说当年只有那十张画送机构鉴定。罗伯仔细比对画廊附上的画作照片,发现被鉴定为假的那十张画确实都使用了亮橘色的颜料,而剩下的十二张,包括疯眼的那六张也都用了亮橘色。罗伯心想,只要能把这二十二张画凑在一起来作比对,也许就能从中找到线索。他根据画廊提供的资料,一一发了电邮给那八位买家,说明自己的身份和目的,至少让他们在诉讼追讨无门的绝望下,存有一丝翻案的希望,才愿意配合调查。罗伯也同意珍妮的推论,认为亮橘色的颜料有可能是波洛克死后有人刻意加上的,因为他重新研究了波洛克1946年后所创作的滴画,发现橘色系颜料的使用都出现在底层,很少像疯眼买入的那些画,亮橘色漂浮在画面的最上层,甩动的韵律不像波洛克惯用的技法,且亮橘之所以亮,是因为加上去的时间远晚于实际的创作时间。他又把其他用了亮橘色颜料的画作图片放大检视,但从图片上很难看出线条的层次感,亮橘色反而遁到别的颜色堆里,与其他线条盘根错节,难以分出你我,这就是波洛克滴画的绝妙之处!他决定就照珍妮的提议,先把疯眼那六张画送去加拿大作生物特征的鉴识,一面等待其他买家的回复。

22

位于曼哈顿44街宾州大学校友俱乐部二楼的包厢里,卡尔叼着雪茄正和大卫、詹姆士磋商下一步棋,他们都是宾大沃顿商学院前后期的校友,也是校董,这个包厢几乎是为校董客制的。三个人眉头深锁,面面相觑,不发一语,顾自抽着嘴里的雪茄,整个包厢烟雾缭绕,气氛有点诡异。

"你们俩明知疯眼那晚会采取行动,竟没事先警告我,还把我推上火线,是想趁机除掉我?"詹姆士率先打破沉默。

卡尔和大卫仍静默不语,眼神也无交集,仍顾自抽着嘴里的雪茄。

"有没有法子把那批东西放到黑市里?"卡尔若有所思,手撑着下巴望向大卫,完全把詹姆士晾在一旁。

"才出事,怕动作快了,引起关注!"大卫一副老谋深算的样子,纵横商场这么久,当然深知欲速则不达的道理。

"现在约瑟夫那小子可把矛头指向我,疯眼又紧追不放,后有追兵,前有断崖,原来的布局全乱了,看来只能针锋相对,拼个你死我活！"卡尔虽面无惧色,但看得出这次他被逼急了。

"先把那批东西给送出境,留在身边恐有后患！理赔调查也要一年半载,万一露了馅可不好！"大卫建议。

卡尔倒没回应,顾自咬着雪茄,心里似乎有所盘算。

大卫趁吐口烟的空档,见缝插针："那六张波洛克为什么没一起带走？"

"哈哈哈！"卡尔干笑了三声,只见他身旁的烟雾瞬间被笑声震了开来,"做事情得用脑袋,要懂得放长线,且要借力使力啊！"卡尔当然不是省油的灯。

"这么说来是欲擒故纵？"大卫咬着雪茄的嘴角也微微泛出邪佞的笑容。

"亚历克斯死了,陶比斯也挂了,线索全断了,现在就得将计就计,借别人的脑袋才能成事！"卡尔能在金融界打下一片江山,靠的是灵活的手腕和他的老谋深算,性格成就他的行事风格,天不转自转,总能杀出一条血路。说毕,他神情自若地又吸了两大口雪茄。

詹姆士见自己被孤立在外,忍不住插嘴："看起来,这事好像没我的份？"

卡尔本想充耳不闻,忙着弹落雪茄上的烟灰,头没抬,也没见他动过嘴角,不知哪来的声音鬼魅般地从烟雾堆里传了出来："你应该知道菲利浦是怎么死的吧？"

詹姆士立即起身,没吭半声,头也不回地径自出了房间。

包厢内又恢复了原来的安静,只见满室生烟。

　　珍妮依照罗伯的指示,把疯眼那六张有亮橘色的画作装了箱,找专人押送给彼得,彼得也很快回复了他的发现:他从那六张画上找到了十二枚指纹,清晰可辨的有五枚,几乎都在画布上,只有一枚是在画布背后的框上。他把那五枚清晰的指纹与从各大美术馆、基金会所藏波洛克的真迹上采到的指纹作比对,却没有吻合的,但指纹留在画布上的时间与颜料留在画布上的时间是一致的,说明指纹不是后加的;虽没比对出吻合的指纹,也许只是指纹的取样不够多。疯眼那六张画所采得的指纹都是左手大拇指和中指,而真迹上的指纹样板大都是手肘皮纹和脚趾纹,因为那些真迹都是大尺幅的作品,波洛克作画时是光着脚站在画布上,让油漆随着身体的摆动滴洒到画布上,不像疯眼这六幅小作品,作画时可能是用左手拇指和中指撑着画布,以便艺术家在滴洒油漆时找到平衡。在光谱仪检测下,透过光不同的波长,借由红外线和紫外线的扫描,他也发现那些亮橘色颜料留在画布上的时间远新于其他的颜料,应该是后加的。此外,六个画框应该都是原框,因为画布订在框上,布的经纬在钉子的挤压下硬是被扯断粘在框上,混着有点锈蚀的钉子,形成了不可复制的生物特征,也就是说钉子压住画布卡到画框上,经过时间的浸润,三者连成了一体,密不可分。彼得建议,如果能提供更多张同时期或同一批滴画作检测,就能采得更多的指纹作比对,也许会有出人意表的结果。总之,彼得的鉴识结果印证了亮橘色颜料确实是后加的,如照珍妮的推论,只要能确认这批有亮橘色颜料的作品是真迹,那就能把焦点放在这批当时被视为伪作的画作上,因为没人会故意在真迹上作伪,一定有特殊目的,这绝对是条强而有力的线索。

珍妮、杰瑞与罗伯相约在现代美术馆见面,罗伯领着他们来到中庭的户外雕塑公园,各找了张椅子坐下,映着秋阳和几叶枫红,偷得浮生半日闲,三人就被紧紧包围在罗丹的《巴尔扎克》《月之鸟》,贾科梅蒂的《行走的人》等大师的雕塑中,颇有坐拥世界级收藏的豪气,再透过落地玻璃对望着室内那张大到可以把人吞噬的波洛克滴画 *One: Number 31*,也许在这种氛围下,更能激发三人按图索骥的动力。

罗伯在自己的地盘上率先发言:"目前我收到了一些回馈,当初那十件送鉴定的画作,五位原买主都愿意出借作品供我进一步研究,而其他三位买主,有两位握有当初没送鉴定的五张画,也愿意提供作品,但还有一张没送鉴定的,买主尚未回应。他住佛罗里达州,可能得亲自去一趟迈阿密会会那买主,只要所有的画都到齐了,这谜底才有解,也许陶比斯暗示'消失的波洛克'指的就是那些还没凑齐的画作?"

珍妮突然想起在陶比斯与亚历克斯的电邮中,曾提到亚历克斯父亲的工作室。"我记得陶比斯刻意问了亚历克斯有关他父亲画室里的作画工具和颜料,这一定有关联,因为亚历克斯提到那些工具和颜料在他父亲死后,都打包丢到东汉普顿的老家,之后那房子卖给了阿方索,阿方索死后,他的后人一直住在那。"

"当时展厅里那六张波洛克的画作,你的资料记载的是阿方索的旧藏,没提到亚历克斯的名字,那资料是你准备的?"罗伯一听到阿方索的名字,自然联想到之前看到的那些资料。

"是约瑟夫给我的,要我故意放在展厅里让你看到!"

"约瑟夫哪来这些资料?他非此专业,也非这六张画作的拥有者,何必做一堆假资料来取信我或误导我?"罗伯满脸疑惑。

"疯眼那六张画不是通过陶比斯买的吗?陶比斯又把画转介给了大卫和卡尔,我猜资料是陶比斯做的,后来给了约瑟夫。"珍妮推测。

"也只有陶比斯有能力做出那样的资料,他故意避开亚历克斯,只提阿方索一定有其道理,那我们就得安排去一趟东汉普顿拜访阿方索的后人。杰瑞,可以麻烦你帮这个忙吗?"

一直被冷落在旁、插不上嘴的杰瑞,一听到有事干,眼睛马上亮了起来,"找人可是我的专长,更何况在我的地盘上!"

杰瑞的热忱一下被点燃,一开口似乎就关不上,"刚珍妮提到,加拿大那边没对上指纹,除了样本不足的因素外,与比对的方法也有关。如果把指纹放大,会发现它如同山谷一样高低起伏,高者为波锋即为隆起线,低者为波谷,再加上弯曲的特性,每个人都不相同,形成个人独特的生物特征。所谓指纹特征,指的是指纹隆起线的分布状况,每条隆起线都会有断裂处亦即端点。除了端点外,还有称为分岔点的分岔处,端点与分岔点皆为特征点,这就是比对指纹时的关键。如果艺术家只是不经意地碰触画布,而不是一种常态性的习惯,留在画布上的指纹很难完整,比对就难!"

"你是说只要是一种常态性的习惯,指纹的采集就更容易、更完整?"珍妮抓住了杰瑞的重点。

罗伯接着补充,"波洛克习惯手握小罐家用油漆,用笔沾着油漆在半空中滴洒,如果能找到他握过的油漆罐或漆笔,应该可以采到多枚完整的指纹,因为要完成一张画,他得长时间握着油漆罐和漆笔。"

"难怪陶比斯要那些亚历克斯父亲工作室里的作画工具和颜料,因为当年波洛克偶有进城,都会借用亚历克斯父亲在曼哈顿的画室工作。也许在那些工具上就能采到波洛克的指纹,或者也能找到被加上去的亮橘色颜料?"珍妮再次推测。

"你意思是说,那些亮橘色颜料是梅特父子加上去的?"杰瑞一脸狐疑。

"珍妮的推测自有道理,但即使找到赫伯特·梅特画室里的作画工具和颜料,也不见得从油漆罐或画笔上采到的指纹就是波洛克的,因为两人偶而共用一个画室,留在器具上的指纹应该常有交集。但如果能从画室留下的颜料里找到那些亮橘色的颜料,不难推论被加上去的这亮橘色颜料,应该与梅特父子有关,可能就是陶比斯暗示的线索,依此线索,也许就能找出那批下落不明的纳粹掠夺品?"罗伯又扮起了侦探,抽丝剥茧。

"反正我们迟早要去拜访阿方索的后人,到时答案就可揭晓了!但话说回来,目前那几张画比对不出指纹,哪里才能找到更多且完整的波洛克指纹?"珍妮绞尽脑汁,反复推敲。

"有个地方也许就是你们要找的地方?"杰瑞卖起了关子。

"哪里?"罗伯和珍妮不约而同问向杰瑞。

"波洛克在东汉普顿的故居啊!现在已变成了一处博物馆,对外开放,供人参观。"杰瑞为自己提供了一处有价值的线索而沾沾自喜。

"没错!我去过,记忆中当年波洛克作画的仓库还摆着一些油漆罐和画笔,地板上也都布满了油漆,油漆罐和画笔都是当时留下来的,都成了波洛克—克莱斯纳基金会的资产,所以假不了;地板上的油漆也是当时留下的,如从那里也找不到那些具争议的亮橘色,也可间接证明那些亮橘色是后加的。"罗伯进一步解释。

"那我们还等什么?"杰瑞已迫不及待。

三人忙着起身,杰瑞望着身旁的《巴尔扎克》,"我觉得他这套行头,还蛮像侦探的!"罗伯没搭腔,珍妮却忍不住吐槽:"巴尔扎克是个文学家,不是侦探!"罗伯暗地里窃笑,这是三人在经历过布鲁克林的血腥杀戮后,第一次笑逐颜开。

电视新闻快讯插播:"东汉普顿豪宅大火的火场鉴识报告刚已出炉,确认是机房电线走火所引起,备所关注的多幅名画,付诸一炬,现场墙上仍留有已烧成炭的画框残余……"此时电视画面切到了火灾现场,遍地焦黑,一片狼藉,客厅上方的玻璃泳池,也已烧得残破不堪,池里的水把客厅泡得汪洋一片。"记者现在所站的位置,正是当时挂着价值一亿四千万油画的所在位置,该画是美国著名抽象表现主义大师波洛克的滴画作品 *Number 5*,挂画的墙壁已烧得颓圮,整张画已烧成灰烬,不见任何踪影,听说通往这边的廊道上……"记者一面比划一面朝着廊道的方向走,"还挂着 20 世纪许多现代艺术家的名作,诸如毕加索、马蒂斯、达利等人的作品,现在也都烧得只剩画框了,这简直是人类文明的一大浩劫,也是艺术史上的巨大损失,据说保险理赔高达 30 亿美元,恐严重冲击保险业的生态,是否会引起骨牌效应,值得关注!"约瑟夫看着新闻画面,虽面无表情,心里倒乐不可支。同时,他已在公司内部组了一支影子军团,将明查暗访黑市的任何风吹草动,严防卡尔家里烧掉的那些艺术品,改头换面后流到市场,因为他清楚知道卡尔的诡计,一面申请理赔,一面又把那些被"烧毁"的作品,偷天换日卖到黑市,用两面手法牟取暴利。只要能抓到任何把柄证明卡尔诈保,就能将卡尔绳之以法,卡尔的后半辈子就只能在铁栏杆后度过了。

约瑟夫心里盘算着,突然口袋里的手机震动了起来,一看是珍妮。

"你终究还是打来了!"约瑟夫语气略带挑衅,又带点期待。

"我打来不是跟你打情骂俏,也不是下属对上级的报告,只是想告诉你,火灾前,卡尔早把那批画撤走了,一张都没烧掉!"珍妮不拐弯抹角。

"是你帮忙撤的?"约瑟夫有点挖苦。

"我回去时就发现所有的画都打包了!"

"展厅那六张波洛克的画呢?"约瑟夫单刀直入,看来他已掌握了不少信息。

"被我带走了!"珍妮也答得直接。

"为什么卡尔没带走那六张画?"约瑟夫继续追问。

"既然知道是假的,干吗带走!"珍妮语带讽刺。

"既然知道是假的,那你干吗带走!"约瑟夫反将一军。

珍妮知道约瑟夫想套她话,故意岔开话题,"你不是想摆卡尔一道吗?别忘了,我可是唯一的目击证人!"说完便挂了电话。

约瑟夫可不是省油的灯,马上猜到卡尔留下那六张波洛克的画作,铁定是放长线钓大鱼,这里面一定暗藏玄机!看样子,得加派人手也盯着珍妮这批人的动静。

罗伯费了大把劲,收齐了买家寄来的另外十五张具争议的波洛克,要珍妮把它们再送去给彼得;同时,他约了杰瑞飞往迈阿密,亲自去拜访最后一张不曾现身的波洛克作品的买家——杰佛逊·邓肯。

两人一到迈阿密,便按着画廊给的地址驱车前往。

"这么冒昧地去拜访,确实有点失礼!"罗伯就是那副学者样。

"用各种方法联系,都没回应,也只能直捣黄龙府啰!"杰瑞就那条子个性。

"会不会买家已亡故?或搬了家?或……"罗伯揣度着,连忙被杰瑞打断。

"哪来那么多可能!到了不就知道了嘛,干吗瞎猜!"杰瑞就受不了罗伯这种老学究的个性。

说着说着,车停在一处公寓大楼前,大楼座落于一处中产阶级的社区,怎么看都不像有钱人住的地方。杰瑞朝着大厅的警卫走去,掏出了警徽和证件,表明来意。罗伯站在几步之遥,看着杰瑞与警卫交头接耳,不一会儿,杰瑞垂着头向罗伯走了回来。

"警卫说这大楼是个安养中心,没这住户,怎么办?要不要再问问那间画廊?"杰瑞建议。

罗伯马上从口袋里掏出手机,拨了电话。"我是罗伯·霍顿教授,请问茱莉亚在吗?"

接电话的人有点支吾其词,"茱莉亚昨晚突发性心肌梗塞去世了!"

罗伯听罢,久久不发一语,脸色沉重,杰瑞见状,不知发生了什么事,看着罗伯傻愣愣的表情,索性推了罗伯一下。

"这么突然……那能否麻烦您件事?不好意思,在这种情况下,还要麻烦您……您是茱莉亚的……"罗伯突然结巴了起来。

"我是茱莉亚的外甥,也是画廊经理。我能帮您什么忙?"对方听声音四十岁上下。

"请节哀顺变……是这样,之前茱莉亚给了我购买那批波洛克画作的买家名单,其中有一个是迈阿密的买家……"没等罗伯讲完,就被电话那端打断,"您是说大卫·马谛涅兹吗?其中有张画是他买的!"

"您指的是重金买下波洛克那张 *Number 5* 的大卫·马谛涅兹?"罗伯一副不可思议的神情。

"是的,就是他!"对方斩钉截铁,毫不迟疑。

"大卫住纽约,不住迈阿密啊!"罗伯反驳。

"当年买画时是用他继父的名字和地址,避人耳目,毕竟他是个名人,但他继父几年前过世了。"对方解释。

"他花了一亿四千万买了波洛克的 *Number 5*,为什么还要买一张小幅的波洛克,这不合逻辑啊!"罗伯百思不得其解。

"他说滴画在小幅画布上很难挥洒,要成就好的作品不容易,所以要我们帮他留了一张。"

"那张是你们帮他挑的吗?还是他自己挑的?"罗伯追问。

"没得挑。因为是最后一张!"

"当初茱莉亚为什么不直接说,买家就是大卫·马谛涅兹?"罗伯还是不解。

"当时是由我负责大卫的这桩买卖,他要我帮他保守秘密,所以在买家的名录上,我依他要求,用了他继父的名字。之前,这批作品也因真伪问题闹得沸沸扬扬,法院也定了案,但现在茱莉亚也死了,就不需要再隐瞒了!"男子解释着。

"好的,非常感谢您的协助!为茱莉亚的离世,再次请您节哀顺变!"说完,罗伯挂了电话,直觉头皮发麻,脑子乱哄哄的。

彼得急着给珍妮电话,劈头便问:"最后那张有亮橘色颜料的画作找到没?"

"我们的人已经亲自前往迈阿密找那件作品的买家去了!"珍妮答。

"最后一张可是关键啊!"彼得语气显得激昂。

"怎么说?是不是有什么新发现?"珍妮似乎也急了。

"从这十五张画作上采到的指纹,还是对不上从真迹上取得的样本,但我确定这些画布上的亮橘色颜料绝对是后加的;而且,他们是有顺序的,帮画布加上亮橘色颜料的人,把这二十二张画一字排开摆在地上,从左到右一次滴洒完成。滴洒的方式很奇特,不是一气呵成,好像要勾勒出什么,而缺的那张,恰巧排在最右,就是最后一张!"彼得一口气讲完了他的发现。

"知道了,谢谢!我马上联系,看找到最后一张作品没。还有,请你把手上那二十一张作品一字排开的照片传给我,谢啦!"珍妮挂了电话,马上拨给了罗伯。

卡尔脚还没踏进办公室,就接到大卫的来电,"我看事情开始延烧了！今早我接到《华尔街先锋报》记者的来电，询问那张波洛克 *Number 5* 的事，想确认烧掉的那张是不是就是我之前买的那张。还有，那批东西处理好了吗？"大卫没好气地说着。

"兄弟，要沉得住气！对我要有信心！那批材料安全得很，尤其是那大龙袍，已在地库里，会有好一阵子不见天日，这你放心！但其他零星的，已送到欧洲，也安排好了！你这阵子讲话最好小心点，有事最好当面聊！"卡尔怕被窃听，讲话特别小心翼翼。

"你得小心约瑟夫这家伙！只要我们被媒体盯上，露出任何破绽，我们铁定吃不完兜着走！"大卫不放心。

"他要糖，吃不到糖，竟杠上给糖的人了！他不自量力，我自有办法收拾他！"

"他有靠山，又懂得操弄媒体，得小心防范！一旦被抓到把柄，我们可会身败名裂啊！"大卫仍不放心。

卡尔懒得再跟大卫纠缠，"你顾好自己的事就行！"卡尔挂了电话，对大卫这惊弓之鸟反觉得放不下心。

他一走进办公室，助理马上迎了过来，对他咬了一阵耳朵，"好的，知道了！"他示意助理离开，自己径往会议室走去。

一进会议室，约瑟夫和一名男子已等着，卡尔一眼便认出是理赔部的经理肯特。他故意绕过约瑟夫，从肯特身旁经过，肯特起身想来个自我介绍，卡尔没理会，一屁股往主席的位置坐下。

"肯特先生,最近常在电视上看到你啊!"没等肯特掏出名片,卡尔语带揶揄,一贯的嘴脸,一贯不屑的语调,接着望向约瑟夫,"今天是来办局里的事,还是保险的事?"

"都有!"约瑟夫还以颜色。高手过招,果然不同,肯特在一旁瞪大眼睛,看着两人一来一往。

"有事直接找我就行,何需再带个小喽啰!"卡尔不爱拐弯抹角,约瑟夫没跟进,直接使了个眼色给肯特,肯特马上接了话。

"今天特意来拜会您主要是……"肯特才开始要陈述来意,马上被卡尔的暂停手势打断。

"叫你的人说人话,赶快切入正题!"

肯特紧张了起来,"其实……"卡尔突然起身,按了左后方的对讲机,"卡萝,送杯咖啡进来!"肯特硬是把到嘴边的话给吞了回去,两眼望着卡尔,等待卡尔进一步的指示。

"你接着说!"这次卡尔连头都不抬了。

"火场的初步鉴识报告确认是电机房的电线走火所引起,我们会尽快进入理赔程序,但烧毁的画作部分,因没有找到残留的画布,无法作采样,难以证实烧掉的就是保险范围内的那批名画,所以第一阶段只能先理赔百分之三十……"听到此,卡尔顿时拍桌大怒,吓得肯特马上住了嘴。

"我屋里每张画的背后都有你们安装的保全装置,只要一移动画作,你们的保全中心马上就会以电话和暗号确认,现在倒把责任推给我了!"卡尔义愤填膺。

"因为火场的起火点在您的电机房里,一起火,会马上断电,保全装置起不了作用。"肯特解释着。

"保全起不了作用是你们自己的问题,我没责怪,你们倒先疯狗乱咬了!"卡尔不减咄咄逼人的态度。

"问题是起火前有人进了电机房断了电!"约瑟夫气定神闲,冷不防插了嘴,直接向卡尔摊了底牌。

"怎么证明起火前有人进了电机房断了电?"

"你投了近30亿的保险,我们当然马虎不得!"约瑟夫语带玄机,故意不点破,他当然知道卡尔的诡计,本想借题来一个下马威,哪知卡尔急着动气,反倒露了馅。

"我当时不在,只有珍妮在,她不是你吸收的卧底吗?问她最清楚了!"卡尔四两拨千斤。

"珍妮恐怕是唯一的目击证人,你以为有不在场证明,就能脱得了身?"约瑟夫打铁趁热,步步进逼。

"珍妮是你的卧底,怎么当证人?法律是讲证据的,这点常识都没有,怎么在FBI里混?"卡尔话一说完,卡萝端着咖啡进来,卡尔大手一挥,"不用了!会议结束了!"卡萝又急忙退了出去。

罗伯和杰瑞掉头回机场,罗伯的手机忙得很,响个不停,一看是珍妮,他把声音调为免持扩音,这样方便杰瑞也能听到。

"罗伯!加拿大那边有新发现,你们找到最后一张波洛克的作品没?"珍妮说得上气不接下气。

"最后一张波洛克的买家不住迈阿密,住纽约!"罗伯语带无奈。

"是画廊提供的资料有误吗?"珍妮追问。

"买家竟然是大卫!大卫·马谛涅兹!"

珍妮听得一头雾水,"是大卫?他买了天价的 Number 5 后,干吗又去买张小幅的作品?还是当时大卫就知道梅特家族与纳粹那批掠夺品的关系?赫伯特·梅特为纳粹效力之事,也是在亚历克斯的波洛克伪作事件爆发后,才被媒体挖出的。难道在这之前大卫就知道这层关系了?所以在陶比斯找到亚历克斯后,大卫和卡尔抢着在亚历克斯死前达成交易,由大卫或卡尔买下亚历克斯手里的纳粹掠夺品和疯眼的那六张波洛克,以换取其他一二十万件掠夺品的下落?"珍妮仍不忘抽丝剥茧,试着厘清前因后果。

"亚历克斯死前真的告诉了陶比斯那些掠夺品的下落?还是,这只是陶比斯保命的方法?"杰瑞忍不住插了嘴。

"如从彼得的发现,我相信陶比斯留下的线索,答案一定就在那些有亮橘色颜料的波洛克画作中!"珍妮信心满满,有十足的把握,她相信人之将死,其言也善,陶比斯死前留下的线索,绝对是破案的关键。

"你刚刚说彼得有什么新发现?"罗伯急着问。

"彼得确认那二十一张画上的亮橘色颜料是后加的,而且是照顺序一字排开,由左到右把亮橘色给洒在上面,而缺的最后一张就是最右边的一张!"

"那大卫手里的那张可是关键啰?"罗伯猜测。

"没错! 彼得也是这么说!"珍妮补充。

"所以滴洒上亮橘色是故意掩人耳目,让人以为是假货,就减少了关注!"杰瑞听了半晌,闲不住,作了一个大家早知道的结论。

"这么说来,卡尔故意留下展厅里那六张画,其实是设计好的,他要我们帮他找出答案!"罗伯恍然大悟。

"你是说我们中了卡尔的计?"杰瑞一脸不可思议。

"珍妮,可否请彼得把那二十一张作品依顺序拍几张照片传过来?"罗伯问。

"我已经请他准备了。"

"最后那张画怎么办?"杰瑞想知道罗伯是否已有想法。

"既然留下那六张画给珍妮带走,是卡尔布的局,无非是想借我们的线索找到答案,绝不能让卡尔知道他的诡计已被我们识破,不然有了防心,我们将更难钓出大卫那张画!但怎么找到大卫那张画,我心里也还没谱!"罗伯讲了一堆,还是没答案。

"那等你们回来进一步讨论!"珍妮说完挂了电话。

"有钱人确实狡猾!"杰瑞无厘头地又补上一句,用来收尾。

彼得用自己发明的高解析度相机正帮那二十一张画拍照,他先拍了张全景,再分别帮每张作品拍特写,之后再把每张特写用光谱仪依不同颜色的特性作分类,输入电脑后,他刻意把亮橘色当成前景,模糊了背景,研究亮橘色的走势,重新确认了那二十一张画的顺序,最后完成了一张亮橘色的走势图。工作了一整天,终于搞定了珍妮的要求,他步出工作室,顺手从口袋里掏出了一包烟,慢慢地走到后阳台,倒出一根,正要往嘴里塞,突然有只手从后面捂住了他的嘴巴,整支香烟被折断掉在地上,他本想挣扎,但力不从心,没两下就晕了过去。

两个黑衣人,动作敏捷,把彼得给拖入了房里,用银灰色防水胶布把他给捆得死紧,再把摆在地上的那二十一张画迅速叠成两摞,套上了布袋,一人一袋,迅雷不及掩耳地拎出了屋外,上了一辆接应的货卡,在夜色里扬长而去。

罗伯和杰瑞一出机场,珍妮已在出口处等着。

"收到彼得传来的照片没?"罗伯劈头便问。

"还没!我打了好几通电话,他都没接!"珍妮心里有点忐忑。

"会不会出事了?"杰瑞也觉得不对劲。

"难道卡尔和大卫知道彼得的存在?"罗伯怀疑。

"你怀疑我们的电话被窃听?"珍妮也怀疑了起来。

"一般人要窃听电话没你想象的容易,这可是我的专业!我猜那六张画比较有可能被植入了追踪器!"杰瑞一面解释,一面推敲。

"如果是卡尔事先布的局,这倒有可能!看来我们得飞一趟蒙特利尔！万一彼得出了事,那二十一张画也出了问题,不但断了线索,又怎么跟借画的藏家交代？"珍妮急了,觉得事不单纯。

"那明天杰瑞跟珍妮先飞一趟蒙特利尔,我来对付大卫！"罗伯倒像个领导者,开始分配任务。

"老大都说话了,能不照办吗？"杰瑞先附和,珍妮也点了头。

卡尔匆忙出了大通银行纽约总部的大楼,在街角拦了辆出租车,舍自己司机不用,怕的是走漏消息。出租车停在下东城的一间爱尔兰酒吧前,卡尔下了车快步进了酒吧。下午四点多,酒吧还不见人潮,卡尔往最里面靠墙的桌子走去,一个身材不高、戴着鸭舌帽、穿着尼龙外套的男子静静地坐着把玩手机,一见卡尔靠近,礼貌性地掀了一下头上的鸭舌帽,示意卡尔坐下。

"你就是吟唱诗人？"男子低声确认来者的代号,带着一口浓浓的爱尔兰腔。

"难道这酒吧里还有别的客人吗？"卡尔把声音压得低沉,但不改他讲话的德行。

"人找到了,也谈好了！"男子单刀直入,但把声音压得更低。

卡尔微微点了点头,"这人能……"卡尔比划了一个闭嘴的手势。

"他不止你这个客人!"男子没理会卡尔的表情,从口袋掏出了一张字条,展开亮给卡尔看。

"这什么意思?"卡尔没看明白。

"先从这三张开始,修改后保证看不出原作,再制造些前几手的收藏历史,黑市里绝对有人抢着要!"男子保持一贯低沉平稳的语调。

"什么价位?"卡尔似乎急着切入重点。

"卖走才收钱,三成!"男子比出了三根手指。

"三成!你坑我啊!"卡尔面带愠色。

男子没再回话,作势要离开,卡尔硬生生把他按回座位上。

"你给我听好!要是搞砸了,别说三成,小心剥了你三层皮!记得,你没见过我,但我不会忘记你这张脸!"卡尔讲完,起身闪出了酒吧。

23

　　罗伯在美术馆的办公室里,望着桌上堆得高高的公文发呆,他若有所思,试着拼凑这几天发生的事。在亚历克斯通过兰朵画廊出售他手里的波洛克时,大卫竟抢先买了一张,如他早知道那些波洛克的画关联着纳粹掠夺品的下落,以他的财力,早就全盘买下,但他为什么只买了一张,而且是画廊剩的最后一张?再说,彼得此时又无故失踪,是受到威胁躲起来避险,还是被绑走?彼得是业内鉴识的名人,他那套全世界独一无二的发明,连拥有世上最先进、最精准的碳14检测仪的牛津大学都得向他请教。虽说艺术品鉴定不是科学证据,依赖的还是经验法则,但随着作伪技术愈来愈高明,加上三维打印技术的问世,画作的颜料、笔触、层次,甚至艺术家的签名都可被巧妙地复制,所以借用科学仪器作前期检定,有助于补人为经验的不足。当然一件艺术品的收藏历史、展出经历和出版著录的查询都不能少,再辅以史家对艺术家同时期、同风格、同系列作品在形式和内容上的不同表现手法,作研究和比对,才能初步认定该作品的真伪。虽说碳14的检测能把年代的误差缩小到15年，但对一个风格多变、不喜在画布上留下创作年代的画家而言，也实难精准断代。加上作伪者可以从旧货市场取得半个世纪前或上个世纪名不见经传的艺术家作品，把颜料从画布刮下，便是一张旧年代的画布，连做旧的功夫都省了，再把刮下的颜料通过高速离心机萃取分类，便是当时的颜料了，不论碳14如何精准，从画布上取样测出的年代一定还是张老货。而彼得独创的生物证据检定法，帮助解决了不少圈内的鉴定争议，甚至帮国际刑警组织破了不少悬案，一下便风靡了业界，其声名已无人不知无人不晓，那些有心主导波洛克案的关系人，自然就会联想到彼得。但彼得的失踪，应非大卫或卡尔所为，既然故意留下了那六张波洛克让珍妮带走，自是为了放长线钓大鱼，在谜底未揭晓前，不可能提早下手！"也许找到能供比对的波洛克指纹，就能厘清那批争议的作品，知道真伪后，才有可能破解谜题！"罗伯翻开了笔记本，抄下了杰瑞查到的阿方索在东汉普顿的旧居地址，请助理分别给阿方索的后人和波洛克—克莱斯纳基金会打了电话说明去意，他准备只身前往，一探究竟。

在蒙特利尔郊区一处民房的地下室里，彼得被捆绑在椅子上，眼睛也蒙上了黑布，从脚步声，他判断房里似乎有两个人。没人交谈，但偶尔听到自己头顶后方有汽车驶过的声音，加上不时闻到一股带湿气的煤油味，他猜测自己应该被关在一处地下室里。他乖乖地坐着，没半点挣扎，他知道被绑架的人唯一的活路就是配合和保持镇定。他在心里默祷,脑子里却忍不住一闪过每个经手的案子,试图找出被绑架的原因,想弄明白自己到底得罪了谁。此时,房里传来手机的震动声,有人接起了电话。

"是!……是!……好的!……知道了!"

电话挂断后,彼得听到椅子拉扯的声音,感觉到有人靠近坐在自己的面前,突然一个低沉的声音划破了寂静。

"那些画是哪来的?"

彼得终于明白是波洛克惹的祸,他理了理思绪,找了一个最安全的答案,"是纽约现代美术馆委托的!"

"委托你做什么?"男子问。

"做鉴定!"彼得毫不隐瞒。

"不都是假的,还做什么鉴定?"男子反问。

"画还在鉴识阶段,不好说!"彼得避重就轻。

"目前有什么发现?"男子接着问。

"所有二十一张画都使用了艺术家死后才有的颜料作画!"彼得讲的可是事实,但不想马上点出那些亮橘色的颜料都是后加的。

"那不就是假的吗?"男子不耐烦了。

"之前法院不也是这么判决的吗?"彼得故意把话题扯远。

"既然是假的,现代美术馆干吗还委托你鉴定?"男子开始有点不耐烦。

"我不是说还在鉴识阶段吗?"彼得故意绕着圈子转。

"想翻案?"男子似乎开窍了。

"那得看能不能找到新证据,推翻旧的证据?"彼得依旧答得似是而非。

"旧证据就是颜料不对,哪能找到什么新证据?"男子仍锲而不舍。

"新证据就是推翻旧证据!"彼得觉得自己舌头都快打结了。

"旧证据就是那些有问题的颜料,你是说,有方法能解决那些有问题的颜料?"男子似乎抓到重点了。

"即使解决有问题的颜料,也无法因此就判定为真!"彼得不想把话说死,不仅为自己留条活路,也好奇对手是何人,他当然耳闻这些作品在圈子里掀起过的风波,所以谨慎应对自己卷入的麻烦。

"这话怎么说?"男子试着保持耐性,而彼得知道,这绝非一般的绑匪。

"艺术史家得从艺术家的创作风格、笔法等等着手研究作品的真伪,我专精的是生物证据的取得和比对,如果能在画布上取得艺术家 DNA 的相关证据,也许就有翻案的可能。"彼得尽量解释得言简意赅。

"如果有艺术家 DNA 的取样,能把取样植到画布上去吗?"

彼得心想,对方到底是何方神圣,这可是犯罪集团惯用的反向操作技法。

没等他回答,对方又急着问:"如果有人把艺术家DNA的取样植入到画作上,譬如颜料上沾了艺术家的头发,或在画布上印有艺术家的指纹,能否让一件争议性的作品翻案为真?"

其实这个问题曾挑战过彼得的道德底线,如果他一心为恶,利用他的声名,照着上述的方法反向操作,他早已家财万贯了。

"那得看那些DNA的证据留在画布上的时间而定!"彼得没再往下说,其实"时间"是可以被仿造的,就是所谓的"做旧",只是要仿造指纹或毛发等生物证据停留在画布上的时间,可没那么容易。

"如果画原来是真的,为什么会加上有问题的颜料,把它们都变成假的?"男子当头棒喝,似乎只差临门一脚,就赶上了彼得的发现。

"我无法揣测动机,这不是我的专业!"彼得决定适时闭嘴,不再吐露更多,怕招来更多麻烦。

男子顿时停止了发问,起身退了回去,不一会儿,房间又恢复了原来的寂静。当彼得努力想从灯光中寻找男子的身影时,整个房间突然暗了下来,接着一阵楼梯声响,夹杂着凌乱的脚步声,声音由下而上,渐行渐远。

珍妮与杰瑞一下机,便赶往彼得的住处,两人没多交谈,心里有几许不祥的预兆。抵达后,两人直奔大门,珍妮按了门铃,许久不见有人应门。这是栋两层楼加阁楼的独栋住房,就座落在马路的转角,前院不大,但花草错落有致,不同时序节令的草木和花卉沿着路边步道绕过转角,一直延伸到后院,看得出主人拈花惹草的雅兴。大门旁有盏石制的日式宫灯,映着路旁法国梧桐的倒影,雅致中也透着几分不协调的异国情调。

杰瑞趁着珍妮按铃之际,顺便观察了周遭的地形和环境,"这间房子和隔壁房子的间距只有一辆车宽,而且车道就紧邻隔壁。这条马路车虽不多,也偶有车子经过,如果彼得被绑架,歹徒不可能把车停在路边,因转弯处严禁停车,暂停反而会引起关注,要是硬把人架到车上,即使是晚上,也很难不引起邻居或过往车辆的注意。现在车道上还停着一辆车,我猜就是彼得的车,歹徒的车根本停不上来,我猜彼得如没被绑走,应该还在自家里,可能发生了意外!"

珍妮又敲了敲门,仍没动静。"我们绕到后头看看!"珍妮提议。

没等杰瑞反应过来,珍妮已经沿着车道往后院走去。后院有个露台,架高在一片不大且狭长的草坪上,露台上摆了张小桌子和两张塑料躺椅,栏杆上还有整排的盆栽。

珍妮注意到露台的灯亮着,通往室内的拉门竟半开着,她转身示意杰瑞放慢脚步,两人侧身隐入栏杆边的凹地,以盆栽作掩护。珍妮从口袋里掏出了手机,再次拨电话给彼得,屋里传来铃响,但仍旧没人接听。她挂了电话,示意杰瑞从露台的拉门进到房里,杰瑞马上闪到珍妮面前,上了台阶,打头阵进到了屋里。杰瑞见室内的灯光亮着,但不见任何人迹,室内也无打斗的迹象,房内一览无遗,毫无遮蔽物,只有一个开放式厨房,客厅已被改成了工作室,桌上堆满了打印出的档案,电脑的屏幕还亮着,旁边有个工作台,台上架着一部照相机,还有两部莱卡、几个镜头搁在角落,一台看似显微镜的仪器上也有一部相机,带着高倍速的特写镜头。珍妮停在门口,发现地上有根被挤压折断但未点燃的香烟,杰瑞也走近看了一眼,两人心照不宣,知道露台就是第一现场。

"画呢?"杰瑞第一时间没看到人,就急着找画。

"你去楼上看看有什么状况?"珍妮半命令着。

杰瑞衔命离开了一楼,往二楼楼梯的方向走去。

珍妮仔细地看着留在桌上的资料,发现彼得已把二十一张画照顺序排出,以大尺寸相机拍了几张照片,甚至用电脑把亮橘色的颜料从画上分离了出来,确实如彼得所言,亮橘色的颜料呈现出一个看似经过特殊设计的图形,像是几个大小不一的年轮图案,不规则地分布在二十一张画布上。珍妮掏出手机,拍了几张照片,立即传给了罗伯。

杰瑞大摇大摆地从楼上走了下来,扯开了喉咙对珍妮说:"楼上一个人也没有!我看八成是被迷晕后绑走了!"

"你刚才说不可能被绑走,怎么马上改口是被迷晕后绑走了?"珍妮不忘挖苦。

"露台上那根折断半截的香烟,应该是第一现场,人应该是在那被迷晕的,因为没任何打斗的痕迹!"

"还亏你是个神探,就只看出这点!那人是从哪被拖出去的?"珍妮这一问,把杰瑞给问住了。

杰瑞又来回仔细检视了屋里,"屋里地板上没见拖痕,往门口方向也没有脚印,难道会是直接从露台上车道?"杰瑞推敲着。

"露台有楼梯,楼梯窄且陡,不利搬运一个被迷晕的人,即使两人前后合力抬,下了台阶,也很难在转弯处回身,更何况车道就紧邻着隔壁邻居,且车道上还有盏动态感应的探照灯,人一接近,一举一动无所遁逃,应该没有歹徒会笨到选这步险棋!"珍妮进一步推敲。

"那你的意思是……"杰瑞似乎猜到了珍妮的想法。

"彼得应该没踏出这栋房子!"珍妮下了断论。

"我一开始不就这么说吗?"杰瑞又沾沾自喜了起来。

珍妮突然望向墙边的暖气罩,"这种房子使用的是油暖,一般油炉会放在地下室,所以……"不待珍妮讲完,两人便忙着寻找通往地下室的门。

三个高个儿冲进约瑟夫的办公室,神情略显紧张。

"我们的人在蒙特利尔出事了,需要您的下一步指示!"其中年纪较大的代表发言。

"什么事?"约瑟夫严肃了起来。

"我们从彼得家拿走的那些画,中途遇埋伏,折损了两名探员,画都被抢走了!"还是由年长的发言。

"知道对方是谁吗?"约瑟夫面色铁青。

"对方半路埋伏,一定对我们的行动了若指掌。目前还没情报显示是谁干的。"年长男子报告时,眼睛不敢直视约瑟夫。

约瑟夫推测,劫走画的不会是卡尔的人,因为卡尔故意让珍妮把画带走,自有他的目的。如不是卡尔,就只有一个可能性,那就是疯眼!抢走画,对疯眼而言,只不过是物归原主。

约瑟夫回头看到肯特焦急地在门外等着,便叫眼前这三人先退下。

"欧洲线报有新的发现!"肯特有点上气不接下气。

"有什么新发现,是我没掌握到的?"约瑟夫担心又有什么坏事发生。

"我们在全球市场布下天罗地网,持续关注卡尔那批被烧掉的作品是否流入黑市,发现欧洲市场最近出现了三张作品,有毕加索、克里姆特和夏加尔的作品,创作年代、主题、表现手法和尺幅大小都与被烧掉的作品相仿,无独有偶,那三张作品对外宣称是纳粹的掠夺品,也都没收录在艺术家的作品图录里,目前听说有些中国藏家正在接头。"肯特如实陈述情报所得。

"有没有办法接触到那些作品?"约瑟夫突然兴致勃勃。

"得找卧底假扮买家。"肯特建议。

"我当然知道！我是说有谁能胜任这个任务？"约瑟夫不耐烦。

肯特想了一下，"有这方面专长且能一眼识破蹊跷的人，非罗伯莫属，他也是我们的资深顾问，之前协助过不少调查。"肯特深知这建议也许不妥，但实在想不出第二人选。

"罗伯？他是台面上的人物，业内无人不知无人不晓，怎么干卧底？"约瑟夫嘴里质疑，心想这也许能布出另一个局，不如将计就计，搞不好会有出乎意料的结果。

"只要让罗伯同意，不要站在第一线，他没曝光也能成事！"约瑟夫盘算着。

"我们先安排卧底假扮买家出价，看画时再将罗伯易容，佯称是买家的顾问！"肯特献计。

"不是有中国藏家接头了吗？就让中国人买了，反正他们有钱，也不会让卖家起疑，等成交后，我们以巨额诈保的理由请求国际刑警组织协助调查，到时再请罗伯出马不就好了！"姜还是老的辣，这种借力使力的手法，约瑟夫信手拈来，毫不费功夫，好像是与生俱来的。

在宾州大学校友俱乐部的包厢里，大卫一个人独自抽着雪茄，他的手机放在桌上，自顾吞云吐雾，却掩盖不了从眼里透出的焦虑神情。突然桌上的手机嗡嗡震了起来，透出的蓝光在烟雾袅袅的房间里显得更加诡谲。

"哈啰！"他抓起手机凑到耳旁，声音低沉而拉长，正好反映出他此刻的心情。

"有三张画确认已经流到了黑市,两位中国买家接头中!"电话另一端的声音遥远且带着捷克斯拉夫语系的口音,喉音重且混浊。

"有引起其他关注吗?"大卫接着问。

"目前还没!"

"小心约瑟夫的耳目,他的眼线一定紧盯着我们的动态,千万不能大意!"大卫有点语重心长,发泄似的深深吸了一口雪茄。

"好的!"男子唯命是从。

大卫挂断电话,卡尔正好开门走了进来,见大卫脸色凝重,眉头深锁。

"怎么啦?什么事能让你这位大企业家烦心?"卡尔试着抬杠。

大卫没理会卡尔,又深深吸了口雪茄。

"出了什么事吗?"这次卡尔似乎意识到了大卫的不悦。

大卫弹了弹手里的雪茄灰,抬头望向卡尔,但刻意避开四目交接,或说不屑与卡尔正面相对。

"缺钱吗?"大卫从嘴里喷出一口烟,在烟雾里带出了这句话。

"什么意思?"卡尔变得严肃了起来。

"要你按捺住,别急着卖东西,现在引起关注了!"大卫语带责怪。

"你是说那两个中国人吗?"卡尔一派轻松,顺手从外套口袋里掏出一个雪茄盒,倒出了一根Cohiba手卷雪茄,切了头,点燃吸了一口,很快吐出烟来,接着说,"就像这雪茄,第一口得吐得快,才能把闷在里头的气味给排掉,也才能让第二口的精华呼之欲出!这道理你懂吧?"

"你不要老自以为是,太过自负可容易因小失大!我输得起钱,却输不起我的声誉!我看你还是别毛躁,先按兵不动,等风声过了,那批下落不明的货也找到了,你再出手也不迟!"大卫时而数落,时而劝说,他可不想与卡尔剑拔弩张,对自己也没好处。

"我先试试那三张,如果没被拆穿,表示合作的人靠谱;如果被拆穿,我自有一套应对措施,难道你看不出来为什么我找的都是中国买家?"卡尔自信满满,自有他的布局。

"中国人又怎么了?比较好骗?"大卫不以为然。

"别的不说,至少这些人买了作品后,一定大吹大擂,用来抬高自己的身价和他们的企业形象,一旦发现东西有问题,也只会摸着鼻子自认倒霉,以免失了面子;再说,有少数中国人买画是为了洗钱和漏税,聪明点的就作投资,中国人是不会把洋人的东西拿来当传家宝的!况且,我卖给他们的东西可不假,只是动了些手脚罢了!"卡尔说得振振有词。

"难道不怕那些中国人被约瑟夫的耳目盯上?"大卫硬是鸡

蛋里挑骨头,刻意点出了风险。

"约瑟夫再怎么有本事,也认识不了这两个中国人!这两个人财大气粗,捧着钱到处收购品牌,经人引介找到我这来。我说,我们老美做生意,不只在乎钱,还得要有品位,台面上的那些大企业家,哪一个手里没收藏的?洛克菲勒、比尔·盖茨、保罗·盖蒂……还有你,不是吗?我这么一点,中国人聪明,全明白了!之后我把他们跟欧洲处理这事的人接上头,十全十美!"卡尔说得口沫横飞,舍不得停下来吸口雪茄。

"不管你安排得多天衣无缝,切记别得意忘形,要是出了事,别指望我帮你擦屁股!"大卫对卡尔的做法仍有微词。

"要是出了事,你也插翅难飞啊!别忘了,我们可是生命共同体!"卡尔仍不忘挖苦、调侃大卫。

24

罗伯抵达东汉普顿时,时间没过正午,因为波洛克的故居要过中午才有义工上班,所以罗伯决定先拜访阿方索的后人。他进了出租车,不经意地浏览着窗外的景物,曾几何时,他跟东汉普顿竟结下了不解之缘。自从卡尔邀约做客开始,一连串发生的事情,都与此地息息相关,为了破解陶比斯留下的线索,几度回到这个让人魂牵梦萦的地方,好友菲利浦意外丧命于此;与睽违多年的陶比斯重逢于此,又亲眼看着他躺在血泊中;就连他研究多年的波洛克,也是在东汉普顿居住时,写下美国抽象表现画派辉煌的一页,后来波洛克因酒驾也丧命于此。罗伯不是宿命论者,但他相信命运,一切早已有了安排,有时自己认为最好的安排,只不过是山穷水尽后,为自己苟延残喘的最后一口气找说词罢了!感伤之余,任凭景物一一从眼前掠过,浮光片羽,往事不堪回首。这种感觉,就像里希特(Gerhard Richter)照相绘画里的人物肖像,被刮得模模糊糊,呼唤着稍纵即逝的记忆,却唤不回战时失去的亲人和朋友,只能让时间慢慢抚平伤痛!

这时,罗伯的手机收到一则消息,一看是珍妮传来的照片,尤其是那张去了背景只剩亮橘色颜料的图稿,让罗伯端详了许久,他知道这已不是艺术史能解答的问题,即使擅长视觉符号的他,也毫无头绪,不知从何解读。他不想空耗自己的脑力,关了屏幕,闭目养神,很多时候,钻牛角尖反而解不了题,有时灵光一现,问题便迎刃而解。他再睁开眼时,出租车已停在一处大宅院前,有位中年男子已在门口相迎。

"是罗伯·霍顿教授吗?"男子见罗伯下车,迎上前去。

"您好!我是罗伯,冒昧打扰您了!请问您是?"罗伯趋前寒暄。

"恕我无礼,竟忘了介绍自己!我是阿方索的侄子,叫我阿南就行!"阿南自我介绍,态度并不殷勤,也没主动邀请罗伯入内,两人就站在原地。

罗伯见状,怕是叨扰了,便开宗明义说明来意。

"之前有位亚历克斯·梅特,曾提到他父亲赫伯特·梅特把曼哈顿画室里跟波洛克一起作画的颜料和工具,都搬回了东汉普顿的老家,后来那房子卖给了阿方索,而阿方索也是波洛克在东汉普顿的艺术家朋友,想必你们三家应该都很熟?"

"岂止熟!都生死与共了!"阿南没好气地说。

"那当时留下的颜料和工具都还在吗?"罗伯追问。

"都被扣走了!"阿南略带愠色。

"被谁扣走了?"罗伯满脸疑惑。

"被联调局扣走了!说亚历克斯涉嫌贩卖波洛克的伪作,把所有颜料和工具都扣回去调查了!"阿南忿忿不平。

"是什么时候的事?"从阿南的反应,罗伯猜测这事应该发生不久,能用亚历克斯的事件当借口扣走东西,可见阿南根本没关注圈里的消息。

"才几天前的事!来了四五个人,把放在仓库里的所有材料都搬走了,连张扣查清单都没给!"像阿南这种靠着祖产过日子的人,最在意的当然是祖产,最怕的就是这种无从抗拒的权力机构。

"印象中是否有波洛克使用过的画笔和颜料?"既然东西没了,罗伯也只能问问看。

"主要都是些赫伯特曼哈顿画室里的东西,当时波洛克用过的,赫伯特都特别标记,搬回来后,连阿方索都曾借去使用过!"罗伯心想,难怪史家没把阿方索所藏的波洛克作品纳入基金会编撰的图录里,因为这三个人错综复杂的关系,实在太微妙了。

"那里面有亮橘色的颜料吗?"罗伯突发奇想,但对阿南仅存的记忆不抱太大希望。

"有!有十几罐亮橘色的漆,都用过,漆罐上都有赫伯特名字的缩写。之前有拍卖行曾出价要买那批仓库里的材料,说是要拿去上拍,但价格太低,我没答应;早知会被扣掉,卖走也是一笔钱啊!"听得出阿南的感叹与无奈。

罗伯反复推敲,刚刚阿南提到亮橘色的漆罐上都有赫伯特的名字,彼得也说亮橘色是后加的,那这亮橘色一定跟赫伯特脱不了干系,即使不是赫伯特亲手加上去的,应该也是赫伯特指导亚历克斯所为;所以,亚历克斯当然知道那批掠夺品的藏身处。照理说,亚历克斯也是"堕落天堂之钥"的一员,而且只有他知道掠夺品的藏身所在,其他人,只是沽名钓誉,虚晃一招!

罗伯知道,联调局扣走仓库里的东西,这绝对是约瑟夫的把戏,但他不明白,约瑟夫扣走这些材料为的是什么?目前看来,除了自己这边循线索追查掠夺品的下落外,螳螂捕蝉,黄雀在后,还有卡尔、约瑟夫和疯眼都紧追在后。虽然整出戏已勾勒出大半的雏形,但罗伯深知,他自己不是导演,也不是编剧,只是剧中的一角,想知道结局,也要所有剧中人的配合演出。他向阿南致谢后,忙着赶往波洛克的故居,他认为在阿方索家没找到的,在波洛克的故居应该会有所斩获。

珍妮和杰瑞一前一后下了地下室,黑暗中摸不到开关,杰瑞索性开了手机的手电筒,灯一亮,一眼就看见被绑在椅子上的彼得。彼得以为刚刚那两人又折了回来,保持一贯的静默,不敢出声,直到珍妮小声喊他的名字,彼得才应出声来。

"珍妮!是你吗?"

"你没事吧?这屋里还有其他人吗?"珍妮一面问,一面解下彼得的眼罩。

"果然不出所料,我在我自己的地下室里!"拿下眼罩的彼得马上认出是自家的地下室,因为那熟悉的煤油味和不时从后脑勺呼啸而过的汽车声,让他被绑架时,就怀疑自己是否就在自家的地下室里。

彼得站起来后,熟门熟路地开了地下室的灯,急忙问珍妮:"楼上那二十一张画还在吗?"

"没有!就只剩你打印出来的那些东西了!"珍妮顿觉忐忑,看来担心的事终于发生了。

"这窃案绝对是冲着那些画来的!"杰瑞看没人搭理自己,倒先发声了。

"哦,我忘了跟你介绍这位大神探——杰瑞,是纽约东汉普顿的刑警。"珍妮一面介绍,仍不忘挖苦杰瑞,"当然是冲着那些画而来,难道纯为了绑架彼得?再说,这绝非单纯的窃案!"珍妮这么一说,可让杰瑞尴尬了。

"我的意思是这绝非大卫或卡尔所为,因为他们得靠我们帮忙找答案;也不是疯眼的行事风格,不然彼得不会还好端端地站在我们面前。除了最有嫌疑的这两位,我想不出还有其他可能的人选?"杰瑞为了消除尴尬,只好认真地推敲了起来。

"他们有两个人,其中一个问我话,口音绝对是个老美,问的问题不像艺术专业人士,倒像是个藏家,急于知道有没有解决颜料问题的方法和翻案的可能。但之后又提出一个把艺术家 DNA 植入画布的科学鉴识问题,这又不像是一个普通藏家会有的概念,倒像是鉴识人员取供的方式!"彼得回想着。

珍妮听完,不作他想,"这绝对是约瑟夫的把戏!"她太了解约瑟夫的行事风格,只是想不透约瑟夫拿走那批画的真正目的。

"既然知道是谁把画拿走,要报警吗?"彼得问。

"先不报警,免得打草惊蛇!再说,如果珍妮的假设是正确的,那表示联调局已插手这案子,我们得静观其变,从长计议!"杰瑞又忍不住发表高论。

"如果真是约瑟夫拿走那些画,他就可以以此为证来起诉卡尔诈保,但以约瑟夫的心思,应该没那么单纯,即使能证明卡尔的那六张波洛克没被烧毁,也难举证其他更值钱的作品也没被烧毁!就彼得被绑时对方所问的问题,我猜约瑟夫另有所图!"珍妮再次梳理了一遍逻辑。

"听起来,约瑟夫是想帮那批有争议的波洛克画作翻案,但这对谁有好处?那其中六张是卡尔的,其余都物有所主,即使翻了案,卡尔也不敢把画要回去,那可是诈保的证据,约瑟夫也不可能从中谋利啊?"杰瑞也加入动脑的行列。

"有个地方你说错了!"珍妮纠正杰瑞,"其中那六张波洛克不是卡尔的,是疯眼的!即使翻了案,卡尔不敢要回去,疯眼也不会坐视不管!这其中大有文章!"珍妮也百思不得其解。

"你觉得要是清洗掉画布上的亮橘色颜料,那些画有可能是真的吗?"杰瑞转身问向彼得。

"清除亮橘色颜料不是问题,但仍必须找到能与画布上的毛发或指纹吻合的生物证据,才有翻案的可能。"彼得解释。

"现在画都不见了,这些假设根本不存在!"珍妮泼了冷水。

"所有从二十一张画布上所采集到的生物证据,我都存了档!"彼得补充。

"既然约瑟夫是拿走那批画的最大嫌疑人,只要罗伯找到足供比对的证据,证明那批画作是真迹,就不难跟约瑟夫谈条件,毕竟约瑟夫是个联邦探员,不会知法犯法!"杰瑞仍自以为是地推论着。

"约瑟夫怎么会笨到承认拿走那二十一张画!而且,谁说联邦探员就一定会奉公守法?还亏你是个刑警!"珍妮实在憋不住,很难不扯杰瑞的后腿。

"我们先上楼再说吧!"彼得适时打了圆场。

罗伯抵达波洛克在东汉普顿的故居时已过下午一点,他见没什么访客,决定先把该做的事给完成后再去吃饭。他直接走向接待处,告知来意,心想自己的助理已经先电话联系过,但接待处的人员却查无预约,罗伯干脆表明自己的身份,但无奈没预约还是无法进到波洛克的故居里。他苦无对策之际,突然听到有人喊"罗伯·霍顿教授",他回头,见入口处有位胸前吊着名牌的妙龄女子朝他走来。罗伯觉得这女孩有点面善,但记不起在哪碰过面,毕竟他对艺术品过目不忘的本事很难转嫁到女人的身上。女子看罗伯一脸疑惑,直截了当给了答案:"我几周前才在MoMA听您的演讲,讲波洛克滴画的色彩符码,问答时,我提了问题,请教您波洛克常在他的画布上刻意留下一些生物证据,是为了方便后人鉴定之用,还是呈现他个人风格的一种符码?也就是说那些他留在画布上的指纹和毛发,算不算是他创作的一部分?"

经这么一提点,罗伯原本模糊的印象逐渐转为清楚的轮廓。

"我一般只记得提问的问题,很少关注提问的人,非常不好意思!希望当时我的回答有让你满意。不过,现在你要是又问我一遍相同的问题,我的答案可能会很不一样!"罗伯卖了个关子。

"哦!此话怎么说?"女子一脸不解。

"你当时会问我那个问题,我猜是因为你在工作上遇到了类似的问题,想从我身上寻求答案?"罗伯的猜测一下子让女子涨红了脸。

"你不只看得懂画,更懂人心啊!不好意思,竟忘了介绍我自己,我叫雷妮,是基金会的研究员,再次幸会了!"看来雷妮也懂得如何收拢人心,把罗伯给逗得乐在一旁。

罗伯理了一下喜孜孜的表情,马上转为严肃,"莫非前阵子已有人造访,提到相同的问题?"

"是联调局的探员,说市面上出现一批波洛克的伪作,多人受害,为厘清真相,他们做了一些采样,问了一个类似的问题。"雷妮回答。

"问了什么问题?"罗伯好奇地追问。

"如果颜料无误,在画布上又采集到波洛克的生物证据,可否视为真迹?"雷妮重述之前的问题。

"那你怎么回答?"罗伯不改为人师的角色。

"如果鉴定只是在材料和画布上找生物证据,那艺术史家就没有存在的必要了!"雷妮这回答可真的把罗伯逗乐了。

"我当时应该也是这么回答你的吧?"罗伯忍不住往自己脸上贴金。

雷妮笑而不答,"教授!您今天来的目的不就是为了采集生物证据而来的吗?"这话可把罗伯问得无言以对,他只能直挠头,避开尴尬。

雷妮领着罗伯来到波洛克当年作画的仓库,开了墙角抽屉的锁,从里面取出了一叠样本,递给罗伯。

"这些都是基金会之前从这仓库里采集到的生物证据,包括波洛克的指纹、脚纹、鞋纹、毛发、唾液,甚至鼻涕、汗液等生物证据,免得仓库开放给大众参观后,这些证据被破坏殆尽!"罗伯一面听雷妮解释,一面翻阅着每个样本。

"也就是说,有了这些样本,就能拿来与其他作品上采集到的生物证据作比对?"罗伯追问,毕竟科学鉴定非他的专长。

"是的。基金会怕有心人士在取得这些生物证据后,经过加工，把这些证据植入伪作里，以假乱真，后果恐不堪设想！所以这些采样出来的生物证据，可没办法复制或加工植入画布。"

"你刚不是提到艺术史家在艺术鉴定里扮演的角色和责任吗？"罗伯提醒。

"市场里有一堆不懂艺术的人，宁可相信科学证据，而轻忽史家的判断！这就是市场乱源所在！"雷妮的回答正中罗伯的下怀。

"你刚提到联调局的探员说市面上出现一批波洛克的伪作，知道指的是哪批伪作吗？"

"我们基金会的职责除了维护、展览、典藏和教育等与波洛克、克莱斯纳创作相关的工作外，另一职责就是帮两位艺术家的作品真伪把关。如果说市面上出现一批波洛克的伪作，我们当能立即掌握状况。目前，除了几年前闹得沸沸扬扬的亚历克斯所藏波洛克作品的争议外，尚未听说有大规模的仿作流入市场。"

"你是基金会研究小组的一员，倒想听听你怎么看亚历克斯和阿方索所收藏的波洛克作品？"罗伯欲罢不能。

"其实，当时编撰波洛克作品图录时，基金会的研究人员和委外的专家们在选件前便已达成了共识，就是先排除亚历克斯和阿方索的收藏。因为波洛克与阿方索和亚历克斯的父亲赫伯特的关系太密切了，一起共用工作室，一起作画，互相修改作品，阿方索还曾经当起波洛克的老师，指导他滴画创作的技巧，在他们手里的波洛克作品,确实很难断定出于波洛克一人之手,加上那些作品到了亚历克斯这一代,变数就更大了,不然怎会有后面的争议和官司呢?"雷妮进一步解释。

"所以你认为亚历克斯手里的那批波洛克滴画不是真迹,仅仅只是因为其中的亮橘色颜料在波洛克生前并不存在?"罗伯倒想听听基金会专家的真实意见。

"我并没忽略史家应该扮演的角色,就表现的技法、色彩的掌握和线条移动的方式,甚至点、线、面的构成方法,几乎可以认定就是出自波洛克之手,特别是他独到的作画方式,或站、或跪、或弓着腰,随身体的摆动让颜料滴洒在画布上,尤其当他喝得微醺时,更是由他的潜意识来引导他身体的摆动,在画布上所建构出的语汇是发自内心的一种书写,有非常强烈的个人印记,是很难被复制的。所以,我个人认为,除了亮橘色的问题,其他部分没大问题!"雷妮的剖析完全印证了罗伯的看法。

"这就是我今天来的目的!既然创作的部分没问题,要是能把亮橘色从画布上移除,那真伪的问题不就迎刃而解了吗?"罗伯大胆提出解决的方法。

"波洛克的用色都是层层堆叠,怎么去掉其中的亮橘色?"雷妮不解。

"肉眼看到的亮橘色确实像是穿梭在不同的线条和颜色里,但通过高倍速光谱分析仪的辅助,我们发现那些亮橘色其实是浮在所有色彩和线条之上的!"罗伯进一步解释。

雷妮一时哑口无言,不敢相信罗伯所言,要是别人这么告诉她,一定会被她斥为无稽之谈,但出自一个德高望重的艺术史家之口,让她不得不重新思考这个可能性。

"你是说,亚历克斯那些具争议的作品要是与波洛克留下的生物证据相吻合,就能翻案证明那批作品是真迹?"雷妮再次确认罗伯的意思。

"没错!这正是我今天此行的目的。"罗伯终于作了结论。

"如果确定是真迹,现代美术馆就会考虑收藏吗?这不就是您亲自到访的原因吗?"雷妮好奇现代美术馆的态度,因为她知道,即使这批作品翻了案,基金会也不敢贸然收藏这批作品,毕竟波洛克与阿方索和赫伯特在创作的时间和技法上有太多重叠之处。

"这可是个复杂的问题!涉及到这些作品拥有者的意愿,也涉及背后一桩更复杂的阴谋!"罗伯就简单几句话带过。

"阴谋?如果有人刻意在真迹上加上亮橘色,使真的被误以为是假的,确实罕见,说是阴谋当不为过!"其实雷妮怀疑真会有人傻到把真的作品作假?

罗伯点到为止,也不想引起雷妮不必要的猜测,草草结束对话,希望手里的这些生物证据能够解开陶比斯留下的线索,或说是赫伯特·梅特留下的谜题。

25

珍妮与杰瑞随彼得上了楼,东寻西找还是不见那二十一张画的踪影。

"应该是被那两个人拿走了!"彼得面露愁容,不过倒庆幸自己留下了所有的高清图片,还有光谱仪的分析资料和影像档案。

杰瑞翻阅着桌上打印出的亮橘色图谱,左右端详了许久,"这些带着毛边的亮橘色线条,从左边顺势攀爬,到了第五张出现了这些旋涡状的图形,倒像是刻意设计或布置的……"杰瑞指着图解说,珍妮和彼得都靠了过来,"这亮橘色混在其他颜色中,所有的线条交杂在一起,倒交融得很好,一旦独立出来,笔触就显得怪异!你们看这笔触,连我这个外行的,怎么看都不像是波洛克的手法,你们不是说他借由身体的摆动把油漆滴到画布上吗?所以比较像是潜意识的活动,但这亮橘色走到第七张竟开始原地打转绕圈,而且颇有规律,像是打了底稿,到第十张又再次产生涡纹,不像是靠身体自主摆动滴出来的图形;而且,还没找到的那张,应该不是摆在最后,而是在这里,第十一张的位置才对!"杰瑞说着,一面把图的位置重新作了排列,"这张还没找到原作,只有画廊提供的照片,所以显得有点模糊,但却制造出一种凹凸的立体效果!你看看,这像什么图?"杰瑞转头问珍妮,他知道珍妮答不出来,故意使出这招来挽回自己的颜面。

珍妮直爽地摇摇头,杰瑞暗自窃笑,"这不像画,倒像一张地形图,军事用的地形图!我之前受过野战训练,作战用的地形图只标经纬线和地形线,只要摆上罗盘,定位后便一目了然!"杰瑞这么一分析,倒确实让珍妮刮目相看。

"你看得出来是哪里的地图吗?这也许就是那批纳粹掠夺品的藏身处啊?"珍妮有点喜出望外,觉得陶比斯留下的线索,终于有望破解了。

"如果真是地形图,那么这些旋涡指的是山,我们就得把全世界的地形图拿来一一比对,才知道这是哪个区域。但这简直就是不可能的任务!"杰瑞解释着,又冷不防地浇了珍妮一把冷水。

"为什么?"珍妮和彼得两人异口同声,表情疑惑。

"第一,我们不知道这地图的比例;第二,我们根本取得不了全世界的军用地形图,因为那可是各个国家的军事机密!"杰瑞又泼了第二道冷水,心里却乐此不疲。

"你想想,那十几万件艺术品,很难在战时大举搬动,应该都还留在当时纳粹的占领区;如果这地图真能指出那批掠夺品的藏身处,我们不如以德国为中心点,往外画圈,标出当时纳粹搜刮艺术品最烈的几个区,核对附近的山形,这样就能缩小寻找的范围,也许能有所发现?"珍妮虽看不懂地图,倒懂得如何解决问题。

"那我们得先找出二战时期的地形图。"杰瑞提议。

"二战时期的地形图已非机密,早已成了史料,柏林墙倒塌后,德国成立了二战历史博物馆,里面应该存有当年作战用的地形图,也许还能找到当年德军掠夺的史料。"彼得确实提供了一个非常有用的信息。

约瑟夫一回到办公室,马上抓起桌上的电话,"叫肯特进来!"

肯特小跑着进了约瑟夫的办公室,神色略显慌张,还没开口,约瑟夫已先出声。

"那批波洛克的画有消息吗?"约瑟夫劈头便问。

肯特一时怔住了,就杵在原地,忙着掏出手机问底下办事的人。

"不用问了!"约瑟夫要肯特把办公室的门带上,"要真是疯眼下的手,那就难办了!"约瑟夫面露难色。

"可以趁此机会,一举擒下疯眼啊!"肯特建议。

"如果找得到疯眼,还会让他逍遥法外?况且,我的首要目标不是疯眼,是卡尔!"约瑟夫早已跟卡尔宣战,但他知道半路杀出个程咬金,更难应付了。他接着问:"那天晚上,到底问出了什么名堂?"

"那个鉴识专家彼得有提到复制生物证据的可能性,就是取得艺术家的生物样本后,复制到具争议的作品上,以假乱真!"肯特转述。

"以假乱真?还是假啊!能完全翻案吗?"约瑟夫耐不住性子追问。

"那家伙说,如果能解决生物证据停留在艺术品上的时间问题,就有可能翻案。"肯特战战兢兢地解释着。

"什么样的时间问题?你可以用人话再解释一遍吗?"约瑟夫还是没听明白。

"譬如,一张50年代的油画,上头发现了一枚艺术家的指纹,虽比对后吻合艺术家的生物证据,但指纹留在画作上的时间只有一周,代表那枚指纹是一周前才被植上的,画当然有问题!不知这样表达有没有更清楚一些?"肯特唯唯诺诺。

"这么说来,我们是否也可以如法炮制,用相同的方法,找出卡尔对外宣称已烧毁,但经改头换面流到市面上的那批作品?"约瑟夫又问。

"我以为您针对的是那批具争议性的波洛克作品?"肯特满脸疑惑。

"你是在帮 AXA 干事,还是在帮联调局干事?"约瑟夫反问。

肯特一时支吾其词,好不容易才从小脑袋瓜里挤出一点想法,"我是在帮您干事!"

"那批有争议的波洛克画作,既非 AXA 的调查方向,也非联调局的业务;要抓疯眼,就要用那批波洛克的画诱出他,但现在他拿走了那批画,没人帮他翻案,那批画也就成了废纸,不知他壶里卖的什么药?而要定卡尔的罪,就必须找到他诈保的证据,他已开始在黑市脱售那些纳粹的掠夺品,目前有什么消息?"其实约瑟夫曾经想过如何用卡尔那六张波洛克发一笔财,但事后才发现自己竟也成了卡尔的棋子,甚至成了卡尔诈保的间接共犯,明知卡尔使诈,苦无证据,如再赔上巨额的保费,AXA 可能因此走上破产的命运,也会连带影响到美国保险业的发展。而他的卧底身份和联调局利用私企不正当掩护办案的丑闻,足以把联调局的局长拉下台,他作为此案的主事者,很难不被抖出之前跟卡尔的合作企图,卡尔甚至可以拿此要胁,要他配合,那他可就真成了卡尔诈保的共犯了。

"卡尔流出去的那三张作品已成交,最后还是卖给了那两个中国人,画会在下周运到香港,我们会通知国际刑警组织,以诈保证据带回那三张画作作进一步的鉴识!"肯特一副稳操胜券的样子。

"AXA 的命运就掌握在这三张画作上了!"其实约瑟夫心里想的是 AXA 和他自己的命运,只是不想在属下面前把自己给扯上了。

此时,约瑟夫的视线转向玻璃外焦急上前敲门的助理,约瑟夫还来不及示意叫她进来,后头一位西装革履的男士便自行开门冲了进来。

"你给我出去!"男子示意肯特离开。

肯特闷不吭声,匆忙退出约瑟夫的房间。

"你从明天开始不用来这里上班了!还有,带走你所有的属下,我们会接手这里的案子,包括卡尔的那件,听懂了没?"男子命令着。

"长官!我可以……"约瑟夫马上被制止继续发言。

"你什么都不可以,也不用问理由,明天开始给我滚出这里就对了!"男子一面狂骂着,一面掏出手帕拭着前额的汗。

"是的,长官!"约瑟夫停止任何抗辩,静静地听男子的指示。

男子一屁股把硕大的身躯往沙发上蹭了下去,气喘吁吁,约瑟夫示意一直等在办公室外面的助理倒杯水过来。

男子把握在手上的报纸狠狠地丢到约瑟夫面前,一句话也没说,就只顾着擦汗。

约瑟夫看着报纸,瞪大了双眼,不敢相信眼前所见的报纸标题——"一场大火烧出保险公司和联调局的阴谋",署名的竟是记者会当天勇于发问的《华尔街先锋报》的记者。当天会后,约瑟夫见机不可失,把一些敏感的议题泄给了该记者,希望通过该记者的明查暗访,把焦点放在追查卡尔那批烧毁的艺术品上,哪知那记者来记回马枪,反过来探究起联调局在这个案子里扮演的角色。约瑟夫深知自己难逃此次风暴,为了自保,唯有加快将卡尔绳之以法,才能将功赎罪。

"我明白您的意思了!我承认我确实搞砸了!"很少看到约瑟夫这么低声下气,但这次他确实偷鸡不着蚀把米,认栽了!但他可没那么轻易放过卡尔,他知道,现在唯有扳倒卡尔,才能扭转乾坤。

珍妮和杰瑞决定先飞一趟柏林,寻找二战时的地形图,试着印证杰瑞的假设,如果这条线索行不通,那就得另辟蹊径。他们到机场时,珍妮给罗伯发了条短信:

> 罗伯!我跟杰瑞决定飞一趟柏林,因为我们发现那些亮橘色形成的图案,很像地形图,有可能就是那些掠夺品的藏身处,也许在二战的史料里可以找到一些线索,如有进一步消息,马上让你知道……还有,彼得那二十一张波洛克的画作全被人拿走了,我猜是约瑟夫,但尚不知他目的为何。保持联系,希望你那边也有所进展!

26

到了柏林,两人直奔柏林二战历史博物馆,沿路上,行经欧洲被害犹太人纪念碑。珍妮从车里望去,一排排整齐的灰泥棺椁,沿着斜坡一路而上,让整个坡面看似停满了成千上万的石棺,成了不折不扣的"活"碑林。这碑林就建在恶名昭彰的纳粹宣传部原址上,这一纪念碑并不是为二战中死去的犹太人而建的,而是为德国人集体的记忆而修建的,一眼望去,在灰泥死白的世界里,隐隐透着呐喊后的沉默与战后的压抑。这不禁让她想起德国艺术家基弗(Anselm Kiefer)的一个展览,主题就叫"殇痕",里面有张画让她特别印象深刻,每每想起仍让她肝肠寸断。展览时,那张画挂得比其他画都高,巨大的尺幅,约有三米乘四米的长宽,画面以烧得焦黑的泥土当背景,夹杂着一些枯黄的杂草,泥土上布满了白色的十字架,由近而远,密密麻麻,层层堆叠,十字架上缠绕着一圈又一圈的铁丝,插在焦黑的泥土上,映着惨灰的天空,那总伸展不开的压抑,像是无声的呐喊,几乎让人窒息。纳粹的屠杀和迫害,不在于人数的多寡,带给死者和他们后人的,确实是一种抹不去的历史"殇痕"。

车子绕过了威玛纪念碑,转了个弯,映入眼帘的是一栋古希腊建筑,正面明显受过战火的洗礼,有些圆柱已断裂,屋顶山形墙内的浮雕也被烧黑,但破口处清晰可见一个希腊字"veritas"(真理),就刻在一个去了角的磐石上。德国政府刻意保留二战中受战火摧残但没倒塌的建筑物,作为二战历史博物馆,用以见证历史上惨痛的代价和教训。

"您好!想请问这博物馆是否收藏了二战时的一些军用地形图?如果有当年纳粹使用的军事地图更好!"一入馆,两人直奔询问台,珍妮一口气讲完来意,像只哈巴狗似的等着主人给赏。

"你可不可以再讲慢一点?"柜台服务员用稍嫌生涩的英文回答珍妮。

珍妮不厌其烦,用慢到自己都快打结的语速复述了她的来意,她生怕服务员又听不懂,还不时夹杂着记忆中仅剩的德文。果不其然,服务员忍不住挠挠头,这动作几乎瓦解了珍妮的信心和耐心。她东张西望,四处寻找协助,就在此时,她背后传来一连串流利的德文,声音是如此熟悉,一转身,杰瑞正跟服务员一来一往无碍地交谈着。珍妮瞪大了眼看了杰瑞一眼,没等珍妮开口,杰瑞如实招来,却掩不住一脸的得意忘形,"我妈是德国人!"

珍妮忍不住踹了杰瑞一脚,"那你得意什么!"杰瑞虽挨了珍妮一记,心里倒也偷着乐。

"到底有还是没有?"珍妮拉回正题,逼问着杰瑞。

"还不知道,说要我们先填个单子。"就见服务员手拿着黄色的单子朝他们走来,接着又是跟杰瑞交头接耳一阵,有说有笑,把珍妮晾在一旁干着急。

"现在是怎样?"珍妮忍不住插了嘴。

"你先把这些单子填一填,让我把事问得清楚些!"杰瑞转头又把珍妮晾在一旁,自顾自聊了起来,颇有君子报仇十年不晚的爽劲。

待杰瑞再转过身,珍妮依然杵在原地,没好气地对着杰瑞说:"你要我怎么填?"说完把单子塞回杰瑞的手里。

杰瑞接过一看,马上道了歉:"不知道这全是德文的!"说完就拿起笔写了起来,再把单子交给刚刚那位服务员,服务员要他等等,便微笑着消失在另一个房间里。

罗伯收到了珍妮的短信,正纳闷为什么约瑟夫要取走那二十一件波洛克的画作,手机突然响起,显示未知来电,但他还是接了电话。

"喂!是哪位?"这年代,来电不显示,除了推销电话外,就是一种不礼貌的象征。

"罗伯!你好吗?好久没联系!是我,约瑟夫。"一个听似熟悉又有点陌生的声音,但牵连着菲利浦的骤逝,让他毕生难忘。

罗伯没好气地搭腔,"是好久没见!有何贵干?"他根本懒得寒暄。

"有件重要的事要麻烦您出马!"

"我何德何能还受您器重?"罗伯忍住脾气,但还是压抑不了情绪。

"是有关卡尔的诈保案!"约瑟夫知道罗伯对他有戒心,怕说多了罗伯反而往他处想,所以也就不啰嗦。他知道,罗伯认为菲利浦的死紧扣着卡尔手里那六张波洛克的画和那批纳粹的掠夺品,只要提到不利卡尔的事,都有利于查清菲利浦的死。

"那我能帮什么忙?"罗伯亲眼看见卡尔的房子付诸祝融,珍妮也提到那些挂在廊道上的画,在火灾前都已打了包,所以约瑟夫这么一提,他倒不惊讶,只是好奇约瑟夫竟能如此神速把火灾导向诈保。已公布的火因鉴定报告确认是电线走火,是他故意掩盖事实,以免打草惊蛇,还是他也是共犯团体的一员?或者,真如报上所载,是联调局一贯的手段和阴谋?

"我们需要您去一趟香港看三张画!"约瑟夫直接提出请求。

"我倒想知道这是保险公司的任务,还是联调局要征调我?"

"都有!既是保险公司也是联调局,都需要您的帮忙!调查诈保是保险公司的职责,打击经济犯罪是联调局的任务,所以请您务必帮这个忙!"很难从约瑟夫的嘴里听到请求的字眼,可见他已走投无路,只能放手一搏,把最后的机会押注在香港那三张画上。

"那为什么你要拿走彼得的那二十一张画?"罗伯冷不防地丢出一颗震撼弹。

"我们的人确实有去过彼得的住处,但画不是我们拿走的!"约瑟夫故意不讲明画是中途被疯眼的人劫走的。

"不是你们,会是谁?阿方索家仓库里的颜料、材料,你们不也搜刮走了?波洛克的故居,你们不是也去过了?不为那些波洛克的画,为的是什么?"罗伯可不客气了,每到一个地方,总被联调局的人捷足先登,现在连那关键的二十一张画都不见了,想翻案或破解陶比斯留下的线索,更显得机会渺茫。

"画是疯眼拿走的!我们一直追查亚历克斯那批波洛克的画作,是为了找出卡尔真正的意图,想想一开始他只谈如何把那六张画通过大通的捐赠送进美术馆,但现在卡尔最大的获利,却是来自诈保。卡尔不贪小钱,那六张波洛克的价值对他来说只是九牛一毛,也许波洛克只是个幌子,背后应该有更大的阴谋!"事到如今,唯一能说动罗伯帮忙的方法,就是搞阵线联盟,让他觉得他们有共同的敌人,那就是卡尔。

罗伯知道约瑟夫想趁机套出他目前掌握的线索,他刻意回避,不再把话题放在波洛克的画作上。

"那你要我去香港看什么画?"罗伯这么一问,约瑟夫知道事成了一半,至少没被罗伯一口回绝。

"我们怀疑卡尔请人变造了宣称已烧毁的三张画,毕加索、克里姆特和夏加尔的油画,通过欧洲的黑市,被两个中国企业家买走了,已经运到了香港,准备通关。我们已请国际刑警组织协助,扣留那三张画,以便做进一步的调查。"

"怎么知道那三件作品就是卡尔的?"罗伯知道自己是白问了,毕竟约瑟夫是联调局的探员。

"这就不用我多费唇舌了吧!"约瑟夫的回答果然印证了罗伯的想法。

"可以先看变造后的照片吗?"罗伯心想,飞一趟香港十几个小时,加上12个小时的时差,实在让人吃不消,如能在照片上先看出端倪,也许就能省了这趟跋涉。

"没有照片!为免打草惊蛇,我们只能请香港海关扣留画作24小时,说是通关延迟,免得那两个中国买家向卖方反映,那就前功尽弃了!我还是需要您亲自飞一趟!"约瑟夫现在被AXA解了职,无法以保险公司的名义请罗伯帮忙调查,联调局在风头上对此案也难有支持,只能靠约瑟夫的个人本事单打独斗了。

"什么时候走?"罗伯问。

"今晚就走!"约瑟夫似乎没别的选择。

卡尔一进到会所的包厢,就把一个纸袋丢到大卫的面前,大卫抬头看了卡尔一眼,没好气地问:"什么东西?"

"打开来看看!"

大卫从袋子里抓出了一捆百元美钞,又塞了回去。

"给你买雪茄的,剩下的再汇入你境外的账户!"卡尔一面坐下,一面掏出口袋里的雪茄。

"那理赔的部分……"大卫暗示着。

"当然少不了你那份!"卡尔可笑得开怀,接着说,"我办事,你放心!"

"中国人很少这么快付钱的啊?"大卫语带揶揄。

"不只快,还很爽快!这才刚开始!"卡尔洋洋得意。

"不怕被约瑟夫的耳目发现?"大卫反问。

"联调局什么时候也管到香港了?"卡尔不管嘴里有没有叼着烟,都是那副老奸巨猾样。

"我赚钱先不管干不干净,但得确认安不安全!有钱确实好办事,但有些事钱也办不了!"大卫明枪暗指,也顺便表达了自己的立场。

"刚不是说了吗?我办事你放心,一切都在掌控之中!"卡尔再次重申,脸上飘过一丝不悦。

"那批下落不明的掠夺品,有什么进展?"大卫换了个话题。

"珍妮和那警员去了柏林,应该是找到什么线索了。"卡尔说着,有一搭没一搭的。

"你对那批作品不感兴趣了?"大卫瞥见卡尔漫不经心的表情,故意挑上了话题。

"倒不是!我认为即使找到了那批掠夺品,少不了麻烦事!

那批东西按逻辑应该还在欧洲,有一二十万件啊!这数量怎么运得出来?一旦曝光,德国政府、作品拥有者的后代,都会蜂拥而至宣示主权和拥有权,将会有打不完的官司,更别提出售那批作品获利!"其实卡尔心里早有盘算,他不想赚没把握的钱,他觊觎的是近30亿的保险理赔和私下脱手变造的作品,那可是近60亿的生意啊!

"所以波洛克那批作品也算了?"大卫追问。

"听说那二十一件作品被疯眼拿走了!我可不想惹这个疯子,更不想上他的追杀名单!"卡尔清楚他的目标,更明白绝对不能成了别人的目标。

"那我那件 *Number 5* 怎么处理?难道也要变造后卖了?"大卫可提到了重点。

"那件得等等!波洛克的作品可不好变造,不像其他欧洲现代艺术家那样好搞。艺术这东西一旦到了美国,就成了纯个人意志的表现,不像欧洲那些传统学院派的作品,那么容易做手脚!当时你拿那张 *Number 5* 来融资贷款,也取回了一部分的钱,剩下的等保险理赔下来再说!"卡尔知道大卫不是滋味,深怕事成后,自己被一脚踢开,分不了一杯羹。

"你的意思是那件 *Number 5* 从此就不见天日了?"大卫责问。

"怎么会?是时机的问题!"

"既然变造不了,当然就不可能出售!那件 *Number 5* 在当年可是世界上最昂贵的一张画作,众所瞩目,现在对外宣称烧毁了,如果又流到市场上来,不啻自打嘴巴,自寻死路!"大卫把事给挑明了。

"你的意思是……"其实卡尔不点破,他只是要大卫亲口说出他心里的盘算。

"我的意思很简单,那件 Number 5 从此销声匿迹,不得再出现在市场上,但该给我的钱还是得先给我!"

"没问题!但记住,我们可是捆绑在一块的,要是我下去了,你也得跟着我一起下去!我们之间没有谁吃亏谁占便宜的问题,只有生死与共的问题!"卡尔吸了最后一口雪茄,一直吸到肺里,吸到心坎里,再也没见他从嘴里吐出一丝白烟。

杰瑞紧跟着博物馆的服务员往三楼的图片档案室走去,珍妮尾随在后。在档案室专员的协助下,他们先在微片机器里寻找可能的地形图,但微片是一种缩微胶片,很难跟彼得打印出的亮橘色图稿作比对。

"倒不如我们也把亮橘色的图稿缩得跟胶片的比例一样?"珍妮提议。

"怎么跟我想的一样呢?就用影印机把这图稿给缩成胶片的比例,就好比对了!那就麻烦你跑一趟楼下吧!"杰瑞死要面子,还大言不惭。

"懂德文的是你,可不是我!"珍妮以其人之道还治其人之身。

杰瑞只好拿着图稿,一溜烟到楼下去了。

珍妮漫不经心地浏览着微片机上的地形图,地形图是按国家和区域编排的,有些标记了当年德军的部署和作战路线,但她没受过军事训练,搞不清楚方位,更难辨识图上的区域和国家。

杰瑞又匆忙地赶回座位上,顺手摊开缩小的图稿,就摆在微片机前,以便比对。他看了看这时期与德军活动相关的胶片,竟有四千多张,他得想办法缩小寻找的范围,不然靠人工比对,旷日费时,效率太低。

"你有艺术史的背景,帮我想想,二战时纳粹的掠夺都会是哪些作品?"杰瑞试着借由珍妮的专业来缩小寻找范围。

"当然是犹太人收藏的作品!像是夏加尔、克里姆特等人的作品。"珍妮脱口而出。

"除了在德国境内的犹太人大举遭受纳粹迫害外,还有哪个国家的犹太人也被大肆迫害?"杰瑞试着从不同角度切入问题。

"记得罗伯提过,二战时,德国纳粹从犹太人的手里大肆掠夺了近65万件艺术品,都藏在奥地利阿尔陶塞市(Altaussee)与德国梅尔克尔斯(Merkers)的地下盐矿中,但这两个盐矿早已坍塌,且寻获的艺术品大多数都已物归原主,但还有近20万件仍下落不明。"还是珍妮的记忆力好。

"珍妮,你太棒了!你一出口,节省了我要耗掉半辈子的时间！我们先找出德国梅尔克尔斯和奥地利阿尔陶塞市的位置,以这两个城市为中心点,划出方圆百英里内两个圆,从两圆的交集地开始比对,因为要把几十万件的作品运出去又藏起来,运输过程又不能明目张胆,范围绝对不会出这两圆交会的地区。"杰瑞分析判断完,马上重新搜索胶片,符合范围的只剩三十六张。

"耶!"杰瑞和珍妮击掌欢呼了起来,引起管理员的注意,要他们注意音量。

他们俩四只眼睛就一张一张比对,三十六张胶片整整耗了两个多小时,还是没结果。杰瑞思索着到底哪出了错,珍妮更是气馁地缩在椅子上,频频挠着头。

"会不会是波洛克的作品排列出了错?"珍妮先提出了质疑。

"我去跟管理员借把剪刀,把这图稿剪开重组,再比对一遍!"杰瑞话还没讲完,人已经离开了座位。

他们把三十六张胶片也打印了出来,缩成跟图稿一样大小,重新开始拼图游戏,时间一分一秒地过去,离博物馆关门时间只剩不到一个小时,杰瑞和珍妮两人聚精会神地紧盯着图稿和一张张印出的胶片。珍妮觉得这种人工比对的方式根本就是事倍功半,建议把印出的胶片稿拿去扫描,再传给彼得用电脑作不同组合的比对,就像比对指纹那样,精确又节省时间。

他们离开博物馆后,决定先找家旅馆歇着,等彼得的消息,再进一步行动。

27

罗伯一到香港已是华灯初上,他被安排直接入住中环的酒店。卸下了简单的行囊,他望着窗外,看着维多利亚港往返香港岛和九龙的渡轮,还有眼前栋栋相连的大楼折射出五颜六色的灯火所构成的天际线。这是他第一次到香港,但从机场到酒店的路上,他已深刻感受到香港这个不同于欧美的城市所独具的东方风情。

他在窗前驻足片刻,享受置身异国的宁静,没有思绪的纷扰,没有触景的感伤,也没有人情的羁绊,直到房间里的电话铃声响起,才把他又拉回现实。

"霍顿教授,我们在前台等您,麻烦您了!"罗伯没预期这么快就得动身去海关,他冲进浴室,擦了把脸,拎了外套便匆忙出了门。

"约瑟夫呢?"罗伯一上车便问了身旁的壮硕男子。

"他上机前,临时被局里留了下来!"男子语气冰冷,不带一丝感情。

"所以这次是联调局安排的行动,不是保险公司的委派?"罗伯又好奇地问,只是想知道主导这盘棋的是谁。

男子完全忽略罗伯的问题,"待会儿看完画,我们会送您回酒店,但请留在房间,明天一早的飞机回纽约!"男子以近似机器的语调交代完事,便静默不语。

罗伯知道继续追问也是白费力气,就干脆转头望向窗外。中环的夜晚,人车杂沓,狭窄拥挤的街道消失在高楼大厦的簇拥下,穿梭其间的人群,行色匆忙,但维持了一定的秩序。他坐在车里,也能完全感受到一股压迫感,抬头往上望,天空似乎被周围的大楼遮蔽,他开始坐立难安,呼吸急促,不自觉地闭上了眼睛,原来这样的环境也能挑起他对空间闭锁的恐惧。突然,一阵刺耳的当当声在耳边响起,他倏忽睁开了眼睛,车子就停在红灯前,他才明白在这喧嚣的都会里,唯有放大所有的声音,才能让视障人士听得见往往被正常人忽略的指示,而人和人的沟通,也只能扯开嗓门才能让对方听明白自己的意思。罗伯心想,在这种环境里,一定能激发人类五官的潜能,时时要眼观四路,耳听八方,嘴里还不忘念念有词,难怪中国人聪明!不像老美,吃顿饭安静无声,即使自家人面对面坐着也不交谈,全靠手机短信搞定。

不久,车子驶进了一处大楼的地下室,罗伯知道海关总局到了,至少他看得懂大楼外墙的英文字,这是香港有别于其他亚洲城市的优势,至少便利了那些来访的纯英语系国家的访客。

罗伯一下车，没任何寒暄，直接被带到了一个小房间，长桌上就摆开了三件油画，依序是毕加索、克里姆特和夏加尔的作品。罗伯看得出神，他三张都先浏览了一遍，然后回到毕加索画作前面仔细端详，"这应该是毕加索1939年的作品，约是二战刚爆发后不久，画的是他的第二任情妇朵拉·玛（Dora Maar）正在作画，趴在桌上的这个是她的模特，也是毕加索的第一任情妇玛丽·德瑞丝（Marie-Thérèse）。在这之前，两任情妇并不知彼此的存在，直到那年夏天，这两个女人一起跟着毕加索到法国西南部鲁瓦扬（Royan）的海边度假，才彼此认识、交手，从妒忌到接受，这张画就是个见证。在朵拉·玛的笔记里，就曾记载这段故事，提到毕加索在度假时帮她们两人画了五张画，手法都是这时期惯用的变形和分割，但这五张画只有两张被编进了Zervos所编纂的图录里，其他三张被疑为已毁于战火或遗失，没任何图片存世。"

旁边的一名女子忙着录音和做笔记，但不参与意见，也没和罗伯交谈。

"而这张克里姆特的作品，很明显就是《艾蒂儿·布洛赫-鲍尔肖像》，目前能确认的只有两个版本，第一版完成于1907年，第二版完成于1912年。画中主角是维也纳犹太富商布洛赫-鲍尔的妻子艾蒂儿，也是同一主角在克里姆特笔下唯一超过一张的肖像画。第一版的肖像画在1941年被纳粹掠夺走，战后,鲍尔的后人打了八年的官司,于2006年胜诉取回该作,同年,以一亿三千五百万美元售出该作,成了当时世界上最贵的画作。因为鲍尔先生是克里姆特长期的赞助者和收藏家,克里姆特无独有偶在1912年又帮鲍尔夫人画了第二张肖像画,然命运多舛,跟第一张一样落入纳粹的手里。战后,此画进了奥地利国家美术馆,后人在2006年的胜诉官司里跟第一版一起取回,同年上了佳士得的拍卖,由美国著名电视主持人奥普拉(Oprah Winfrey)以八千八百万美元标下该作,之后出借给纽约现代美术馆,但2016年,奥普拉又以一亿五千万美元将此画卖给匿名的中国买家。而眼前的这张作品,看似是第一版和第二版的合体。第一版的背景是用金箔处理,将主角人物烘托得珠光宝气,装饰性极强,而第二版的背景被分成上、中、下三个区块,很像壁纸,上头充满了东方的图案,颇具异国情调。然而,眼前这张画的背景,却以金箔拼贴出东方的花卉图案,辅以中国的线性纹饰作边框,把艾蒂儿描绘得更平易近人,但平凡不失高贵。"

罗伯意犹未尽,小步移到了夏加尔画作的前面,他上下左右端详了许久,未发一语,让随侍在旁的女子频频抬头看着他,但不敢出声打扰罗伯。

"夏加尔这张画简直就像卡尔家里廊道上那张《白色受难图》的翻版。就手法、构图和设色,几乎是同一时期的作品,大约是1938年左右,当时法西斯反犹太主义正兴,他预言式地画下犹太人受迫害的场景,画面中间的耶稣身着犹太传统的披巾,被钉在十字架上,四周描绘了耶稣的预言:着火的犹太村庄、仓皇逃命的犹太人、惊慌失措的犹太天神,还有正大举入侵的军队。我当时虽只惊鸿一瞥,但印象深刻,绝对瞒不过我的眼力,更别说挑战我的记忆力!"罗伯愈说愈起劲,身旁的女子一直埋头振笔疾书,无暇顾及罗伯的自吹自擂。

罗伯很快又回到了主题,"眼前这张什么元素都不缺,却多了一艘方舟和一座代表犹太人光明日的蜡烛台……"罗伯突然顿住,转头看了身旁的女子一眼,"有荧光灯吗?"

女子点点头,跑了出去。

罗伯好奇地用手指尖抠了抠烛台上的漆,突然抠了一小块下来,他惊觉这可不像历时七十几年的漆面结构,他小心翼翼但大胆地把烛台底座的漆面刮掉,竟露出另一层底漆。女子适时地递上荧光灯,罗伯一声吆喝:"把灯关掉!"在黑暗中,紫色的荧光灯揭露了欲盖弥彰的手法,罗伯确认,有人在画布上添加了烛台和方舟。

"我确定这就是挂在卡尔廊道上的那张!"罗伯说得斩钉截铁。

他又把荧光灯移向另外两张作品,同样,都有修补、添加的痕迹。"毕加索和克里姆特这两张画当时都不在卡尔的墙上,说不定就在烧毁的画作名单上?"罗伯喃喃自语。

"需要把这三张作品送去作进一步的扫描和鉴定!"罗伯作

了结论,示意身旁的女子赶快进行。

女子倏忽地又从房间里消失。罗伯知道,他在香港的工作已告一段落。

珍妮和杰瑞彻夜未眠,苦等着彼得的电话。说曹操,曹操到,珍妮的手机铃声大作。

"彼得,有结果了吗?"珍妮抢先一步开口。

"我让电脑试了所有可能的组合,还是没有吻合的!"珍妮听完,像泄了气的皮球,整个人瘫坐在房间的椅子上。

"好的,那我跟杰瑞再讨论一下,谢啦!"便把电话挂了,再用旅馆房间的电话拨给杰瑞。

"彼得打来了,还是没结果!"珍妮气馁地说着。

"也许我们没找到对的地形图,应该把范围再扩大一点;或者亮橘色所构成的图形,根本不是地形图?"杰瑞思索着各种可能性。

"我到你房间去,我们再研究一次!"珍妮锲而不舍。

"都三更半夜了,明天吧?"杰瑞从下机到现在都还没合眼休息过,但他知道这女人要是决定了的事,谁都阻挡不了。

"别啰嗦!我马上到!"果然不出杰瑞所料。

杰瑞才转身收拾了一下房间,便听到急促的敲门声。

"这娘们真是个急惊风!"杰瑞嘴里嘟哝着,一面走去开门。

杰瑞才转动门把,门突然从外面被撞了开来,他还来不及反应,两个大汉便闪身冲了进来。杰瑞见状,马上利落地退到床的另一边,眼角瞄到前面男子的手里握着枪,枪管带消音器,知道来者不善,立意杀人灭口。他二话不说,训练有素地低下身子,左脚一蹬,右脚朝持枪的男子扫出一记螳螂腿,男子重心不稳,应声倒地,刚好把枪摔在杰瑞的脚边,杰瑞身手矫健顺势拾起了枪,把枪口对着两名男子。说时迟那时快,珍妮就挑这节骨眼走了进来,靠门口的男子见状,转身从背后掳了珍妮,一面作势要杰瑞把枪放下,一面示意另一名男子撤离,待两名男子都移向门口时,掳人的那男子就架着珍妮当盾牌慢慢退出了房间。杰瑞跟了出去,双方对峙了一阵,就在走廊尽头,男子冷不防朝珍妮后颈出拳用力一刹,珍妮应声倒地,两人趁机从逃生门遁了出去。杰瑞快步迎向珍妮,顺势往逃生门的玻璃窗望去,已不见歹徒的踪影。

"怎么回事?那些人是谁?"珍妮醒来看着杰瑞手里的枪,惊魂未定。

"不知道!你看,这枪还上了消音器,摆明是来杀人灭口的!"杰瑞虽化险为夷,仍心有余悸。

"我们应该被疯眼的人盯上了!既然都追到了柏林,表示我们行踪已暴露,看来我们得加快脚步才行!"珍妮知道这两个不速之客绝对不是卡尔或约瑟夫派来的。

"我们就这些图,如果不对,再怎么研究也不会有结果啊!"杰瑞说着,把图摊在珍妮的面前。

"彼得把那二十一张画的高清扫描图给传来了,也许我们该从头开始,按图索骥,不要落入地形图的框架,想想还有没有其他的可能。"珍妮说着,一面打开她的手提电脑。

"这二十一张画作的图档我都能背了,还能搞出什么新花样?"杰瑞嘴里嘟哝着,但还是聚精会神地重新看过每张画作的图档。他愈看愈眼花,干脆快速地跳着看,愈跳愈快,画面竟然只剩下亮橘色,还有白色。珍妮本想开口要杰瑞认真点,但当她看到这种意想不到的结果时,惊讶地半张着嘴,一句话也说不出来。

杰瑞揉揉眼睛,不敢相信眼前所见,"是我眼花吗?"他不禁自问。

"你看到了吗?那亮橘色和白色!"珍妮激动地要杰瑞再看一次。

"不可思议啊!没想到这种土法炼钢的方式,竟胜过光谱仪的科技!"杰瑞也瞠目结舌,不敢相信眼前所见。

"光谱仪没问题,是我们之前预设了亮橘色才是关键,忽略了其他可能,所以彼得才把后加上去的亮橘色从其他色里分了出来。色彩在快速移动下,只有亮色系的颜料会产生视觉暂留的效果;当时加上亮橘色颜料的人应该熟知色相的运用,利用画中原有的白色,再搭配后加的亮橘色,形成后制的藏宝图,不但可以混淆视听,更不容易被发现,我得赶快告诉彼得这个新发现,好让他把白色也加上来,看看会成什么图形。也许重新跟那些地形图比对,会有意想不到的结果!"珍妮说完,马上给彼得拨了电话。

约瑟夫收到香港传来的消息后,欣喜若狂,有了罗伯初步的确认,下一步再有科学证据的补充,就能把卡尔绳之以法!他回到联调局纽约的办事处,急于将罗伯的发现上报。

"你不是已经被调职了?就因为你搞砸了,害我从总部被调来这里帮你擦屁股!原本顺利的话,我升了局长,副局长铁定是你!你就是改不了逞强、爱居功的个性,有本事就转私企,留在保险公司干执行长,薪水也比我们干公务员的多!但看你也不是那块料,现在把自己搞得灰头土脸,还有脸来见我?"处长马克一看到约瑟夫,就气急败坏把约瑟夫给数落了一顿。

"马克!你本来就是我的长官,我对你一向唯命是从,如今出了纰漏,你也颜面无光。当初这案子可是你批准的,我费尽苦心,撒了多少网,才快把那条鱼给钓上,要不是栽在媒体的手里,我现在可是跟你平起平坐!"约瑟夫虽英雄气短,但只要一口气在,硬撑也得撑到最后关头,直到胜负分晓。

"小老弟!千金难买早知道!我懒得跟你废话,你无事不登三宝殿,有什么屁快放!"马克能爬到这个位子,也非省油的灯,跟约瑟夫比起来,只有一点胜出,那就是懂得掌握时机。

"找到卡尔诈保的证据了!"即使马克不留情面,约瑟夫仍难掩内心的喜悦。

"你不是已经交出案子了吗?怎么还在这上头打转?"马克

其实深知约瑟夫的能力,但这次搞砸了,把他也拖下水,怒气难消,不是真想落井下石,是想借此挫挫约瑟夫的锐气。

"你到底想不想听?"约瑟夫渐失耐性,但他已没了筹码,嘴巴虽硬,心里可明白,这可是他最后的机会。

"你就说吧!"马克也不想浪费时间,知道约瑟夫要不是有具体的掌握,不会特意来找骂。

"之前怀疑卡尔变造了烧毁的画作,流到黑市找买家,其中有三张被中国人买走,送到了香港,我请罗伯·霍顿教授去香港看了那三张画,确定其中一张夏加尔的作品是卡尔家里被烧掉的作品,只是画面被多加了一些东西,另两张画作的主题,也与卡尔保单上的画作相似,都需进一步鉴定。我想请局里发函给国际刑警组织扣查那三件作品,等科学鉴识确认后,有了证据就可以控告卡尔诈保。那三件画作还在香港海关,24小时内得放行!"约瑟夫希望马克了解此事的急迫性。他之所以待在纽约,没随罗伯去香港,就是想争取时间让局里马上响应。

"既然发现证据,发函不是问题,问题是这些作品的所有权已归买家所有,买家如实付了钱,是真是假的认定,非我方权责,加上三件作品也都依法报关,实在没有扣查的理由。"经马克这么一分析,约瑟夫知道,此事难于循正常通道进行,得另辟蹊径。

"那就告诉那两个中国买家,画经过变造,是假的,要他们供出卖方,且配合调查!"约瑟夫很少这么心急,急得乱了方寸。

"能砸大钱买这些作品的人,也非泛泛之辈,既然是台面上的企业家,就先摸透他们的底细,总会抓到一些小辫子吧!"马克总是谋定而后动,才能爬到今天的位子啊!

"好!就照你的方式,但你得罩着我,万一失了先机,坏了事,升不了官的可是你!"约瑟夫不忘来记回马枪。

柏林时间深夜三点多,珍妮仍焦急地等着彼得的回复,冥冥中有股未知的力量,牵引着她一步步解开陶比斯留下的谜题。她凭窗眺望哈弗尔河的夜景,不禁勾起布鲁克林桥下最后一夜的离别,到现在她才明白,原来"老地方"不只是一种甜蜜的记忆,也是一种无法负荷的生离死别。"消失的波洛克"随着陶比斯的离去而留下,但这线索有如魂牵梦萦,在脑海里盘绕着,在心里纠结着,从纽约到蒙特利尔,再到柏林,珍妮死命地追逐一个未知的步伐,最终飘向何方,她心里也没谱,总觉得柏林这个陌生的城市,有着太多来不及诉说的故事,也许那些躺在灰泥板下的犹太魂,跟自己上辈子有所牵连,要自己来到这里,了结前世的纠葛。珍妮就这样一直等着,等到天空微微露出鱼肚白,她知道蒙特利尔夜已深,也许彼得早已入睡,这才不甘愿地倒头睡去。

杰瑞一早醒来,因时差作祟,没胃口用餐,梳洗完后,索性自己玩起拼贴的游戏,把珍妮昨晚留下的资料重新排列。他强迫自己把那些地形图给背起来,但三十六张也不是个小数目,还好他受过野战训练,自有一套灵活诵记的方式。他每背一张图,就闭上眼睛,把脑子当成扫描仪,将图丝毫不差地扫进记忆中枢里,虽说靠着多年桥牌的训练,他勉强算是个图像记忆高手,但也整整花了一个多小时,才把那三十六张地形图给背了下来。他打铁趁热开了珍妮留下的手提电脑,端详着那二十一张波洛克画作的高清图,试着把亮橘色和白色用肉眼给挑出来,但才到第三张,他已经眼花缭乱,不得不佩服这位抽象表现主义大师所独创的行动绘画,让他画中的线条在观者的眼里动了起来,不停地穿梭,扰乱视网膜的反射,也破坏了大脑记忆的顺序。正想放弃时,他突发奇想,把房间抽屉里的信纸都给掏了出来,数一数才五张,他赶忙打电话给前台,要他们再送十七张信纸来。拿到信纸后,他用肉眼对着电脑,把亮橘色和白色用铅笔勾描在每张信纸上,就这样一张接着一张,他把二十一张画的亮橘色和白色都给描了出来。接着就是最强大脑测验,他盯着每张信纸,和脑海里的三十六张地形图开始一一比对,一面比对,一面重新排列那二十一张信纸的顺序,就这样,一左一右,一右一左,待他排定所有二十一张信纸后,他把脑海里相对应的的地形图,从昨天打印出的扫描件里找了出来,照着二十一张信纸上的铅笔图案排开,他不敢相信眼前所见,更不得不佩服自己的意志力和脑力。"宾果!"他兴奋地叫出了声,但唯一的缺憾就是还没找到的最后那张,就如同之前的推测,最后一张应该就是第七张。他找出画廊提供的照片,但实在模糊到无法辨识亮橘色和白色颜料的走向。他姑且研究着已经找出的地形图,照着上面的坐标,上网寻找确切的地理位置,果不其然,就是珍妮所提纳粹当年存放掠夺品的奥地利阿尔陶塞市与德国梅尔克尔斯的附近郊区,符合了几十万件艺术品不易搬迁,仍存放在附近的推论。他高兴地拿起电话,马上拨给珍妮,但久未接听,正疑惑着,房门便响起阵阵的敲门声。

杰瑞这次可小心翼翼,他先从门孔往外望,见是珍妮才开门让她进来。珍妮一进门,显得心花怒放,手里握着一叠纸。

"我拿到了!我拿到了!"珍妮嘴里一直重复着这句话,杰瑞看在眼里,故意闷不吭声。珍妮眼尖,马上看到地上的信纸和地形图,她凑近端详了一会,结巴得说不出话来。

"你怎么弄出来的?"珍妮一副难以置信的表情。

杰瑞用手指比比自己的脑袋瓜,"这说明人脑不一定比电脑笨!"自己笑得合不拢嘴。

杰瑞指着自己的发现,说:"现在就缺少最后一张画,也许谜底就能揭晓!你看,缺的这第七张,应该会标注那批掠夺品确切的位置,因为在其他这几张里,就只有地形和走势,到第六张的尾端才开始出现密集的涡纹,涡纹的密集度代表着山的高低,我刚刚上网用坐标比对,确认了在地图上的位置,第七张图刚好涵盖了两大城市——纽伦堡和慕尼黑,有山、有湖,正好夹在奥地利阿尔陶塞市与德国梅尔克尔斯中间。那些掠夺品被移开后,不可能放在山洞里或湖边,因为过于潮湿,选择分散在两个城市的几率最大,但还是要找到最后那张画,才能揭开谜底。"

"最后一张画的买家是大卫,要找到他不难,但要如何找到那张画,且不打草惊蛇,那就要动点脑子了!你脑子不是挺灵光的吗?"珍妮不忘揶揄一下杰瑞。

28

大卫在电话中,脸上没太多表情,但黝黑的皮肤下,透着油光。

"那三张画顺利吗?"大卫话含在嘴里,模糊不清。

"你是说中国佬买的那三张画吗?"卡尔大概猜出大卫所指的事。

"嗯!"大卫又是一句低沉的喉音。

"不是早已顺利成交,你的份也入了你账户,不是吗?"卡尔没摸透大卫问题的关键。

"我是说对方收到画了没?"大卫怒火中烧,终于张开嘴讲话了。

"钱都收到了,画有没有收到,关我什么事?"虽说卡尔是个生意人,但是个不会做售后服务的生意人。

"还说你办事,我放心!如果买家到现在还没收到画作,表示这中间一定出了问题!"比起卡尔,大卫老谋深算,沉得住气,做事也谨慎多了。

"会有什么问题?顶多被海关扣查补税!"卡尔打从心底就觉得这桩买卖天衣无缝,不可能有任何环节出差错。

"艺术品进出香港是免税,如果东西被扣,一定是出了问题!"大卫从一开始就不赞成冒这个险,所以总觉得哪里不踏实。

"你会不会顾虑太多了?要是买家没收到货,早就通知我的人啦!"卡尔觉得大卫过于大惊小怪。

"这么大笔的国际交易,很难不引起关注,现在钱进欧盟或美国,逃不掉国际洗钱组织的调查,资金来源与汇款人背景、收款人银行的户头动态和金流都得清清楚楚,一旦清楚了,什么都摊在阳光下,见光死,你我都得死!"大卫天蝎座的个性,凡事小心谨慎,每个细节都马虎不得。

"别忘了!我是搞银行的,这点事要是连我都搞不定,我早就坐不稳这位子了!甭说帮咱们爷俩赚钱了!"卡尔这信心可不是光说不练,多年来的实践,各种过钱的方法可说是信手拈来。

"一切小心为是!"大卫仍不忘叮咛。

"我想过一阵子,再丢出个几张试试!"卡尔故意试探大卫的反应。

"欲速则不达啊!保险公司都还在调查阶段,还是先保守点吧!"大卫就是不放心,尤其卡尔的鲁莽,难保不出事。

"要在画上动些手脚,可是门大学问啊!尤其要在一张真画上动手脚,比作伪还难!作伪是假的,要作得逼真,即使几可乱真,还是假;而要在真上作出另一种真,可要厚底子,甚至比原艺术家还厚,才能干得出来啊!不仅要有艺术史的背景,对艺术家每个风格期的笔法要了若指掌,更要能揣摩艺术家作画当下的心思,这样加一点减一点,才可恰到好处,这可是再创作、重写艺术史啊!这些人还得要有修画、补画的功夫,要能求新,也要能做旧,甚至还得掰出一套符合逻辑、可被追溯的收藏历史,才能掩人耳目,取信于人!有些人就是吃这个饭的,我没这才干,我就靠这些人帮我挣饭吃!"卡尔虽谈不上是艺术专家,但在这里面打滚久了,出口倒也成章了。

"我是个收藏家,也是个企业家,跟你的出身截然不同;要不是当年被抽了银根,也不会落得如此窘迫,还得跟你这跳梁小丑一起跳舞!"大卫心里的不屑,再也憋不住了。

"哈哈哈!你高尚,我卑贱,但你这条命可是我救的!"卡尔什么人没见过,什么场面没遇过,就痛恨这种过河拆桥的伪君子,要不是冲着大卫在艺术收藏上的光环,还能利用一下他的剩余价值,早就把他给做了,就像做掉菲利浦那样,神不知鬼不觉!至少有了大卫这名头的加持,把一些变造的画说成是大卫的旧藏,不但能提高身价,又不启人疑窦。

"小心夜路走多了会遇到鬼!"大卫点到为止,把电话给挂了。

卡尔心想,留着大卫是步险棋,迟早吃里扒外,坏了大事,他心里已有了想法,剩下的只是时机的问题。

罗伯回到纽约,了解了杰瑞和珍妮最新的发现,思考着如何找到大卫的那张波洛克,又不能打草惊蛇。他一直想不通,大卫为何能未卜先知提早下手买了那张波洛克,而且还是最关键的一张?如果他早知道这批具争议的波洛克隐藏了巨额宝藏的线索,他大可一口气买下全部作品,为什么当时只单挑一张?而菲利浦最早提到卡尔的那六张波洛克,也没提及大卫手里也有一张。大卫那张是跟兰朵画廊买的,同时,疯眼也通过陶比斯买了六张,疯眼和大卫应该都不知那些画里隐藏了线索,直到亚历克斯临死前把纳粹掠夺品的秘密告诉了陶比斯,这个可怜的陶比斯就成了众矢之的,只能无奈配合卡尔的诡计,一方面又为了保护珍妮,这才铤而走险!最初,菲利浦找他去卡尔家看那六张波洛克,说是要运作进馆藏,既然那六张作品早闹得沸沸扬扬,为何这些人还信誓旦旦,认为能瞒天过海通过上拍,以大通作掩护,然后捐给美术馆?一旦上拍,没翻案前,明眼人铁定知道是那批有争议的作品,即使当时自己真被洗脑,也不至于会笨到帮这批画写文章背书!难道陶比斯早就知道这批画没问题,只是亚历克斯的父亲赫伯特在画上动了手脚,加上了亮橘色的线索,因这亮橘色,这些画被视为伪作,打入了冷宫,恰巧可以保护这些线索。本以为陶比斯会因为哈佛退学的事而怀恨在心,其实把自己扯进来,是要借重自己的专业,抽丝剥茧,帮忙把那批纳粹的掠夺品找出来,让这批人类的文化宝藏能重见天日,不会落入卡尔等人之手。所以,把那六张波洛克送进美术馆,只是个引子,那要引出什么呢?

罗伯突然有个想法,他从不知道馆里到底藏有多少波洛克的作品。他上了馆里的电脑系统,以他的权限,应该连永久馆藏的作品都能看到,一般馆内的策展人或研究员是没有权限看到那些特别标记的永久馆藏作品的,既然不出借,干脆就阻断了以学术研究、借展等各种名义前来搅和的人或机构。

罗伯搜到了七十三件波洛克的馆藏,他点开每一个分类档案,一一检视每张作品,明白现代美术馆在波洛克作品的收藏上,远远不及威尼斯的佩姬·古根汉美术馆。佩姬可是第一个发掘波洛克的人,无疑是波洛克的伯乐,在1943—1947年与波洛克合作的这几年间,佩姬为波洛克在她位于曼哈顿西57街的画廊——本世纪画廊(The Art of This Century Gallery)举办了多场展览,奠定了波洛克的艺术声望,连波洛克夫妇在东汉普顿购买房子的钱,也是佩姬代垫的,她手上当然握有波洛克最经典的作品。

罗伯的鼠标突然停在一个标记红点的档案上,他点了开来,竟跳出要馆长权限,"我现在不就是代理馆长吗?"他心里纳闷,问了助理,也不知所以然,问了馆里负责电脑技术的人员,更束手无策。罗伯看了一眼档案编号,"MT0131.0113 - MT0142.0124",他明白MT是代表董事捐赠,后面的数字代表库存编号和位置;如果是董事捐赠,进到馆藏不一定都得经过典藏委员会的同意,有时馆长点头就行,可以用约定捐赠(promised gift)或借展

（loan exhibition）的方式入馆。约定捐赠指的是捐赠者死后作品才正式捐给美术馆，在这之前，作品的拥有权仍归捐赠者所有，但能先享有减税的优惠，这不只让作品有个安身处，又能与大众分享，更能增加作品的身价；而借展，就是纯粹借给美术馆作展览，增加曝光度，拉抬身价。罗伯心想，既然开不了档案，就直捣黄龙府，直接到库存部看个明白。他马上交代助理，要库存部的人员把那几张编号的作品做出库准备。

十一件波洛克的作品准备好后，罗伯一件件从架上抽出作品，到第六件时，他看得目瞪口呆，紧接着会心一笑，他转头交代身旁的工作人员："把这张送去做高清扫描，再把扫描文件传过来！"剩下的几张，他就草草看过。回到办公室后，他先给珍妮发了消息："最后一张波洛克找到了！"虽然他还是百思不解大卫当时买下此画的动机，但他终于明白卡尔的布局了。菲利浦自己作主，在亚历克斯的伪作事件爆发之前，就已经把大卫这张波洛克纳进了馆藏，应该是循大通买下捐赠的模式处理，哪知后来这批作品爆发了伪作的争议，所以在库存档案上就被锁了起来，档案上看不到，就不会有人去调阅这件作品，菲利浦也就不会被追究责任。想必这件作品的捐赠，卡尔、大卫、菲利浦都吃了甜头，而大卫和卡尔也利用这件小作品试试菲利浦的能耐，如合作成功，便可如法炮制，他们应该从来没想过，这件作品隐藏了那批纳粹掠夺品的关键线索。

29

香港的太平山,夜幕低垂,律政司的检察官带着搜查证来到一处豪宅,门前警卫森严,检察官告知来意后,请警卫联系了屋主,在社区管理员的带领下,一群人浩浩荡荡上了大楼的顶层,而约瑟夫就夹在这票人中间。

香港的富豪、明星都喜欢住在太平山的半山腰,依山傍海,是风水绝佳的宝地,社区重整体包装,设计精致、用料高档,会所齐全,甚至提供私人管家和包机服务。一行人来到了顶层,一层一户,屋主已等在门口,听完检察官的陈述,收了搜查证后,便带领一行人往屋内走去。眺望落地窗外的维多利亚港,香江美景尽收眼底,不少人频频回头,还有的驻足了几秒,心想这辈子也就这机会看到这绝色美景了。约瑟夫倒无心欣赏美景,两眼四处搜寻他的目标物,待屋主停在毕加索的画前时,他拿出一张照片递给了带队的检察官,检察官转头低声问:"是同一件作品吗?"

"同一件,但经过变造了!"约瑟夫特别强调。

检察官没下结论,要屋主继续前往下一张作品。

"这张就是夏加尔吗?"检察官确认,屋主点头回应。

约瑟夫又递上了另一张照片,检察官也没多作发言,直接告知屋主:"我们要扣查你这两张作品,作为海外洗钱的调查!"

"我需要联系我的律师吗?"屋主极其镇定,处事从容不迫,毕竟是见过大风大浪之人。

"你当然有权找律师!这是扣查令,你在这里签个名,我们会先拍照,再把这两张画带走!"检察官语带命令。

"在我的律师没来之前,我不会签任何文件!"屋主不屈不挠,坚持法律的事应由律师出面。

就在僵持的当下,约瑟夫向检察官示意后,悄悄地递了一份文件给屋主,屋主仔细地翻了又翻,刚才的意气风发马上转为丧家之姿,默不吭声,拿起笔把扣查令给签了。

同一个社区,不同大楼的顶层,检察官如法炮制,又查扣了另一张克里姆特的作品。约瑟夫眼见大功告成,心里不禁窃笑,接下来就等科学鉴定的报告出来,就能将卡尔这老贼绳之以法。

罗伯取得最后一张波洛克的高清扫描后,立即传给了珍妮和杰瑞。有了这第七张原图的高清扫描,杰瑞很快地把亮橘色和白色给挑了出来,完整地拼凑出一张地形图,他发现唯有在第七张里,亮橘色和白色的线条有个明显的交会处,他拿出现在的地图一比对,交会点竟落在德国的纽伦堡市。

纽伦堡是德国巴伐利亚州的第二大城,仅次于首府慕尼黑,人口有50万人。二战时,纽伦堡曾经是纳粹党代会的会址,是希特勒统治年代的重镇,曾于此通过"纽伦堡法案",作为大肆屠杀犹太人的依据。战后,也在此举行了审判德国纳粹战犯的纽伦堡大审,从1945年10月20日起,花费了216天,主要审判纳粹第三帝国中最重要的24名政治和军事领导人。此次审判中,罪行的典型性和法庭的构成都代表着法律上的一种进步,联合国随后将其运用于制定有关战争罪、危害人类罪和侵略战争问题的具体国际法和推动国际刑事法院的设立。

但杰瑞百思不得其解,二战后期,纽伦堡作为德军的军事指挥中心,遭到联军的猛烈轰炸,几乎被夷为平地,如果那数十万件艺术品在轰炸前都移到了纽伦堡,恐凶多吉少,应该早已在战火中付诸一炬,除非那批作品被藏在地下的碉堡里!

"战后,不是紧接着纽伦堡大审吗?"珍妮发问,杰瑞点点头。

"大审举行的地点不就在硕果仅存的纳粹党部旧址,紧邻着齐柏林操场,操场以前作为德军操练的场地,轰炸后,就党部和操场没被摧毁,可见这两处在战时都有加强工事,如真要藏那批宝藏,当然就得存放在那里,又可就近看管。"珍妮分析得头头是道。

"从战后到现在,为什么那么一大批艺术品都没被发现?"杰瑞认为不合逻辑。

"既然是宝藏,德军知道大势已去,临战败前,一定有人把那批宝藏的藏身处给封了。别忘了,德国战后的重建,都尽量在原址上重建,保留战时的样貌,柏林的历史博物馆不就是个例子?而纽伦堡的纳粹党部和齐柏林操场,在战火中仍屹立不倒,更没有大肆重建的必要,所以战争一结束,便在党部原址召开大审,所以,我认为这个地方最有可能是掠夺品的藏身地!"珍妮的分析确实有理,但有个难题。

"如果真藏在这里,怎么说服德国政府去挖掘啊?就凭着我们手里这张藏宝图?"杰瑞感到困惑。

"这个时候当然得由罗伯代表的现代美术馆出马啰!"珍妮看着杰瑞,露出会心的微笑。

大卫气急败坏地走进卡尔在大通的办公室,见了卡尔劈头就问:"知道出事了吗?"

"那不叫出事!是那家伙的买画钱有问题,跟画无关!"卡尔一向不见棺材不掉泪,每遇困境,见招拆招,总能峰回路转,这也是他能一路撑到现在的原因。

"画都被扣了,还说跟画无关?"

"用有问题的钱买了画,画成了洗钱的工具,当然得被扣!"卡尔说得倒轻松。

"你办事,我确实不放心!都到这节骨眼了,你还嘴硬!你最好小心点,被缠上了,别把我给拖下水,不然我让你下半辈子都待在牢里,我可先把丑话给讲在前头了!"大卫这次可是吃了熊心豹子胆,撂了狠话,就怕卡尔无动于衷。

"你今天是来威胁我的,还是来拿我寻开心?"卡尔最恨人家威胁他,当时还不是菲利浦不长眼,说了句:"有好处,别忘了我;但要赌上命,千万别找我!"结果把自己的命先给赌上了。眼前这位老贼,贪生怕死,要名、要利,就是不愿蹚浑水,还敢大刺刺地跑来这里撒野,敢情是来找死的?卡尔收敛了心中的怒气,和颜悦色地看着大卫,"兄弟!我们认识可不是一两年,这种交情,不说生死与共,也算是个患难兄弟!现在才出了点小事,你就急于撇清关系,以后如何共患难,长相厮守啊!"

"我就事论事!就是因为兄弟一场,我才把丑话讲在前头,不怕你生气,就怕你不明白我的意思!"大卫讲完,准备掉头就走,被卡尔给叫住。

"兄弟,且慢!这里说话不方便,要不明晚俱乐部再续,我有其他要事商谈。"卡尔心里想得坏,但大卫也知防人之心不可无,看来兄弟反目成仇是迟早的事。

"那明晚七点包厢见!"大卫丢下话,转头就走。

卡尔端详着大卫离去的背影,心里冒出个念头:下次就看不到你这背影了!

罗伯发了信给德国文化部,迂回点出他们的发现,用了他的专业、头衔和在业界的信誉作担保,免得德国政府把罗伯的提案当作笑话。没多久,德国文化部发出邀请函,希望罗伯亲自飞一趟纽伦堡,一起探究此事。罗伯约了珍妮和杰瑞一同前往,接待他们的是当地的文化官员,规格之低,让罗伯一行人体会到此事根本不受德国政府的重视。他们虽被安排参观了当时的纳粹党部,也在齐柏林操场走了一圈,但毫无所获,要求参观党部的地下室,还得等上头的审批。

当晚,他们回到了下榻的旅馆,罗伯心想这得有劳美国国务院的帮忙,才能以对等的方式来推进此事,但万一他们的判断失误,美国可会丢尽面子,成为国际笑柄,但如今箭在弦上,不放手一搏都不行了。他当晚给在国院任机要秘书的学生打了电话,学生也不好笑话,知道老师做事一定有他的理由,承诺会鼎力协助。

隔天一觉醒来,旅馆大厅来了美国驻柏林大使馆的官员,座车还插上了美国国旗,由德国柏林和纽伦堡文化事务官员陪着,罗伯一行人又回到纳粹党部的原址,且顺利下到了地下室。

"这地下室在战后有改建过吗?"杰瑞首先发问。

"你看这顶梁的柱子都没动过,铁定没改建过!"一名随行的德国官员操着拗口的英语解释着。

"战时遭受那么猛烈的轰炸,这建筑的主结构还能毫发无伤,简直是奇迹啊!"珍妮一旁赞叹着。

"这是第三帝国的党部原址,战时可是指挥中心,建筑工事一定强化过,空袭时,地下室就是防空洞,你看这墙壁都是整块花岗岩凿出来的,顶梁也是,如果用的是现在的钢筋水泥,可能早塌了!"德国官员解释着。

"可知这地下室有密道吗？作为指挥总部，这么多高阶将领在这栋楼里工作，按理说，应该会有联外的密道？"罗伯这么一问，随行的德国官员个个面面相觑，不知如何作答。

"这栋大楼旁边紧邻着齐柏林操场，联军轰炸时，操场没被炸到？"珍妮记得昨天绕着操场走时，没印象看到轰炸过的痕迹。

"这么大的操场，目标明显，肯定是要挨炸的！但战时为了充当飞机跑道，整块楼板是用花岗岩铺成的，即使被炸，受损并不严重，战后就以花岗岩粉填补修护，上面再铺上水泥。"官员旁的一名男子解释着。

"你是工程师？"杰瑞突然用德语问男子。

"不是，我是负责古迹保存的。"男子也用德语回复。

"能找到战时德军的施工图吗？"杰瑞又问。

"你是说这党部的施工图？"男子再次确认杰瑞的问题。

"是的。既然是德军战时的指挥部，一定加强了工事，就会有施工图！"杰瑞不知哪来的专业，讲得如此肯定。

"这得回去查查！如果没毁于战火，应该都会保存下来。"男子解释着。

"一定有！建筑物没垮，里面的东西应该都在！战后又作为纽伦堡大审的地点，是具历史意义的建筑，里面留下的东西，也都是历史的见证，之后应该都归到市里的地政档案中了！"杰瑞言之凿凿，似乎比这里的官员都还熟悉市政流程，不禁让随行的文化官员感到汗颜，个个表情尴尬。

杰瑞见状,急忙解释:"我母亲是德国人,战时就住在紧邻的菲尔特市,曾经是市里的地政人员,听她讲过战时的事情,再根据刚刚这位先生的陈述,我才推论当时的施工图应该还在!"杰瑞讲完,那群德国人就交头接耳地议论了起来,最后由带队的官员提了意见。

"我们马上派人回市政厅找找,就在隔壁!"德国人的效率确实不一样。

一来一往讨论的同时,罗伯自己倒逛了起来,他走到一个半身雕像前,一眼就辨识出是罗马皇帝奥古斯都,在这里看到这样的雕像,其实不足为奇,因为历史上,纽伦堡是"德意志民族神圣罗马帝国"皇帝所直接统治的中心城市之一,纳粹就借助这一历史传统帮自己穿金戴银,搞民族优越,屠杀犹太人,所以奥古斯都就成了纳粹的精神傀儡。罗伯东瞧西看,注意到了雕像后方神龛式的凹槽,竟是灰泥模子做成的,一般都是与雕像一体成形,用同块大理石打造而成,少见后加上去的灰泥背板。他忍不住伸手抠了抠灰泥,竟掉下了几片碎屑,好奇心驱使,他使点力又往下抠了抠,突然整片背板如风化般碎了开来,他惯性地往后退了一步,因为动作过大,引起了旁人的注意,所有人都围了过来,德国人又开始议论纷纷。

杰瑞打开了手机上的手电筒,照着剥落的地方,他觉得灰泥背板的后面是中空的,他用手指轻轻敲了敲,又掉了几片下来,德国人议论的声音更大了,脸上露出不悦的表情。

此时,一个小差从楼上走了下来,手上抱着几卷图纸,杰瑞一看,便知道是建筑蓝图,他迎了上去,接过了小差手里的蓝图,把它们全摊在地上,就一张张翻了起来。他似乎听到有人用德语说:"这些图也是历史文献,怎么可以丢在地上!"他故意充耳不闻,继续翻着,最后停在标注地下室的蓝图上。他把图给抽了出来,拿在手上,辨识着方位,突然指着灰泥剥落处大声说:"这背后紧连着操场的下方,上方用花岗岩当顶,底下全挖空,花岗岩的硬度恰可抵挡 12 吨以下的炸药,当时轰炸机吊挂的炸弹顶多 3 吨,地下如藏了东西,再猛烈的轰炸,应该都能幸免于难!再且,光上面的操场一圈就有 1 200 米,底下如深挖,面积应该比上面大上几倍,足以放下几十万件作品!"杰瑞露出胜利的表情,珍妮主动上前与他击掌,响亮的掌声,在密闭的地下室传了开来,一下子盖过了德国人的窃窃私语。

此时,德国文化部的一名官员操着德语突然粗声戾气地对着那名翻译喝斥了起来:"我们绝对不能容许这些美国人在我们的国家放肆,他们根本不尊重我们的历史,我们现在可不是战败国,怎能让他们在这里撒野!去把他们驻柏林大使馆的官员请下来,我要表达立场,严重抗议他们不当的行为!"只见那名翻译衔命急着上楼,临走前,还向杰瑞使了个眼色。杰瑞听在耳里,知道大事不妙,赶紧把状况告诉罗伯。

"你先跟这名官员解释一下,我们并非故意要破坏他们的历史古迹,也许这些人并不明白我们的来意,所以对我们的行为感到不解与愤怒！你直接跟他说,我们怀疑这雕像背后的空间蕴藏着二战时纳粹所掠夺的十几万件艺术品！"罗伯一说完,杰瑞马上用德语与那名怒气未消的官员解释了起来,就在此时,两名美国官员尾随着那名翻译下到了地下室。

"教授！我们必须请您暂停参访行程,德国人抗议您蓄意破坏古迹,在德国,这可是重罪！"美国官员客气但严肃地解释着。

"我们此行的目的不外是寻找那批二战被纳粹掠夺的艺术品,再且,我们有八九成的把握,那批东西应该就藏在这雕像背后的空间里！"罗伯知道这八九成的把握确实是一大赌注,要是赌输了,美国铁定沦为国际笑柄。

"美国政府无法帮您这八九成背书啊！即使百分之百肯定,也事涉国家主权和作品所有权的问题,我们不能让您冒这个险,再说……"话没讲完,突然听见两声轰然巨响,随之一阵尘土飞扬,就见珍妮跌坐在地上,手里还抱着奥古斯都那半身雕像。一时,所有人都看傻了眼,雕像背后那面墙全垮了下来。珍妮从尘土中站了起来,整个人灰头土脸;官员们纷纷退到了楼梯边,有的捏住口鼻,有的被灰尘呛得猛咳,咳嗽声在地下室里被共鸣放大,偶而还夹杂着石块滚落的声音,颇有轰炸过后,浩劫余生的情景。待尘埃落定,杰瑞一个纵步越过了断垣残壁,开了手机上的手电筒,映入眼帘的是好几十条的轨道,轨道上停着台车,台车上架满了货柜,深不见底！所有人慢慢靠了过来,被眼前的景象吓得合不拢嘴。

七点未到,卡尔已坐在包厢里等着大卫。他知道,今晚该是向大卫告别的时候了!他与大卫相识也有十几年之久,两个人都是银行家,大卫是名处理公司债与主权债务的高手,曾主导阿根廷国债的重整,后来成了阿根廷国家资产最大的股东,一度被《华尔街日报》誉为"最有影响力的墨西哥人"。

一开始,卡尔对大卫佩服得五体投地,毕竟大通跟大卫当时的公司资产规模相较,简直是小巫见大巫。直到2008年的金融海啸,因为大卫的投资杠杆过大,处处被做空,现金被套牢,周转不良之下,开始变卖他的收藏。两人当时都身兼纽约现代美术馆的董事,在卡尔的安排下,由大通放款作抵押融资,才暂时解决了大卫的财务危机。从此,大卫和卡尔成了莫逆之交,或说得直白些,成了利益捆绑的共犯,大卫靠卡尔稳住了他每况愈下的财务状况,卡尔利用大卫在金融和艺术收藏上的人脉和高知名度,开展了艺术品融资贷款和捐赠的大业,专门服务那些高资产客户,趁人之危,逢低买入,做高价格后再捐赠减税,但他可不认为这是趁人之危之举,倒自豪给了那些急需变现的人最后一条生路。

一路走来,两人一搭一唱,很少有过纷争,直到那六张波洛克画作的出现,加上亚历克斯死前出售的那批纳粹掠夺品,才让这两人的野心愈来愈大,大到想入手主导纽约现代美术馆的馆藏。

在商场上，大都因利益而结合，但往往也是因利益分配不均而撕破脸。大卫并不靠艺术品赚钱，但他深知艺术品可是他的救命丹，当自己的股票跌到变废纸时，所收藏的艺术品还在增值。他认为对的艺术品绝对可以抗跌，尤其金融海啸之际，当所有金融商品、股票、房地产跌得一塌糊涂时，艺术品市场竟然八九个月后才受到波及，而当景气复苏时，艺术品市场竟带头回稳。当艺术品因稀缺、独特、有代表性而高到一个不可判定的价值时，只要有人愿意接手，一个愿打一个愿挨，天价之外再造新天价，都是常有的事；就因为熟知这点特性，自己也算是个过来人，大卫对艺术品的依赖便愈陷愈深，加上卡尔的操盘，两人配合得天衣无缝，稳操胜券！当那六张波洛克的作品一出现，已拥有世界上最贵波洛克作品的大卫，当然觉得索然无味，他看上的可是那批纳粹的掠夺品，逐渐无法苟同卡尔小眉小眼的操作。他发觉卡尔把心思都放在30亿的保险理赔上，又要铤而走险变造"烧毁"的艺术品诈保，两人的目标不同，心思也渐行渐远，直到大卫觉得卡尔是个不可控的风险因素，大卫得想办法自保，卡尔也不想大卫在最后关头坏了他的好事，两人各有盘算，不比功力，不比高下，就看谁出手快、狠、准，谁就胜出！

卡尔顾自抽着雪茄，就等着一切手到擒来，他又忙着点燃另一支雪茄，猛抽两口后，就摆在烟灰缸旁，"别说我无情无义，这支就算是我最后的心意，希望你一路好走，兄弟！"卡尔心里遥祭着即将写下人生最后一页的大卫，在烟雾缭绕中轻诵着他最后的祝祷。就在他吐出最后一口烟时,听到门外一阵急促的脚步声迅速接近,他心想,死神的脚步竟是如此地愉悦、轻快,这么快,就有人赶着来报喜讯了!

房门被重重地推了开来,闪进了五六个身穿FBI制服、荷枪实弹的探员,卡尔缓缓起身站了起来,虽不知所措,倒还镇定,一见到约瑟夫走了进来,忍不住大笑了三声,"搞这么大阵仗,原来是自己人!"

"卡尔!想不到再见面时是这种场合!你也没想过会有这么一天吧?"约瑟夫语带揶揄。

"你有话直说,我待会儿还有正事要干!"卡尔一向就不爱跟人啰嗦,尤其是约瑟夫。

约瑟夫也懒得搭腔,把手上的一叠资料丢到卡尔面前,卡尔随意翻了翻,又是三声干笑,"你凭这个就想抓我?怎么证明是我的东西?"

约瑟夫又丢了另一叠资料给卡尔,卡尔看过后,没再吭声。

"如果担心我陷害你,我还有这个!"约瑟夫说完,把一个迷你答录机摆在桌上,按了拨放键——

> 你不要老自以为是,太过自负可容易因小失大!我输得起钱,却输不起我的声誉!我看你还是别毛躁,先按兵不动,等风声过了,那批下落不明的货也找到了,你再出手也不迟!

我先试试那三张,如果没被拆穿,表示合作的人靠普;如果被拆穿,我自有一套应对措施,难道你看不出来为什么我找的都是中国买家?……

我借丹尼尔之手除掉了菲利浦,现在丹尼尔车祸走了,刚好死无对证,这事也就石沉大海了!

顺你者昌,逆你者亡!哪天你会不会也这样对我啊?

哈哈哈!我们可是生死与共的患难兄弟啊!……

这录音,此刻听来格外讽刺。约瑟夫按下了停止键,咔嚓一声,把卡尔给拉回了神,就看卡尔板着脸,面色铁青。

"我代表美国司法部,现在正式控告你诈欺、洗钱和谋杀,你有权保持缄默……"在约瑟夫宣读卡尔的权利中,卡尔被上了手铐,在宾大校友众目睽睽下,这个曾经叱咤风云的人物,如今却无比狼狈,成了阶下囚。

30

罗伯看着报纸的头条:"消失的波洛克重写了一段消失了半个世纪的艺术史:近二十万件二战纳粹掠夺品在德国和美国的合作下于纽伦堡的地库里重见天日",还是难掩内心的激动,至少这个重担终于可以卸下了。他已和德国文化部达成协议,在那批掠夺品整理完毕后,会挑出部分作品到馆里来作特展,展题就叫"消失的波洛克",但目前仍不知那二十一张波洛克作品的下落。在媒体大肆报道纽伦堡的发现之前,罗伯已就波洛克的新证据,发表了长篇论文,就过程中发现的所有线索,包括后来比对了彼得从那二十一张画作中取得的指纹和毛发,与从波洛克故居取得的生物证据相吻合,佐以同时期的创作史料,罗伯成功地帮这批作品翻了案,不但过足了侦探瘾,也通过陶比斯留下的线索,让那批半个多世纪不见天日的文化宝藏重启新篇章,也算告慰陶比斯在天之灵。他也间接帮了约瑟夫,终让卡尔绳之以法,也算帮老朋友菲利浦报仇雪恨。看来,一切功德圆满,该是隐退的时候了,他递出了辞呈,展览过后,将回到他念兹在兹的哈佛,继续作育英才。

就在大展开幕的前一天,馆里收到了一个匿名的大木箱,经安全检查,确认里头是一批画。开箱时,罗伯特地前来,当画作一张一张被取出时,罗伯目瞪口呆、哑口无言,竟是那二十一张波洛克的滴画,箱子里有封信,署名给罗伯·霍顿教授,罗伯急忙拆开:

教授:

　　感谢您的努力,帮我手里的作品翻了案,我大可走黑市卖掉这些画大赚一笔,但觉得没有这些画参与你的大展,故事就少了起头。我把我的那六张也一并奉上,展完,其他的该还谁就还谁,我的那六张就替它们在馆里找个安身处吧!祝您明天开幕顺利,我们明天见!

疯眼敬上

罗伯合上信,露出会心一笑。

开幕时,媒体挤爆了大厅,排队看展的人龙从53街沿54街绕了美术馆两圈,罗伯站在二楼展厅的入口处,频频往下望,好奇队伍中哪个会是相约今天见面的人。他自己无趣地理理衣领,转身进到展场,首先映入眼帘的,就是疯眼那六张波洛克的滴画作品,旁边的解说看板上写着:

　　《消失的波洛克》故事就从这里开始……

纽约十月下旬的傍晚，微风轻启，渐显凉意，约克大道旁的枫树，也染了秋红。珍妮披着风衣从苏富比的大楼走了出来，她迈着愉悦的步伐，倘佯在晚秋的微风中，偶尔挥手跟同事道别，偶尔停下交谈，青春写满了她的脸庞。当她走到72街和约克大道口，她习惯性地驻足抬头眺望对面的公寓，想象着陶比斯就倚在阳台上向她挥手，直到她的身影消失在公寓里……

来年，苏富比一场专拍的图录封面竟是波洛克的滴画，这张滴画还保留着醒目的亮橘色，估价3 000万—5 000万美元。一开拍，便从4 000万起跳，4 100……4 200……4 300，价格一路狂飙，"7 200万！最后出价提醒……"拍卖官左顾右盼，全场屏息以待……"售！7 200万，卖给06号的这位先生！"珍妮用力敲下槌，声嘶力竭地喊着，台下一片欢声雷动，这是波洛克小号作品的最高成交纪录。06号的这位先生，没等下一个拍品开拍，便起身消失在后排拥挤的人堆里。珍妮望着他的背影，停了几秒，嘴角泛起了浅浅的微笑，马上接着喊出："下一号拍品，毕加索的《作画的朵拉·玛》，估价……"此时，男子的身影已消失得无影无踪。

图书在版编目（CIP）数据

消失的波洛克／文叡著. —上海：华东师范大学出版社，2020
 ISBN 978-7-5760-0985-9

Ⅰ.①消… Ⅱ.①文… Ⅲ.①推理小说—中国—当代 Ⅳ.①I247.5

中国版本图书馆 CIP 数据核字（2020）第 207614 号

消失的波洛克

著　　者　文　叡
策划编辑　王　焰
责任编辑　朱妙津
责任校对　时东明
装帧设计　储　平　左筱榛

出版发行　华东师范大学出版社
社　　址　上海市中山北路 3663 号　邮编 200062
网　　址　www.ecnupress.com.cn
电　　话　021-60821666　行政传真 021-62572105
客服电话　021-62865537　门市（邮购）电话 021-62869887
地　　址　上海市中山北路 3663 号华东师范大学校内先锋路口
网　　店　http://hdsdcbs.tmall.com/

印　刷　者　上海龙腾印务有限公司
开　　本　889×1194　32 开
印　　张　10.75
字　　数　196 千字
版　　次　2020 年 10 月第 1 版
印　　次　2020 年 10 月第 1 次
书　　号　ISBN 978-7-5760-0985-9
定　　价　48.00 元

出 版 人　王　焰

（如发现本版图书有印订质量问题，请寄回本社客服中心调换或电话 021-62865537 联系）